衝天の剣

島津義弘伝　上

天野純希

角川春樹事務所

目次

登場人物紹介

島津《しまづ》義弘《よしひろ》……通称武庫《むこ》。大隅栗野城主。兄龍伯の名代として島津家を支える猛将。

島津龍伯《りゅうはく》……旧名義久《よしひさ》。島津家第十六代当主。義弘の兄。

島津晴蓑《せいさ》……旧名歳久《としひさ》。義弘の弟。謀に長けた智将。

島津家久《いえひさ》……通称中書《ちゅうしょ》。義弘の末弟。豊臣家に降伏後、急逝。

島津久保《ひさやす》……義弘の嫡男。龍伯の娘・亀寿《かめじゅ》の夫。

島津忠恒《ただつね》……義弘の三男。

島津忠豊《しまづただとよ》……日向佐土原城主。家久の嫡男。

山田有信《やまだありのぶ》……島津家老中。

伊集院幸侃《いじゅういんこうかん》……旧名忠棟《ただむね》。島津家老中筆頭。豊臣家と気脈を通じる。

梅北国兼《うめきたくにかね》……島津家家臣。朝鮮出兵に不満を抱き、叛乱を起こす。

許儀後《きょぎご》……龍伯の侍医を務める明国人。

李舜臣《りしゅんしん》……朝鮮水軍の将。

朝鮮半島
咸鏡道
平安道
平壌
江原道
黄海道
永平
金化
京畿道
漢城
忠清道
慶尚道
全羅道
順天
晋州
蔚山
泗川
釜山
対馬
壱岐
名護屋
佐敷
鹿児島

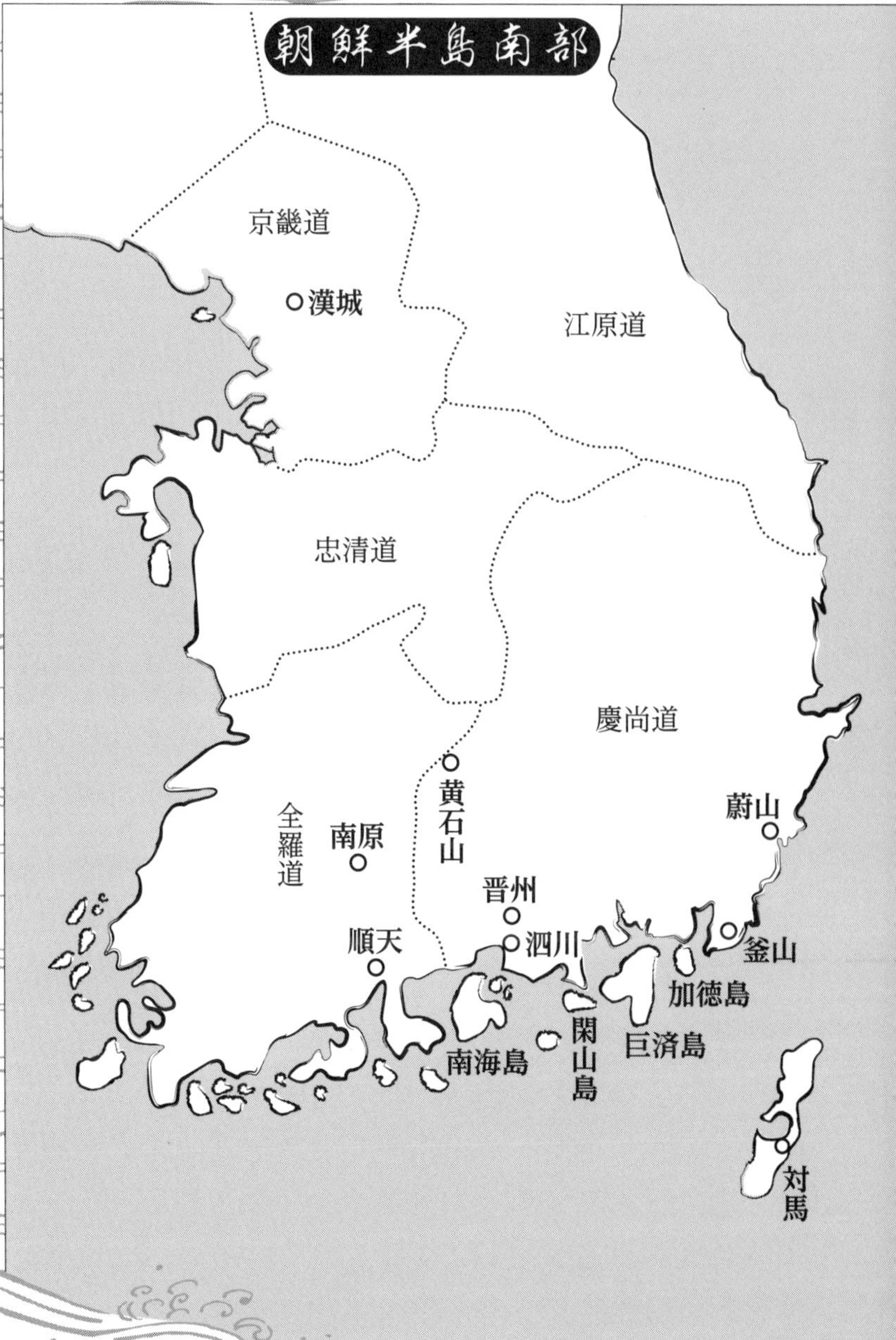

朝鮮半島南部
京畿道
漢城
江原道
忠清道
慶尚道
全羅道
南原
黄石山
蔚山
晋州
泗川
順天
釜山
加徳島
巨済島
閑山島
南海島
対馬

装画　中野耕一
装幀　五十嵐徹
（芦澤泰偉事務所）

衝天の剣

島津義弘伝

上

序章 秀吉

風が立ち、樹々《きぎ》が騒《ざわ》めいていた。頭上を覆《おお》う梢《こずえ》の合間から、空はわずかにしか覗《のぞ》かない。

森は深い。二人並ぶのがやっとの狭い道。勾配《こうばい》は激しく、馬も下りて進むしかなかった。行軍《こうぐん》の列は長く延び、その中ほどからは、先頭も最後尾も見えはしない。

荒い息を吐きながら、男は微笑を浮かべた。

陣笠《じんがさ》に胴丸《どうまる》、背中に旗指物《はたさしもの》を立て、槍を担いでいる。前後を固める側近たちも同様に、慣れない足軽《あしがる》の身なりをしていた。

こんな恰好《かっこう》で歩くのは、いったいいつ以来だろう。若い頃は足軽として戦場を駆け巡ったものだが、齢《よわい》五十を過ぎた身で、槍を担いで山道を登るのはなかなかに難儀だ。

男は視線を左右に走らせ、地形を確かめる。

奇襲《きしゅう》を仕掛けるには絶好の場所だった。こちらは大軍とはいえ、この難路では数の利など無きに等しい。すでに戦《いくさ》は終わっているが、自分の首を狙う者などいくらでもいる。

「殿下。お疲れではありませんか?」

隣を進む石田三成《いしだみつなり》が、声をかけてきた。子飼いの家臣で、若年ながら政《まつりごと》の才には見るべきものがあり、側近として重用している。ただ、戦は不得手で、足軽の恰好も滑稽《こっけい》なほど似合っていない。

「たわけ。わしはただの足軽じゃ。恭《うやうや》しく話しかける奴があるか」

「はっ、申し訳ございません」

「たまにはこうして己の足で歩くのもよい。若い頃を思い出すわ」

織田《おだ》家の足軽として、戦場を駆けずり回った日々。あれから数十年を経て、一介《いっかい》の百姓の倅《せがれ》が関白《かんぱく》にまで上りつめた。九州をほぼ平定した今、残すは関東と奥羽《おうう》のみ。あとほんの数年で、長きにわたった戦国の世は終わり、この国は豊臣《とよとみ》の名の下に統一される。

だが、目指す高みはまだはるか先にある。

全国統一を成し遂げた暁《あかつき》には、朝鮮を従え、唐天竺《からてんじく》にまで兵を出す。この豊臣秀吉《ひでよし》の器は、日本のみで収まるほど小さくはない。中華《ちゅうか》に代わる新たな秩序を打ち立て、その頂点に君臨する。

それが、亡き主君信長《のぶなが》から秀吉が受け継いだ夢だった。

ひときわ強い風が吹き、草木が大きく戦《そよ》いだ。道はなおも険しく、きつい上りに差しかかっていた。秀吉の十間（約十八メートル）ほど前を進む駕籠《かご》が、大きく左右に揺れている。

このあたりを、土地の者は九尾《きゅうび》の険と呼んでいるらしい。山国薩摩《さつま》でも、屈指の難所だという。

秀吉が九州平定のため大坂を出陣したのは、三月一日のことだった。

麾下《きか》の軍勢は二十万余。これまでで最大規模の動員である。兵站《へいたん》の不安はあったが、九州全土を席巻《せっけん》する島津《しまづ》家を倒すには、それだけの軍勢が必要だった。

旧主信長が畿内《きない》を制し、天下人への地歩を固めつつあった頃、島津家は辺境の一大名にすぎなかった。

島津家の始祖忠久《ただひさ》は、源《みなもとのよりとも》頼朝の落胤《らくいん》と称している。眉唾《まゆつば》ものではあるが、鎌倉の世から薩摩、大隅《おおすみ》、日向《ひゅうが》の三州に勢力を張る名門であることは間違いない。だが、戦国の世となってからは、有力な庶家《しょけ》や国人衆《こくじんしゅう》が台頭し、互いに争ってきた。その混乱を制し、三州を平定したのが島津家十六代当主、義久《よしひさ》である。

織田家の部将として働きながら、秀吉は九州の諸大名の動向に目を配ってきた。秀吉は信長から筑前守《ちくぜんのかみ》の官位を貰《もら》っている。それは、やがて織田家が九州に出兵する際、自分がその先鋒《せんぽう》を務めることを意味していた。

だが、信長は九州に兵を出すことなく、志半ばで本能寺《ほんのうじ》に斃《たお》れた。

信長の跡を継いだ秀吉が上方《かみがた》を制した頃、義久率いる島津家は豊後《ぶんご》の大友宗麟《おおともそうりん》、肥前《ひぜん》の龍造寺《りゅうぞうじ》隆信《たかのぶ》といった大大名を打ち破り、九州統一を目前にしていた。

義久には、三人の有能な弟がいる。

武勇に秀《ひい》で、家中の信望も篤《あつ》い長弟の義珍《よしたか》。義久の帷幄《いあく》にあって智略《ちりゃく》を駆使する次弟の歳久《としひさ》。軍略に長じ、寡兵《かへい》で幾度《いくど》となく大軍を打ち破った末弟の家久《いえひさ》。

いずれも、秀吉が幕下に加えたいほどの名将である。そして、その弟たちを手足のごとく駆使する義久も、並大抵《なみたいてい》の相手ではない。

秀吉は一度だけ、末弟の家久と会ったことがある。

今から十二年前の天正三年（一五七五）、家久は島津家の三州統一達成の御礼参りとして、伊勢《いせ》神宮《じんぐう》へ参拝している。その際に、秀吉は京に滞在していた家久をひそかに訪ねたのだ。その時の秀吉はまだ織田家の一介の部将で、島津家と利害関係はなかった。

秀吉は家久と盃《さかずき》を交わし、戦談議に興じた。秀吉より十一年少の家久は、当時二十九歳。だが、すでに幾多《いくた》の合戦で目覚ましい戦功を立てている。

戦のために生まれた男。それが、秀吉が家久から受けた印象だった。

歳《とし》のわりには子供じみた言動。政に疎《うと》く、茶の湯や歌といった文事《ぶんじ》にも興味を示さない。だが戦に関してだけは、天賦《てんぷ》の才としか言いようのない鋭《するど》さを持っていた。この男が上方に生まれていれば、稀代《きたい》の名将としてその名を轟《とどろ》かせていたことだろう。もしも家久の率いる軍勢と戦場で相見《あいまみ》えることになったら。想像して、秀吉は戦慄《せんりつ》を覚えた。

それから九年の後、家久は沖田畷《おきたなわて》の戦いでわずか五千の軍を率い、龍造寺隆信の三万を打ち破った。隆信は家久の巧《たく》みな采配《さいはい》によって泥田の中に誘い込まれ、首を獲《と》られたという。

さらにその二年後には、秀吉が九州征伐《せいばつ》に先立って派遣した先遣隊《せんけんたい》二万が、数に劣る家久の軍に壊滅させられた。長宗我部信親《ちょうそかべのぶちか》、十河存保《そごうまさやす》という名だたる将を討《う》たれ、軍監《ぐんかん》の仙石秀久《せんごくひでひさ》は身一つで逃げ帰るという惨敗だった。

「わしが行くしかあるまい」

重臣たちの反対を押し切り、秀吉は決意した。このままでは九州全土が島津領となり、容易に手が出せなくなる。秀吉は五十二歳になっていた。残された時は、それほど長くはない。

天正十五年三月、秀吉は九州に上陸すると、筑前から筑後《ちくご》、肥後《ひご》へ、弟の秀長《ひでなが》は豊後から日向へと分かれて進んだ。島津軍は大軍の圧力に抗《こう》しきれず、後退を続ける。

最大の激戦は、四月十七日に行われた日向根白坂《ねじろざか》の戦いだった。豊後から撤退してきた義珍、家久が、鹿児島から出陣してきた義久と合流し、秀長に決戦を挑んだのだ。

だが島津軍は、数に勝りながらも守備に徹《てつ》する秀長軍を前に連携を欠き、数に押されて敗退。ここにいたり、義久はついに降伏を決断する。

一方、さしたる抵抗も受けずに肥後まで進んだ秀吉は、四月末に薩摩へ入った。五月八日、秀吉は川内泰平寺《せんだいたいへいじ》において、剃髪《ていはつ》し龍伯《りゅうはく》と改めた義久と会見し、島津家の降伏を受け入れる。そして十八日、泰平寺を発《た》って帰国の途についた。それが、今から三日前のことである。

秀吉は、往路に用いた海沿いの道ではなく、北薩摩の山中を帰路に選んだ。

狙いは、居城の宮之城《みやのじょう》に籠《こ》もったままの島津歳久に大軍を見せつけ、屈伏させることにある。歳久は病と称し、川内に参上せよとの命にも応じていない。山中の案内役として数名の家臣を送ってはきたものの、歳久本人は依然として宮之城から出てくる気配はなかった。

そして今、秀吉と麾下の軍勢は、深い山中のか細い道を進んでいた。近習《きんじゅう》らとともに足軽に化けているのも、不慮《ふりょ》の事態に備えてのことである。

間者《かんじゃ》の調べによれば、歳久は山潜《やまくぐ》り衆《しゅう》という忍《しの》びの集団を配下に抱えているという。用心するにこしたことはない。

「さて、どう出るかの」

呟《つぶや》き、秀吉は再び小さく笑う。

先の見える男なら、秀吉を討ったところで意味はないと考えるだろう。秀吉が死んでも、弟の秀長と二十万余の大軍はそのまま残っている。結果、待つのは島津家の滅亡だけだ。尋常《じんじょう》な知恵者ならばそう考え、黙って秀吉を素通りさせる。

だが実際のところ、豊臣軍にこれ以上戦を続ける余力は残っていなかった。

兵站は延びきり、長期にわたる遠征で将兵は疲弊《ひへい》しきっている。士気は低下し、軍勢を維持するだけでやっとというのが実情だった。島津軍があと一月粘《ねば》っていれば、戦の帰趨《きすう》はどうなっていたかわからない。

歳久が、こちらの窮状《きゅうじょう》を見抜いているとすれば。

そこまで考えた刹那《せつな》だった。

めきめきという嫌な音とともに、前方の道の両側から、数本の大木が倒れ込んできた。

地響きと悲鳴が上がった。折り重なって倒れた巨木に、ただでさえ狭い道が寸断される。

「駕籠じゃ。殿下の駕籠をお守りせよ！」

家臣の誰かが叫んでいた。

秀吉が乗るはずだった駕籠は、倒木の手前で立ち往生していた。

駕籠の中にいるのが影武者《かげむしゃ》とは知らない兵たちが、道の険しさに難儀しながらその周囲に集まっている。

そこへ、両側の森の中から矢と鉄砲の玉が降り注いだ。数はそれほど多くない。だが射撃は正確で、矢と玉の数だけ味方が倒れていく。担ぎ手たちも倒され、駕籠は地面に投げ出されていた。

「殿下、お下がりください！」

三成の顔は、恐怖に蒼褪《あおざ》めている。戦場経験が少なく、こうした修羅場には慣れていないのだ。

「騒ぐでない。悟られるわ」

三成を叱責《しっせき》しながら、秀吉の視線は前方の駕籠に注がれていた。

投げ出された駕籠から、秀吉愛用の陣羽織《じんばおり》を身につけた影武者が這《は》い出そうとしている。

その背中を、一本の矢が貫《つらぬ》いた。のけぞった影武者に、なおも一本、二本と矢が突き立っていく。

さらに、地面に突っ伏した影武者の傍《かたわ》らに、黒い拳《こぶし》大の球が転がってきた。

焙烙玉《ほうろくだま》。理解した瞬間、爆音が轟《とどろ》いた。炎と黒煙。近くにいた兵たちまでが、爆風で吹き飛ばされている。

煙が晴れた。駕籠の傍《そば》。影武者の死骸《しがい》が転がっている。

甲高《かんだか》い口笛のような音。撤収の合図だろう。焙烙玉がいくつか炸裂《さくれつ》し、矢玉《やだま》の雨がやんだ。

味方は混乱から抜け出せずにいる。追撃を命じたところで、誰一人捕らえられはしないだろう。

歳久が案内役に寄越《よこ》した家臣たちも、姿を消したに違いない。襲撃自体は予想の範囲内だが、その手際の良さは、想像をはるかに上回っている。

秀吉はかぶった陣笠を脱ぎ捨て、腹の底から大音声《だいおんじょう》を発した。

「者ども、狼狽《うろた》えるな！」

右往左往する兵たちを掻《か》き分け、駕籠に近づく。

「この者は、我が影武者である。其の方らの主《あるじ》、関白秀吉はほれこの通り、健在じゃ！」

周囲の将兵の間に安堵《あんど》が広がっていく。

「どうやらこのあたりでは、山の猪《いのしし》どもまでが矢玉を放ってくるようじゃ。さすがは薩摩の田舎よ。者ども、ここから先も十分に気をつけるがよい」

秀吉が大笑すると、兵たちの表情もいくらか緩《ゆる》んだ。陽気で快活な主君。それを演じるのは、もはや習い性になっている。

だが、腹の底は煮えている。あの徹底したやり口。間違いなく、歳久はこちらの実情を見極めた上で、秀吉の殺害を命じたのだ。

「殿下。宮之城をお攻めになりますか？」

三成の進言に、秀吉は手を振って答えた。

「よい。放っておけ」

万一攻略に手こずるようなことになれば、他の島津家臣たちからも後に続く者が出てくる。わざわざ泥沼に足を踏み入れるようなものだった。

「それより、早《はよ》う着替えを用意いたせ。それと、別の駕籠もじゃ」

「ははっ」

秀吉は、足元に転がる影武者の死骸に視線を落とす。

無残なものだった。片腕は爆風で吹き飛ばされ、首もちぎれかけている。秀吉愛用の陣羽織も、襤褸《ぼろ》同然に引き裂かれていた。

いいだろう。この報いは、いつか味わわせてやる。この襲撃が歳久の独断か、龍伯の命によるものかなど、知ったことではない。

名門島津家を取り潰せば、色々と面倒が生じる。ならば、その力を徹底的に削《そ》ぎ、二度と逆らえなくすればいい。そして残ったわずかな力も、豊臣家のために使いきるのだ。

そのための種は、すでに蒔《ま》いてある。

遠からず種は芽吹き、あの四兄弟の絆《きずな》をずたずたに引き裂くだろう。そして、鎌倉の世から続く名門島津家は、百姓から成り上がった自分に名実ともに屈伏するのだ。

想像すると、体の芯《しん》を貫くような快感が込み上げてくる。その心地よさに、秀吉はしばし身を委《ゆだ》ねた。

第一章 唐入り

一

峠道《とうげみち》を登りきると、眼下に鹿児島《かごしま》の町と錦江湾《きんこうわん》が広がっていた。

穏やかな春の日差しに輝く水面《みなも》の先には、灰色の煙が一筋、天に向かってたなびいている。

島津義弘《しまづよしひろ》は、馬を止めて錦江湾に浮かぶ向島《むこうじま》（桜島《さくらじま》）を眺めた。

やはり、この景色を眺めれば心が落ち着く。大地の揺れも降り注ぐ灰も、幼い頃から慣れ親しんできたものだ。

「父上、そろそろ」

嫡男《ちゃくなん》の又一郎久保《またいちろうひさやす》に促《うなが》され、義弘は軽く馬腹を蹴った。十五人の供廻《ともまわ》りが、その後に続く。

すぐ前を進む久保の手綱捌《たづなさば》きに、義弘は目を細めた。急な峠道でも、慌てることなく冷静に馬を御《ぎょ》している。

二十歳になる久保は義弘に似て長身だが、父のように厳《いか》めしくはなく、貴公子然とした端整な顔立ちをしている。人質《ひとじち》として上方《かみがた》に長く滞在していたため、立ち居振る舞いも洗練されていた。

一昨年の小田原《おだわら》攻めでは初陣《ういじん》に臨《のぞ》み、大雨で増水した富士川《ふじがわ》の瀬踏《せぶ》み役を務めて諸大名から称賛《しょうさん》を浴びている。昨年には当主龍伯《りゅうはく》の娘亀寿《かめじゅ》を娶《めと》り、男子のない龍伯の跡継《あとつ》ぎと目されていた。

息子の若々しい騎乗《きじょう》姿に、義弘は誇らしさと同時にかすかな羨望《せんぼう》を覚える。

義弘は五十八歳になっていた。諱《いみな》を義珍《よしたか》から義弘と改めたのは、兄が秀吉《ひでよし》に降った後、心機を一転しようと考えてのことだ。

この歳になれば、衰えを感じることも少なくない。まだ若い者に負けないという自負はあるが、年々髪に白いものが増え、朝、鏡を見て溜め息をつくこともしばしばだった。居城の大隅栗野《おおすみくりの》から鹿児島までの道のりも、以前は何ということもなかったが、今では軽い疲れを感じる。長く馬に乗っていれば、腰が痛むようにもなった。

できることなら隠居して島津家と久保の行く末を見守りたいところだが、島津を取り巻く情勢は、義弘に引退を許さない。

いったいいつになれば楽隠居が望めるのか。嘆息しつつ、義弘は馬を進める。

峠を下れば、すぐに鹿児島の町だった。

話には聞いていたが、往来に活気はなかった。行き交う人々は義弘に気づいて頭《こうべ》を垂《た》れるが、その表情はどこか暗い。

天正《てんしょう》二十年（一五九二）二月半ば。豊臣《とよとみ》の軍門に降って、もうじき五年になろうとしている。向島から降り注ぐ灰のように、先行きの不安と押し殺した不満が今、島津領内の隅々まで積もりに積もっている。武士も民も、暮らし向きは苦しく、ようやく訪れた春に心浮き立たせる余裕さえ失っていた。そしてその苦しさは、これから増すことはあっても、決して消えることはないだろう。

「物の値が、かなり高騰《こうとう》しておりますな。見世棚《みせだな》に並ぶ品数も、ずいぶんと少のうございます」

久保が、呟《つぶや》くように口にした。

義弘は、昨年の大半を京、大坂で過ごしている。国許《くにもと》の疲弊《ひへい》も聞き知ってはいたが、これほどとは思わなかった。

「食糧は、名護屋《なごや》へ運ばねばならん。大陸との交易も断たれた。すべては、太閤《たいこう》の愚かな企《くわだ》てのせいよ」

「父上」

「構わん。ここは鹿児島だ、誰の耳を気にすることもあるまい」

太閤秀吉が〝唐入り《からいり》〟と称する朝鮮・明国《みんこく》侵攻が目前に迫っていた。

秀吉は九州平定以前から、朝鮮、明国までも版図《はんと》に加える野心を抱いていたという。そして家臣の小西行長《こにしゆきなが》、対馬《つしま》の領主・宗義智《そうよしとし》に命じ、朝鮮に明国侵攻の道案内を務めるよう交渉させた。さらに唐入りの本営として肥前《ひぜん》名護屋に巨大な城を築き、自らは甥の秀次《ひでつぐ》に関白の座を譲り、太閤と称している。

だが、明に従属する朝鮮が日本の命に服するはずもなく、秀吉はついに唐入りの号令を発した。それが、今年正月のことである。

鹿児島内城《うちじょう》の大手門前で、家臣が義弘の着到を告げた。出家して晴蓑《せいさ》と名を改めた弟の歳久《としひさ》も、すでに到着しているらしい。

兄弟三人が揃うのは、ずいぶんと久しぶりだった。義弘はこの数年、国許と上方を忙《せわ》しなく行き来し、内城にも滅多に顔を出さない歳久と会う機会はほとんどなかったのだ。

久保を遠侍《とおさぶらい》に残し、義弘は小姓《こしょう》の案内で奥の書院へ入った。中には、すでに龍伯と晴蓑の姿がある。

「来たか、武庫《むこ》」

「お久しぶりです、武庫兄者」

武庫とは義弘の官名、兵庫頭《ひょうごのかみ》の唐風の呼び名だ。同じように、左衛門督《さえもんのかみ》の晴蓑は金吾《きんご》、中務大輔《なかつかさたいふ》の末弟・家久《いえひさ》は中書《ちゅうしょ》と呼ばれている。

龍伯は六十歳。容貌《ようぼう》は義弘と似て武人然としているが、性は温厚で、声を荒らげることもほとんどない。名将として知られた祖父の日新斎《じっしんさい》から「三州の総大将たるの材徳自ら備わり」と評される通り、当主の威厳を備え、家臣や民からの人望も厚い。

五十六歳になる晴蓑は、「始終の利害を察するの智計《ちけい》並びなく」と日新斎に評されている。若い頃は戦場でも苛烈《かれつ》さを見せていたが、龍伯が当主となってからは、常にその帷幄《いあく》にあって、優れた智略《ちりゃく》を発揮していた。

ちなみに日新斎曰《いわ》く、義弘は「雄武英略を以《もっ》て傑出」しているとのことだった。薩摩《さつま》の武士にとっては神にも等しい祖父の言葉は、義弘の心の支えとなっている。

すぐに、三人分の膳《ぜん》が運ばれてきた。

今回、鹿児島へ呼ばれたのは、朝鮮に出陣する義弘の送別の宴《うたげ》のためだった。

「金吾、体の具合はいかがじゃ」

義弘は隣の晴蓑に声をかけた。

「まあ、よくも悪くもござらん。おかげで、秀吉に会わずにすむのはありがたいが」

晴蓑は、右脚《みぎあし》を床に投げ出すようにして座っていた。一昨年に中風《ちゅうぶ》を患《わずら》い、右脚を思うように動かせないのだ。右の腕にも痺《しび》れが残っているようで、盃《さかずき》を持つのはもっぱら左手だ。この体では、宮之城から鹿児島までやってくるのも難儀だろう。

「体を厭《いと》えよ、金吾。少し酒を控えてはどうじゃ」

「何を言うのだ、武庫兄者。薩摩の男子に酒を控えよとは、死ねと申すのと同じぞ」

「なるほど、それもそうじゃ。ところで兄上は、相変らずの甘党ですか」

義弘が小さく笑うと、龍伯も饅頭《まんじゅう》を頬張《ほおば》りながら微笑を返してきた。

薩摩の男子にしては珍しく下戸《げこ》の龍伯には、酒肴《しゅこう》ではなく茶と菓子が用意されている。

「最近は砂糖を使った菓子も高価で、なかなか口にできん。そなたたちが来るのを心待ちにしておったぞ」

「三州の太守たる御方が、何とも情けない話じゃ」

晴蓑が言うと、三人は声を合わせて笑った。

島津は貧しい。それは、この三人が誰よりもよくわかっている。

すべては、五年前の敗北が原因だった。九州制覇《せいは》を目前にしながら、秀吉の率いる二十万余の大軍に抗しきれず、敗退を重ねた。日向根白坂《ひゅうがねじろざか》の決戦にも敗れ、一度は存亡の淵《ふち》にまで立たされたのだ。

降伏は受け入れられたものの、領地は薩摩、大隅の他、日向の一部にまで削られ、度重なる軍役や普請役《ふしんやく》により、多くの家臣が貧窮に喘《あえ》いでいる。龍伯と義弘には事あるごとに上洛《じょうらく》が命ぜられ、その費用も馬鹿にならない。

そこへさらに、唐入りの沙汰《さた》である。領内の疲弊は、限界に近づいていた。

「して、出陣の仕度《したく》はいかがじゃ？」

龍伯に訊《たず》ねられ、義弘は「はあ」と曖昧《あいまい》に頷《うなず》く。

「なかなか、思うようにはまいりませぬ」

「やはり、そうか」

当初、秀吉から命じられたのは、一万五千人の軍役だった。それを必死の嘆願で、一万人に減免してもらったのだ。だがそれでも、今の島津家には過重な負担だった。加えて、家中には反豊臣の感情が強く、軍役に応じようとしない家臣も多い。

「遅くとも、二月中には出陣いたさねばなりません。御屋形《おやかた》様にはいま一度、家臣らへの督促《とくそく》をお願いいたしとうござる」

「わかった。だが期待はするな。今は、誰もが苦しい」

「しかし、軍役を減免してもらった以上、それさえも揃えられぬとあらば、島津の名に大きな傷がつき申す。ここは何としても、人数を揃えて渡海せねば」

「通達は出しておる。だが、どうしても応じることのできぬ者も、少なくはないのだ。それはそなたもわかっておろう」

龍伯の答えは、いつになく歯切れが悪い。

秀吉の九州征伐後、島津の領地は大幅に削減された。しかも、龍伯には薩摩、義弘に大隅、久保には日向諸県郡《もろかたぐん》の真幸院《まさきいん》というように、分割して安堵《あんど》されたのだ。他にも、末弟家久の嫡男忠豊《ただとよ》には父の旧領日向佐土原《さどわら》を、島津と豊臣の和睦《わぼく》交渉に尽力した家老・伊集院幸侃《いじゅういんこうかん》には大隅の肝属郡《きもつきぐん》がそれぞれ与えられていた。

つまり秀吉は、龍伯の当主としての権限を制限し、島津の一族や家臣に直々に所領を与えたのだ。島津宗家の当主はあくまで龍伯だが、豊臣家の体制内では、龍伯と義弘、久保らは対等ということになる。

明らかに、島津家の分断を狙った処置だった。現に、豊臣家との直接交渉の多くを担《にな》うようになった伊集院幸侃などは、半ば独立した大名のように振る舞っている。

無論、義弘に兄を軽んじるつもりは毛頭ない。大隅を与えるという朱印状《しゅいんじょう》が届いた時も、兄の頭越しの決定に怒りを覚えたものだ。だが、腹を立てたところでどうにもならない。今は耐え忍び、命じられた軍役を粛々《しゅくしゅく》とこなしていくしかなかった。

「武庫兄者。どうしても、朝鮮へ渡るつもりか」

「何を今さら。御屋形様は国許を離れるわけにはいかぬ。そなたも秀吉の下で働く気などあるまい。ならば、わしの他に誰がおる」

「この戦《いくさ》、負けるぞ」

盃を置き、晴蓑は断言した。

「秀吉と一部の追従者以外、誰もこの戦を望んではおらん。言葉も通じぬ異国の地。しかも、朝鮮はともかく、明国の国力は日ノ本《ひのもと》とは比べ物にならん。勝てる理由など、一つもありはせぬ」

わかっていた。海を渡った先に待つのは、地獄だ。生きて帰れるかさえ、定かではない。明との交易が盛んな薩摩に生まれれば、その国力がどれほどのものかはよくわかっている。恐らく、明は朝鮮に数十万の規模の援軍を送ってくるだろう。

しかしそれでも、行かねばならない。もしも参陣を拒めば、唐入りの軍勢はたちまち島津領内へ雪崩《なだ》れ込む。再び二十万の大軍に領地を蹂躙《じゅうりん》されることになるのだ。

「この件は、すでに何度も話し合《お》うた。島津を救うには、わしが朝鮮へ渡る他ない」

晴蓑もわかっているはずだ。だが、それでも言わずにはいられないのだろう。

晴蓑の秀吉嫌いは徹底している。九尾《きゅうび》の陜で秀吉を襲ったことは不問に付されているが、それ以降も頑《がん》として秀吉への謁見《えっけん》を拒み続けているのだ。

だが、それも無理はない。男子のない晴蓑は、その才を見込み長女の婿《むこ》に迎えた養子の忠隣《ただちか》を、豊臣軍との戦で失っているのだ。忠隣戦死の報を受けた晴蓑は、しばらく食事も喉を通らないほど落胆したという。

「わかった、もう言わん。だが武庫兄者、このまま秀吉に妥協を続けていては、我らは磨《す》り減《へ》るばかりじゃ。どこかで秀吉に意地を示すことも肝要《かんよう》ぞ」

「無論じゃ。よいか、金吾。秀吉が憎いのは、お主だけではない。我ら兄弟三人は皆、あの男に弟を奪われたのだ」

末弟の家久が居城の佐土原で没したのは、龍伯の降伏直後のことだった。

日新斎から「軍法戦術に妙《みょう》を得たり」と評された家久は、島津家の武の柱だった。寡兵《かへい》で大軍を破り、島津家の窮地を救ったのも一度や二度ではない。高城《たかじょう》合戦では大友《おおとも》の大軍を釘付けにして勝利を呼び込み、沖田畷《おきたなわて》では龍造寺隆信《りゅうぞうじたかのぶ》、戸次川《へつぎがわ》では長宗我部信親《ちょうそかべのぶちか》、十河存保《そごうまさやす》という三人の大名を討ち取る大功を挙げていた。義弘は今も、この国に家久を上回る軍略家はいないと確信している。

その家久は、豊臣秀長《ひでなが》が本陣を置いていた日向野尻城《のじりじょう》で催《もよお》された宴に参加したその夜から体調を崩し、二日後に急死した。豊臣方による毒殺。それ以外に考えようがない。

「武庫、金吾」

龍伯の声に、義弘と晴蓑は居住まいを正した。

「軽はずみに秀吉に逆らい、家を滅ぼすわけにはいかん。だが、なりふり構わず恭順《きょうじゅん》して島津の面目を失うのは、我らの誇りが許さん。今後も難しい舵取《かじと》りが続くことになろう。だが我ら三人、心を一つとしてこの難局を乗り切る。それが、亡き中書の望みであろう」

義弘と晴蓑は頷いた。

卑劣なやり口で弟を奪った相手に、国を傾けてまで仕えなければならない。その鬱屈《うっくつ》を、この場にいる三人ともが抱えている。それでも、鎌倉の世から続く家名を絶やすわけにはいかない。それが、島津の家に生まれた者の定めなのだ。

二月二十七日、大隅栗野城を出陣した義弘は、三月二十日に肥前名護屋城へ入った。

「話には聞いておりましたが、まさかこれほどとは」

轡《くつわ》を並べる久保が、感嘆の声を上げた。

唐入りのために築かれた名護屋城は、いまだ普請の途上にあるものの、大坂に勝るとも劣らない壮大な規模だった。波戸《はど》岬《みさき》の丘陵《きゅうりょう》には五重七層の天守がそびえ、石垣を備えた無数の郭《くるわ》には、日本全土から参集した諸侯《しょこう》の軍勢、二十数万が陣屋を構えている。その周囲には多くの商人、職人が集まって居を構え、元は小さな漁村だった名護屋は、さながら一つの巨大な町と化していた。

それに引き換え、島津が割り当てられた郭に建てた陣屋は、あまりにもみすぼらしい。急ごしらえとはいえ他家の陣屋と比べても粗末で、言われなければ、そこで大名が起居しているなどとは誰も信じないだろう。領内外の商人たちから必死で掻《か》き集めはしたものの、渡海のための費用はまるで足りず、陣屋にまで銭をかける余裕は皆無だったのだ。

「よう見ておけ、久保。これが豊臣家と、我ら島津との力の差じゃ」

これだけの城を、わずか五ヶ月で築き上げる。それが、豊臣家の力だった。財力はすなわち、武力となる。島津家が秀吉に勝てなかったのも、突き詰めれば豊臣家の尽きることのない財力に圧倒されたからだと、義弘は考えていた。

その意味では、今の島津は弱い。兵がどれほど精強で、優れた将を多く抱えていても、財力の伴わない軍勢は力を発揮することができないのだ。

「現に、我らはこの有り様じゃ」

義弘が名護屋に入った今も、軍勢は整っていなかった。一万の軍役を命じられていながら、義弘が率いているのは、わずか五百にも満たない兵である。

義弘の不安は、最悪な形で的中していた。名護屋在陣中、国許から出征してきた兵が三々五々、合流してきたが、いずれも十数人からせいぜい数十人程度で、四月に入っても総勢は一千に届かなかった。渡海まで、もう日がない。それまでに一万の軍勢が集結するのは、もはや絶望的だった。

元々島津家では、独特な領国支配の方法を採っていた。領国をいくつかの地域に分け、その地域ごとに地頭《じとう》として一族や譜代家臣を置く。そして、数十人の地頭に衆中《しゅうちゅう》、すなわち現地の地侍《じざむらい》を統率させるのだ。

地頭の拠点は、鹿児島の内城に対して外城《とじょう》と呼ばれ、衆中は外城の周囲に居住する。衆中は地頭の指示で年貢や軍役を負担するが、地頭の家臣というわけではなく、あくまで島津家当主の直臣として扱われる。だが、日常でも戦の場でも行動をともにする地頭と衆中の繋《つな》がりは強く、それがひいては島津軍全体の結束の強さにもなっていた。

だが上方では、家臣団は城下に集住させるのが主流になっている。武士と土地を切り離すことで当主の権限は強まり、速やかな動員が可能になるのだ。上方から見れば、島津の外城制度は実に時代遅れな代物だった。

事実、今回の動員の遅れも、衆中が領地の疲弊を理由に参陣を渋っていることが原因だった。

これを改めるには、領国支配の形を根本から変える必要がある。武士と土地の繋がりを断つため、上方のように検地を徹底し、領内すべての土地を当主が把握した上で、新たに知行地を分配しなければならない。そうして当主の権力を確立しなければ、島津はいつまでも上方の諸侯に遅れを取ることになるのだ。

しかし今、それを言ったところでどうなるものでもない。渡海はもう、目前に迫っているのだ。

せめて、渡海用の船だけは回してほしいと国許に催促《さいそく》したが、一向に現れる気配がない。

度重なる軍役や普請役、上方での滞在費などで、島津家の借銭は膨れ上がる一方だった。国許では、船を用立てる資金さえ整わないということなのだろう。

四月十二日、日本軍先鋒《せんぽう》の小西行長率いる一番隊が対馬から釜山《ふざん》に上陸し、朝鮮攻めの火蓋《ひぶた》が切られた。

「父上、もう待てませぬ。御屋形様は何ゆえ、船を送ってくださらんのです」

日頃は龍伯への崇敬《すうけい》が篤《あつ》い久保も、忍耐の限界らしい。

小勢《こぜい》で粗末な陣屋に起居する島津勢は、諸侯の物笑いの種になっていた。久保は自他ともに次期当主と認めるだけに、耐え難いものがあるのだろう。だが、それは義弘とて同じだ。

「御屋形様は、このまま船を送らず、我らを名護屋にとどめておくおつもりなのでは」

「たわけ。そのような真似をして、何の得がある。太閤に睨《にら》まれ、痛くもない腹を探られるだけではないか」

「ですが」

「そなたはいずれ、島津宗家を継ぐ身ぞ。そのそなたが、御屋形様に疑念を抱いて何とする」

「は、申し訳ございませぬ」

「こうなった以上、銭で雇える船を見つけて、それで渡海するしかあるまい。久保、そなたは先に対馬へ渡れ。わしも、じきに後を追う」

渡海を命じられた諸侯の軍は、いずれも大規模な船団を仕立て、堂々と出陣していく。そうした光景を目にするたび、義弘は恥辱《ちじょく》に震えた。

賃船を探すのにも難儀し、十七日にまずは久保が、義弘は二十八日になって、ようやく対馬へ渡ることができた。こうしている間にも、諸侯の軍は続々と海を越えていく。義弘が属する四番隊も、とうに朝鮮入りを果たしていた。

対馬から釜山へ渡る船が見つかったのは、五月に入ってからだった。といっても、漁船に毛が生えた程度の小舟が数艘《そう》。十人も乗ればろくに身動きが取れなくなるような代物だ。これで釜山まで渡らなければならないのかと、義弘は怖気《おぞけ》をふるった。

だが、すでに渡海した小西行長は瞬《また》く間に釜山城を攻略し、続けて上陸した加藤清正《かとうきよまさ》、鍋島直茂《なべしまなおしげ》、黒田長政《くろだながまさ》らは朝鮮の都・漢城《かんじょう》へ向け、競うように快進撃を続けている。同じ九州諸侯が活躍している中、これ以上の遅参は許されない。

「まいるぞ」

義弘は意を決し、小舟に乗り込んだ。

外海に乗り出すと、途端《とたん》に激しい波が襲いかかってきた。舟は上下に大きく揺れ、絶え間なく波飛沫《なみしぶき》が降り注ぐ。出航して半刻《はんとき》（約一時間）も経《た》たないうちに、吐き戻す者が続出した。

「耐えよ」

ひどい吐き気を堪《こら》えながら、義弘は家臣たちを励ました。

「耐えるのだ。我らは、薩摩武士ぞ」

どれほどの大敵を前にしても、耐《た》え忍《しの》び、最後には勝利を手にしてきた。秀吉に降りはしたが、心までは屈していない。

耐えるのだ。義弘は歯を食い縛り、己に言い聞かせた。

二

戦の本営というには似つかわしくない、豪奢《ごうしゃ》な御殿だった。

島津龍伯は、鼻白む思いで謁見の間を見渡す。

築城から間がなく、ほのかな木の香が漂っている。廊下は美しく磨き上げられ、柱や襖《ふすま》の縁にまで金銀がちりばめられていた。さりげなく配置された調度の品々も、小城の一つくらいは購《あがな》える額なのだろう。

この部屋にかかった銭だけでも、どれほどの兵を養えるだろう。ふと浮かんだ思いを、詮無《せんな》きことだと苦笑とともに押し流す。この城の主にとっては、兵の口に入る米よりも、己の威を飾ることのほうがはるかに重大事なのだ。

小姓が御成《おな》りを告げ、龍伯は平伏した。真新しい藺草《いぐさ》の香りが鼻腔《びこう》を満たす。

衣擦《きぬず》れの音。ややあって、声がかかった。

「久しいのう、龍伯。堅苦しい挨拶《あいさつ》は抜きじゃ。面《おもて》を上げよ」

上座には、闊達《かったつ》な笑みを湛《たた》えた小柄な男がいた。唐織の羽織に金糸銀糸をあしらった袴《はかま》。半分以上が白くなった髪と薄い髭《ひげ》。

「ずいぶんと遅い到着じゃが、体の具合でも悪かったか」

秀吉は、手にした扇を使いながら訊《たず》ねた。

「ははっ、持病の虫気《むしけ》にて遅参いたしましたこと、まことに……」

「よいよい。わしもとんと歳を取ってな。膝《ひざ》だの腰だのが痛んで難儀いたすこともしばしばじゃ。少々の遅参など、責めはせぬ」

龍伯が名護屋へ入ったのは昨日、六月八日の夕刻だった。薩摩を発《た》ったのは五月四日だったが、療養のためしばらく肥後にとどまっていたのだ。

義弘が渡海している間、龍伯は名護屋に詰めることを命じられていた。名目は義弘の後方支援のためだが、秀吉としては、龍伯の身柄《みがら》を押さえておきたいのだろう。秀吉も、島津領内に渦巻く不満は熟知しているはずだ。

「義弘は、無事朝鮮へ渡ったそうじゃな。商人の粗末な舟で渡海せねばならなかったとは、何とも気の毒なことよのう」

「は、面目次第もございませぬ」

義弘の出陣以来、軍勢や軍船を催促する書状は幾度となく届けられていた。

いかにも武人然とした義弘だが、実はかなりの筆まめだった。しかもどういうわけか、文になると愚痴や泣き言が多い。義弘がどうにか渡海を終えた後で届いた書状には、「日本一の遅陣で面目を失い、無念千万に候」とまで記してあった。

義弘を追うように、国許からは末弟・家久の嫡男忠豊や、重臣の新納忠増《にいろただます》、湯之尾《ゆのお》の地頭・梅《うめ》北国兼《きたくにかね》、大姶良《おおあいら》の地頭・伊集院三河《みかわ》といった者たちが出陣し、朝鮮へと向かっている。

だがそれでも、秀吉に課された一万人を満たすことは不可能だった。

そもそも、龍伯は朝鮮へ家臣を送り出すことに積極的にはなれない。今は快進撃を続けていても、やがては晴蓑が言うように苦戦に陥り、泥沼に嵌り込むのは目に見えている。そんな無謀な戦で一《いち》族郎党《ぞくろうどう》を死なせるのは、家名を保つためとはいえ、忍び難いものがある。

龍伯が期待しているのは、明軍の速《すみ》やかな介入だった。

数十万の大軍が朝鮮救援に現れれば、秀吉も明国の征服など不可能だと悟るはずだ。一度や二度の大戦はあるだろうが、まともな将ならば和睦を模索しはじめるだろう。そうなれば、島津の将兵の犠牲《ぎせい》も最低限に抑《おさ》えることができる。

そしてそのための手も、すでに打ってあった。

「五月の初めに、行長らは朝鮮の都漢城を落とした。そなたも聞いておろう」

「はっ、祝着至極にございます」

「近々、わしも自ら朝鮮へ渡ろうと思う。このぶんならば、再来年あたりには明の都も落ちよう」

本気で言っているのか、それとも戯言か、龍伯には判断がつかない。

「明を滅ぼした後は、京におわす主上に北京《ペキン》へご動座いただき、周辺の十カ国を進上いたす。明国の関白には、秀次を就《つ》けるつもりじゃ。あ奴《やつ》は我が甥ながら戦下手じゃが、政《まつりごと》にはなかなかの才があるゆえ、明国もしかと治めてくれよう」

「主上を、明国の都へ……」

「さよう。案ずることはないぞ。日本の帝には、今の皇太子にご即位いただく。万が一にも、日本国内が乱れることはあるまい。そして足元が固まった暁《あかつき》には、わしは寧波《ねいは》へ移り、百万の軍勢を率いて天竺征伐《てんじくせいばつ》に乗り出すことになろう」

龍伯は何と答えるべきかわからなかった。主上を北京に移し、日本には別の帝を立てる。そしてさらに、天竺へ兵を進める。

この男は、何を語っているのか。到底、正気の沙汰とは思えない。

「百姓に生まれたわしが、日本のみならず唐、天竺の覇者となるのだ。あの世の鶴松《つるまつ》も喜んでくれよう」

どこか遠くを見る目で、秀吉は呟くように言う。

秀吉がこれほど事を急ぐ理由が、ようやく理解できた。昨年の八月、秀吉ははじめての男子鶴松に夭折《ようせつ》されている。唐入りの計画は鶴松の在世中から進められていたが、秀吉は愛息を喪《うしな》った悲しみを忘れるため、途方もない夢に没頭しようとしているのだ。

厄介なことになったと、龍伯は思った。この様子では、明が数十万の大軍を朝鮮に送り込んでも、秀吉が諦《あきら》めるとは思えない。

「ところで龍伯。そなたの侍医は、なかなかの名医らしいのう。此度《こたび》も伴ってまいったと聞くが、まことか?」

思わぬ方向へ話題が転じ、龍伯は戸惑った。

まさか。冷たい汗が背中を流れる。

「は。それがしの虫気も、その者の処方する漢方にて治まりましてございます」

「確か、名を許儀後《きょぎご》と申したな。生まれは明国だそうな」

「左様にございます」

薩摩、大隅には、多くの明国人が居住している。自ら進んで海を渡ってきた者もいるが、大半は倭寇《わこう》によって捕虜《ほりょ》にされ、人買い商人によって日本へ連れてこられた者たちだ。

許儀後もその一人で、出身は明国の江西省吉安府《こうせいしょうきつあんふ》。医術に優れているという評判を聞き、龍伯が侍医として買い取った人物だった。

「その許儀後なる明人が昨年九月、故郷に文を送ったそうじゃ。存じておるか？」

「いえ、聞いたこともございませぬ」

動揺が表れないよう、四肢に力を籠《こ》めた。だが秀吉は、見透かしたような笑みを口元に浮かべる。

「宛先は福建巡撫《ふっけんじゅんぶ》。日本でいう、守護か探題といったところかのう。許儀後はその書状に、わしが唐入りを目論んでおるゆえ、明国は備えを怠《おこた》るべからずと認《したた》めておったそうじゃ」

「殿下。それは、何かの間違いにございましょう。許儀後はもう二十年も日本で暮らし、明国には縁者もおりません。それがしを貶《おとし》めようとする何者かの讒言《ざんげん》にございましょう」

「それを報《しら》せてきたのは、平戸《ひらど》で暮らす同じ明人じゃ。許儀後が明国に通じておること、もはや明白である。そして、これが万一そなたの命であったとすれば、天下の一大事じゃ。唐入りの先行きも危ぶまれよう」

秀吉の顔から笑みが消えた。

「さて、困ったことになったのう、龍伯。いかがいたす？」

重い沈黙が下りた。頰を流れた汗が、顎《あご》から滴《したた》り落ちていく。

あくまでしらを切り通すか。いや、ここまで漏れているからには、言い逃れは通用しない。詫びを入れ、許儀後の首を差し出すか。あくまで許儀後の独断として処理すれば、傷口は最小限に抑えられる。だが、侍医とはいえ、保身のために身内を売るのか。それで、島津の誇りは傷つかないのか。

龍伯の思案を断ち切るように、秀吉が口を開いた。

「許儀後を捕らえ、釜茹《かまゆ》での刑に処す」

「殿下、お待ちを……」

「と、申し付けたいところではあるが、思わぬ横槍《よこやり》が入ってのう」

「横槍、と申しますと」

「家康《いえやす》じゃ。この話をしたところ、あ奴が反対いたしおったのじゃ。〝殿下、この国には多くの明人がおり、明国に通報いたしたのが一人とは限りませぬ。となれば、すべての明人を取り調べる必要が生じまする〟とな。それも面倒ゆえ、此度は許すこととした」

確かに、博多《はかた》や平戸、薩摩の坊津《ぼうのつ》など、西国の主要な港にはだいたい唐房《とうぼう》と呼ばれる場所があり、明や朝鮮の人々が多く暮らしている。それをすべて詮議《せんぎ》するとなれば、途方もない時と人手がかかるだろう。

だがそれにしても、意外な成り行きだった。家康とは上方で何度か顔を合わせたことがあるが、それほど親しいわけでもない。秀吉の不興を買う危険を冒してまで、家康が島津を庇《かば》う理由があるとも思えなかった。

いずれにしろ、窮地は脱した。ここは素直に頭を下げておくべきだろう。

「かたじけのう、存じまする」

「礼なら家康に言え。それに、侍医を殺したせいでそなたが病に倒れては、寝覚めが悪いわ」

そう言って、秀吉は大笑する。

その目の奥には、途方もない夢を追う狂気と、抗う相手を着実に追い詰めていく怜悧《れいり》さが同居していた。


翌日、龍伯は名護屋城内の徳川《とくがわ》家の陣屋を訪《たず》ねた。

本丸のすぐ近くで、敷地も広く、入口は堅固な石垣と冠木門《かぶきもん》まで備えている。

門をくぐると、書院や茶室、手入れの行き届いた庭園が目に入った。陣屋とはいえ、京大坂の島津屋敷よりもはるかに豪奢な造りだ。

小姓の案内で、龍伯は奥の書院へ通された。中で待っていたのは、家康一人だけだ。

「ようお越しになられた、島津殿」

龍伯が許儀後の件で礼を述べると、家康は肉付きのいい顔に笑みを浮かべた。

「なんの。礼には及びませぬ。それより、島津殿とは一度、こうして膝を交えて語り合ってみとうござった」

家康は、龍伯より九つ年少の五十一歳。小牧《こまき》・長久手《ながくて》の戦いでは秀吉に一歩も退《ひ》かぬ戦いぶりを見せ、今や関東で二百五十万石を領する大大名である。〝海道一の弓取り〟と称されるほどの戦上手というが、物腰は柔和で、律義者という評価も定まっている。

「こちらへまいる途上、徳川殿の兵を拝見いたしました。足軽雑兵にいたるまで緩みもなく、さすがは天下に名だたる三河兵と感心いたした次第です」

「これはまた。我が兵にはそれなりに自負を抱いてはおりますが、精強を謳《うた》われる薩摩兵には敵《かな》いますまい。しかも、ご家中は御舎弟の義弘殿をはじめ、名将、勇将揃いと聞く。まこと、羨《うらや》ましき限りにござる」

「されど我が身の不徳ゆえ、弟たちには苦労をさせております。まこと、当主として情けなきことにて」

「それがしも、御家の現状は聞き及んでおりまする」

神妙な顔つきで言うと、家康は出された茶を啜《すす》り、いくらか声をひそめて言った。

「殿下は少々、御家に対して辛う当たりすぎておられる」

「それは……」

秀吉に対する誹謗《ひぼう》とも受け取られかねない言葉だった。だが、家康は気にする風もなく続ける。

「ここだけの話、殿下は島津家の武を警戒なされておられる。ゆえに龍伯殿、義弘殿、久保殿のそれぞれに知行を安堵するという、国を割るようなお沙汰を下されたのでしょうな」

「それも、当家が殿下に弓を引いたがゆえ。致し方ありますまい」

ここで尻馬《しりうま》に乗って、秀吉を批判するわけにはいかない。家康は鷹揚《おうよう》に頷き、再び茶を啜る。

「失礼ながら、当初より減免されたとはいえ、一万人の軍役でも今の御家には苦しゅうござろう。二百五十万石の当家でも、此度の軍役はなかなかに辛うござる」

「お察しいたします」

徳川軍は渡海こそ免れたものの、秀吉から一万五千の軍役を課せられていた。戦況次第では、いつ渡海を命じられるかわからない。東海から関東へ移封されたばかりの家康にとって、唐入りは迷惑以外の何物でもないはずだ。

「今は誰もが苦しゅうござるが、困った時は相身互い、遠慮のう、当家を頼られるがよろしい」

「ありがたきお言葉。胸に刻みつけておきまする」

龍伯は慎重に言葉を選び、それだけ答えた。

「ところで島津殿。許儀後殿は漢方の処方に長《た》けておられるそうだが、実はそれがしも薬作りを嗜《たしな》んでおりましてな。近く、教えを乞いたいのだが」

「さようにござるか。では明日にでも、徳川殿をお訪ねするよう申し付けておきましょう」

「おお、これはありがたい」

家康は頬の肉を揺らし、喜びを露《あら》わにする。

「では、許儀後殿にはしばらくこの陣屋に逗留《とうりゅう》し、薬作りをご教授いただこう」

「どうぞ、お気のゆくまで」

やはり、油断のならない相手だった。家康は許儀後に接触することで、こちらの真意を探ろうとしている。

とはいえ、家康が許儀後に害を加えることはないだろう。考えようによっては、秀吉に目をつけられている自分の側《そば》にいるよりも安全と言える。

家康の目が、どこまで先を見据えているのかはわからない。だが今のところ、利害の対立はないのだ。交流を深めておいて、損はあるまい。

しばらく雑談を交わして徳川の陣屋を出ると、すでに日が沈みかけていた。しばし足を止め、高台からの景色を眺める。

眼下に広がる玄界灘が、西日を受けて赤く輝いている。まるで血の色だと、龍伯は思った。

この海の先には、義弘と多くの家臣たちがいる。今頃、言葉も通じない異郷の地で、どれほどの苦しみを味わっているのか。できることなら自分も海を渡り、労苦を共にしたかった。

一人たりとも、犬死はさせない。改めて誓い、再び歩き出す。


龍伯が起居する陣屋に家臣の町田久倍《まちだひさます》が飛び込んできたのは、それから十数日が過ぎた朝のことだった。

「御屋形様、一大事にございます」

荒い息を吐きながら、久倍が片膝をついた。

久倍は当年四十。常に沈着冷静で、政にも長じ弁も立つため、龍伯は家老に引き立てて重用している。

その久倍が、明らかに狼狽《ろうばい》していた。

「いかがいたした」

朝餉《あさげ》の最中だったが、龍伯は箸《はし》を置いて訊《たず》ねた。

「梅北国兼殿より密使がまいっております。その者によれば、梅北殿は去る十五日、同心の者およそ七百と共に、肥後佐敷城《さしきじょう》を奪ったとの由」

束《つか》の間《ま》、久倍の言葉の意味が理解できなかった。

肥後佐敷城は、北肥後を領する加藤清正の飛び地である。国兼は義弘の下に参じるため、薩摩を出陣したはずだ。それがなぜ、他家の城を奪わなければならないのか。

「梅北殿は城を奪うや、佐敷周辺の地侍、百姓らに決起を呼びかけておるとのことです。佐敷にはすでに、二千近い衆が集まっておるとか」

「何たることだ」

龍伯は眩暈《めまい》を覚えた。他家の城を奪った上、二千もの衆を集める。島津家による豊臣公儀への謀叛と受け取られても、致し方ない暴挙だ。

「国兼らの狙いは、奈辺《なへん》にある」

「天下万民を苦しめる唐入りを阻止せんがため、との由にございます。御屋形様には直ちにご帰国なさり、お味方いただきたいと申しておりまする」

「愚かな。たったの二千で、秀吉に戦を挑もうというのか」

「いかがなさいますか。使いの者は、御屋形様へのお目通りを求めておりますが」

しばしの逡巡《しゅんじゅん》の後、龍伯は「会わぬ」とだけ答えた。

国兼らに同調するわけにはいかない。たとえ島津家を挙げて起《た》ったとしても、名護屋にはまだ十万の兵がいるのだ。勝ち目など、万に一つもない。

一揆《いっき》に与《くみ》した家臣たちは、切り捨てるしかなかった。一歩でも間違えば、島津家はたちまち取り潰される。

事態を誰よりも早く秀吉に報せ、一揆鎮圧の任を買って出る。島津が生き残るには、それしかない。それでも、許されるかどうかは五分五分だ。

「細川幽斎《ほそかわゆうさい》殿に使いを立てよ。すぐにそちらへ伺うと」

「ははっ」

幽斎は、島津家と秀吉との取次役を務めている。秀吉に報告するにしても、まずは幽斎に話を通す必要があった。

それにしても、国兼は何を思ってこのような挙に出たのか。国兼は龍伯と同年輩で、これまで幾多の合戦で武功を挙げてきた。愚直すぎるきらいはあるものの、忠義に篤く、主家を危うくするような真似《まね》を好んでするはずがない。

それだけ、追い詰められていたということか。龍伯は握り締めた拳を床に叩きつけた。

三

潮風が頬を撫《な》でた。雲一つない空に、海鳥が舞い飛んでいる。城の物見櫓《ものみやぐら》からは、八代海《やつしろかい》に浮かぶ島々が望める。

梅北国兼がこの佐敷城を訪れたのは、八年ぶりのことだった。城や城下の様子は、あの時とそれほど変わりはない。

八年前、国兼は龍造寺隆信の大軍を迎え撃つため、薩摩から島原《しまばら》の地へ向かう途上でこの城に立ち寄った。

龍造寺軍は三万余、対する味方はわずか五千だった。だが、総大将の島津家久は臆《おく》することなく野戦を挑み、地形を巧みに利用した戦術で龍造寺軍を撃破、隆信の首級《しるし》を挙げるという大勝利を手にする。

あの時の感動を、国兼は昨日のことのようにはっきりと覚えていた。

これで、九州は島津のものとなる。家久ほどの名将がいれば、上方の軍勢が何十万と押し寄せてこようと、勝利は疑いない。本気でそう思ったものだ。

あれからわずか八年。九州全土を制するかに見えた島津家は、見る影もなく衰退していた。苛酷な軍役で領内は疲弊し、家臣の多くは借銭の返済に喘いでいる。民は飢え、田畑を捨てて逃散する者が続出していた。年貢納入を拒む村も、一つや二つではない。国兼が地頭を務める湯之尾の地でも、それは同じだった。

そこへ追い討ちをかけたのが、今回の唐入りだった。

聞けば、太閤秀吉は朝鮮のみならず明、さらには天竺へも攻め入ると豪語しているらしい。

愚かな夢に付き合わされて、名もなき兵たちが死んでいく。働き手を奪われた国許は、さらに荒れ果てる。手柄を立てたところで、褒美として与えられるのは言葉も通じない異国の土地だ。兵たちを死なせる価値など、ありはしない。

それでも、主家のためには朝鮮へ渡るしかなかった。わずかな軍勢で渡海した義弘を、見捨てることはできない。

そこへ、今回の挙兵の計画が舞い込んだ。発案者は、大姶良の地頭を務める伊集院三河である。不惑を過ぎたばかりの三河は、大隅肝属郡を領する伊集院幸侃の遠い縁戚に当たる。

豊臣家に取り入って甘い汁を吸っている幸侃は多くの家臣から憎まれているが、三河は龍伯の直臣で、幸侃との関係は深くない。それほど目立たないが、戦にも政にも堅実な手腕を持ち、頭も切れる。挙兵の暁には、総大将は国兼に任せ、自分は軍師役に徹したいとのことだった。

悩んだ末に、国兼は三河の提案を受けた。

場合によっては、島津家滅亡の端緒《たんしょ》を作ることにもなりかねない。逆臣の汚名を受けるかもしれない。だが、島津領に暮らす人々は武士と民を問わず、今この時を生き抜くことさえ困難なのだ。

この愚かすぎる戦を止め、家臣領民を守り、かつての島津の栄光を取り戻すにはこれしかない。そのためなら、残り少ないこの命など、惜しくはない。

「殿。軍議の刻限にございます」

「わかった。すぐにまいる」

近習《きんじゅう》の呼び声に、国兼は櫓《やぐら》を下りた。

本丸広間には、この決起に加わった島津家臣が揃っていた。田尻但馬《たじりたじま》、東郷甚右衛門《とうごうじんえもん》、そして伊集院三河。

但馬と甚右衛門は、国兼と同年輩で気心が知れている。二人とも家中では名を知られた剛の者で、薩摩を発つ前からこの計画に参加していた。そしてこの場にいる全員が、今の天下の有り様と島津家の現状に、深い絶望を抱いている。

「方々の働きで、佐敷の占拠は首尾よく運んだ。改めて礼を申す」

上座に就き、頭を下げた。

決起は一昨日、六月十五日の深夜だった。船待ちのためと称して佐敷城下に宿を取った国兼らは、城内に使者を送り「太閤の命により城を接収する」と告げさせ、それが拒否されるや、一挙に城へ押し寄せたのだ。

城の占拠は、ほとんど血を流すこともなく成功した。

佐敷城代の加藤重次《かとうしげつぐ》は朝鮮に出陣中で、城内には留守居役と五十名足らずの守兵のみ。対する味方は七百余名。留守居役筆頭の安田弥右衛門《やすだやえもん》は、ろくに抵抗することなく降伏。城を明け渡して、自らは他の留守居役たちと共に城下の寺へ移った。一応監視の兵はつけているが、今のところおかしな動きはない。

問題は、この叛乱をどれほど大きな波にできるかだ。国兼は「島津龍伯が太閤秀吉打倒の兵を挙げ、多くの諸侯がこれに呼応した」と触れ回り、近隣の地侍や百姓町人に参加を募った。無断で主君の名を出すのは心苦しいが、そのおかげで全軍は二千近くにまで膨れ上がっている。

「では、次に打つ手を申し上げる」

軍師役の三河が、一同を見渡した。策の立案は、すべて三河に委ねてある。

「東郷、田尻の両氏には千八百を率いて北上し、小西領八代の麦島城《むぎしまじょう》を攻め落としていただきたい。南肥後の要衝《ようしょう》である麦島城を獲《と》れば、模様眺めをしている肥後の地侍たちも、挙《こぞ》って我らに与するであろう」

元々、肥後には反豊臣の機運が渦巻いていた。五年前には大規模な国人一揆《こくじんいっき》があり、その責を問われた領主の佐々成政《さっさなりまさ》が改易されている。一揆は間もなく鎮圧されたが、余燼《よじん》は燻《くすぶ》っていた。再び叛乱《はんらん》の火の手が上がれば、大きく燃え拡がる。それが、挙兵の地に肥後を選んだ理由だった。

「それがしと梅北殿はこの城に残り、さらに味方を募る。八代攻略に手間取れば、後詰《ごづめ》を率いて駆けつける所存じゃ」

「八代を攻めることに、異存はない」

口を開いたのは、東郷甚右衛門だった。

「それよりも気がかりなのは、御屋形様のことじゃ。まこと、此度の挙に賛同いただけるであろうか」

甚右衛門の懸念《けねん》に但馬も頷いた。

「ご安心召されよ。名護屋へはすでに使いを立て、ご帰国を求めております。御屋形様は必ずや、島津全軍を率いて起っていただけましょう」

「宮之の金吾様には?」

「無論、同様の使者を送り申した。朝鮮におられる武庫様には報せる術《すべ》がござらぬが、きっとおわかりいただけることでしょう」

島津家が一丸となって起てば、か細いながらも勝機は見える。諸侯の多くは、内心では唐入りに反対しているはずだ。呼応して兵を挙げる者も出てくるだろう。秀吉を討てないまでも、九州から追い払うことは夢ではない。

だが、そこまで先のことは考えても仕方がない。まずは肥後を制し、叛乱の流れを大きくすることだ。

国兼は、改めて一同を見回した。

「異論がなければ、すぐに出陣していただきたい。八代を獲れるか否《いな》かが、最大の切所《せっしょ》と心得られよ」


八代攻略隊が出陣した翌日も、佐敷城には周辺の地侍や食い詰めた牢人《ろうにん》、百姓町人などが武器を手に続々と参集していた。薩摩から朝鮮へ向かう途上で国兼の決起を知り、加わってきた島津家臣も少なくはない。

「やはり、豊臣の世に恨みを持つ者は多くいるということだな。この分なら、南肥後を押さえるのにそれほど時はかかるまい」

国兼は佐敷城の書院で、伊集院三河を相手に言った。

「小西家も、加藤家と同様、家臣の大半が朝鮮へ渡っております。麦島は堅城なれど、攻略には三日あれば十分でしょう」

淡々と語る三河を眺めながら、それにしても、と国兼は思う。

中肉中背。薩摩武士らしく厳めしくはあるが、それほど印象に残る顔立ちでもない。この、それなりの手腕はあるがさして目立たない男が、これほどの胆力を持っていたとは。命じられたことは確実にこなすが、華々しい活躍も、目を瞠《みは》るような才もない。それが、国兼の三河に対する評価だった。

三河が突然湯之尾を訪ねてきたのは、今から一月ほど前、国兼が渡海の仕度に追われていた頃のことだ。

歳が離れていることもあり、さして親しい間柄ではない。そんな三河の来訪に戸惑いつつも、出来る限りのもてなしをした。

三河は粗末な酒肴を味わいながら、島津の家臣領民が置かれた窮状を訥々《とつとつ》と語った。

なぜ、精強を謳われ一時は九州全土に覇を唱えた島津家が、これほど惨《みじ》めな状況に陥ったのか。なぜ、罪もない者たちが塗炭の苦しみに喘ぎ、遠い異国の地まで送り込まれるのか。元々、口数の多い男ではない。だがその押し殺した口ぶりからは、口惜《くちお》しさと憤《いきどお》りが染み入るように伝わってきた。

「太閤秀吉。このたった一人の男こそが、天下万民を苦しめるすべての元凶にござる」

確信に満ちた表情で、三河は断言した。

「一族郎党のため、島津のため、ひいては天下のため、我らは起つべきです。あの男は、生きているべきではない」

父と子ほども歳の離れた三河に、国兼はこちらを圧倒する何かを感じた。若さか、それとも内に秘めた義憤の熱か。己が武士であることの意味を問われている。そう、国兼は感じた。

あれから一月。計画は急ごしらえの感こそ否めないが、順調に運んでいる。後は、どれだけの味方が募れるか。島津家そのものを、こちら側へ引き入れられるかにかかっている。

挙兵の報せは、名護屋に達しているだろう。数日中にも追討軍が送られてくるはずだ。それを迎え撃つには、この佐敷では心もとない。八代麦島城を速やかに攻略し、追討軍を迎える。それが、この計画の要だった。

不意に、廊下から慌ただしい足音が聞こえた。

「申し上げます！」

切迫した近習の声。三河の顔つきが険しくなる。

「何事か」

「東郷様よりご注進。麦島近郊にて待ち伏せを受け、田尻但馬様お討死。地侍衆はたちまち逃げ散り、お味方は総崩れとの由」

「何と」

国兼は束の間、言葉を失った。但馬も甚右衛門も、戦陣で油断するような将ではない。

「敵は二千余。鉄砲を多く持つ、精兵であったとのことにございます」

「どういうことだ。小西勢は大半が朝鮮に渡ったはず。それほどの兵が残っておるとは」

そこまで言いかけて、国兼は口を噤《つぐ》んだ。

計画が漏れていたのか。いや、そもそもこの計画自体が、罠だとしたら。

「城に残った兵を掻き集めよ。敵は、じきにここまで攻め寄せてまいるぞ」

「ははっ」

一礼し、近習が駆け去っていく。

直後、背中に熱を感じた。腹の中が、焼けるように熱い。喉《のど》の奥から何かがせり上がり、嘔吐《おうと》する。溢《あふ》れ出したのは、血だった。

背中から腹を、脇差《わきざし》で貫かれていた。うなじのあたりに吐息がかかる。

「やはり、そなたであったか」

脇差が引き抜かれ、国兼は仰向《あおむ》けに倒れた。首だけを動かし、三河を睨み据える。

「我が家臣領民を救うための、やむなき仕儀にござる。恨むなら、それがし一人を恨まれよ」

そう語る三河の表情は、苦渋に満ちていた。

どうやら、想像もつかないほどの謀《はかりごと》の糸が張り巡らされていたらしい。そして自分は、まんまとその糸に絡め取られ、主家を存亡の危機に陥れたのだ。

何という、愚かな男だ。血を吐きながら、国兼は己を罵《ののし》った。

島津の家臣に叛乱を起こさせ、得をする者。いくつもの名が浮かぶが、自分が答えにたどり着くことはないだろう。

目に映る物が、徐々に色を失っていく。三河がどこにいるのかさえ、もうわからない。

申し訳ございませぬ、御屋形様。胸中で詫《わ》びた次の刹那《せつな》、すべてが闇に呑まれた。

四

わずか二月ぶりの鹿児島は、不穏な気配に満ちていた。

家臣団のごく一部とはいえ、独断で兵を挙げる者が出たのだ。家中の動揺は大きい。

龍伯が細川幽斎を伴って名護屋から鹿児島へ戻ったのは、七月五日のことだった。梅北一党の叛乱は半月ほど前に鎮圧され、佐敷から逃げ戻った者たちも、ほとんどが捕縛されている。

秀吉の厳命で、首謀者の一族はことごとく捕らえた。縄につく前に自害した者や闘死した者もいるが、生き残った十数名は、名護屋へ送られることになっている。恐らくは、全員が処刑されるだろう。龍伯は、心の中で手を合わせるしかなかった。

幸い、秀吉から島津家の罪は問わないという言質《げんち》は取ることができた。秀吉は浅野長政《あさのながまさ》らに梅北討伐を命じる一方で、龍伯には直ちに幽斎を伴って帰国し、領内の引き締めを命じたのだ。

だが、浅野軍の到着を待たずして、叛乱は鎮圧されていた。

名護屋から鹿児島へ向かう途上で秀吉の使者から聞かされた叛乱の顚末《てんまつ》は、龍伯には納得しがたいものがあった。

叛乱三日目の十七日、佐敷城留守居役の安田弥右衛門らが、陣中見舞いの酒肴を持参して登城した。その宴の席上で、安田らは酔った国兼を殺害、城はたちまち奪回され、城内にいた伊集院三河は行方《ゆくえ》をくらましたという。

八代の麦島城に迫った田尻但馬、東郷甚右衛門の軍は、現地の地侍の抵抗に遭って壊滅し、但馬は討死、甚右衛門は敗走中に国兼の死を知って自害したらしい。

腑《ふ》に落ちないところばかりだった。あの国兼が、戦の最中に酔い潰れるなどという不覚をとるはずがない。但馬、甚右衛門も、寄せ集めの地侍に敗れるような将ではなかった。

四人の首謀者のうち、三人が首級を挙げられている。その中で、伊集院一族に連なる三河だけがいまだに所在不明というのも不可解だった。

謀略の気配が、色濃く漂っている。もしもこの叛乱が、最初から仕組まれたものだとしたら。

「久倍、伊集院三河の行方を追え。何としても見つけ出し、生け捕りにせよ」

「御意」

「それと、細川幽斎の動きにも目を配っておけ。おかしな動きをされてはかなわん」

「承知いたしました」

これほど大掛かりな謀略を仕掛けてくるとしたら、秀吉以外に考えられない。三河を動かしたのは、秀吉に近い伊集院幸侃だろう。だが解せないのは、秀吉が島津の罪を不問としたことだ。

晴蓑が近くにいればと、痛切に思った。これまで、謀略の類《たぐい》は晴蓑にすべて任せていたのだ。今回の件でも、適切な助言をしてくれるだろう。

だが、晴蓑は二月ほど前から体調が悪化し、今は宮之城で病床にある。無理はさせたくなかった。

「龍伯殿」

細川幽斎が表書院を訪ねてきたのは、鹿児島に戻った数日後のことだった。

幽斎は、龍伯より一つ年少の五十九歳。足利義昭《あしかがよしあき》、織田信長《おだのぶなが》、豊臣秀吉と主君を変えながら、乱世を渡り歩いてきた男だ。文人としても知られ、家督《かとく》を息子の忠興《ただおき》に譲った今も、秀吉から重用され続けている。

「殿下より貴殿宛《あ》てに、朱印状が届いておりまする」

受け取り、目を通した龍伯はしばし言葉を失った。

晴蓑は先年、秀吉に矢を射かけるなど上意に対し慮外の動きをした。龍伯、義弘を赦《ゆる》したためやむなく晴蓑も赦免したが、最近になっても出仕しないなど重々不届きである。義弘と共に朝鮮へ渡っていれば助けるつもりだが、もしも国許にいるならば、その首を刎《は》ねよ。そう、朱印状には記されていた。

「ご心中、お察し申し上げる。されど、太閤殿下のお下知は絶対。直ちに御舎弟を召し、腹を切るよう申し付けられませ」

幽斎の声が、虚《うつ》ろに響く。龍伯はしばし、じっと朱印状に視線を落とした。何度読んでも、晴蓑の首を刎ねよという文言に間違いはない。

ここまでするのか。島津の罪は問わないという舌の根も乾かぬうちに、兄に弟の首を刎ねさせようというのか。出仕云々は、口実に過ぎない。秀吉は九尾の険で襲われたあの日から、いずれは晴蓑を成敗すると決めていたのだろう。

「龍伯殿。聞いておられるか、龍伯殿」

視線を上げ、幽斎を見据えた。その目に、かすかな怯《おび》えの色が浮かぶ。

「そ、それがしとて、御舎弟の首が欲しいわけではない。しかしながら、取次役として……」

「これが、太閤殿下のやり方にござるか」

「龍伯殿……」

「過去の罪を今さら蒸し返し、中風で体も満足に動かせぬ年寄りの首を差し出せと命じる。これが、豊臣の世の有り様なのかと問うておる」

怒りは押し殺したつもりだった。だが、幽斎の顔は蒼褪《あおざ》め、頬は小刻みに震えている。

「龍伯殿、早まってはならぬ。それがしを害するは、殿下に弓引くも同然……」

「承知いたしておる。無論、太閤殿下に対し奉り、弓を引くつもりなどはござらぬ。幽斎殿は、何か思い違いをなされておられる」

「さ、さようか。ならばよいのだが」

命を拒んで秀吉と一戦交え、誇りと共に滅びるか、晴蓑を処断して島津家を守るか。晴蓑なら、間違いなく後者を選ぶ。

「されど、当家の家中には、晴蓑を慕う者も多うござる。切腹を申し付けたとあらば、その者らの恨みがどこへ向かうか、それがしにもわかり申さぬ」

「き、貴殿は、それがしを脅すおつもりか」

「とんでもござらぬ。ただ、当家の家臣らは田舎者ゆえ気が荒く、梅北の一件のごとく、それがしの意に反して事を起こすこともございまする」

「それがしに、いったい何をせよと」

「晴蓑には、袈裟菊丸《けさぎくまる》なる孫がおり申す。その者まで罪に問われれば、家中を抑えることはかないますまい」

再び殺気を籠め、幽斎を見据えた。

こうなった以上、晴蓑を救うことはできない。だがせめて、年端もいかない袈裟菊丸だけは助けたかった。

しばしの沈黙の後、幽斎は諦《あきら》めたように息を吐く。

「承知いたした。袈裟菊丸殿の件、それがしが責任をもって殿下にお赦《ゆる》しいただくよう取り計らいましょう」

「ありがたきお言葉。ご無礼の段、平にご容赦を」

「では、お急ぎなされよ。殿下の御気色をこれ以上損なうは、御家にとっても益無きことにござろう」

言い残し、幽斎はそそくさと書院を後にした。

あの男を斬れ。口から飛び出しそうになる言葉を、龍伯は血が滲むほど唇を噛んで、ようやく堪えた。

晴蓑が鹿児島内城に到着したのは、七月十七日の夕刻だった。

会うのは、義弘を送り出す宴の席以来だ。あれからわずか半年足らずで、晴蓑の容貌は一変していた。頬はやつれ、髭に黒いものは一筋も見えない。体も痩《や》せ衰え、家臣に支えられなければ歩くこともままならない様子だった。

迎える家臣たちには、すでに秀吉の命を伝えてあった。晴蓑を直視できず俯《うつむ》く者。目に涙を浮かべる者。いずれも、必死に口惜しさを堪えている。

家臣団が居並ぶ広間で、幽斎が秀吉の朱印状を読み上げる。

すべてを聞き終えた晴蓑は、一切の感情を消し去ったような声音で、「御意のままに」とだけ答えた。

家臣たちの中から、啜り泣きの声が漏れてきた。今にも斬りかからんばかりの形相で、幽斎を睨みつける者もいる。

「切腹の儀は、明朝執り行うものとする」

それだけ言って、幽斎は逃げるように広間を後にした。

その晩、龍伯は晴蓑を奥の書院へ招き、酒肴を運ばせた。

「此度の秀吉の下知、すでに聞き及んでおったか」

「何の。今この時期に鹿児島へお召しとあらば、それがしの処断であろうと考えておったのみにござる」

「なるほどな。さすがは、日新斎様に智計並ぶ者無しと評されただけのことはある」

晴蓑は微笑し、盃を傾けた。

酒は医師に止められていたのだろう。ゆっくりと味わいながら、晴蓑はしみじみと言う。

「薩摩の酒は、美味《うも》うござるな」

「遠慮はいらん。今宵は好きなだけ過ごせ」

手ずから注《つ》ぎ足してやると、晴蓑は嬉《うれ》しそうに笑った。

「しかし、此度は秀吉めにしてやられましたな」

盃を干し、晴蓑が言った。その口ぶりには、口惜しさも憤りも見られない。むしろ、秀吉の謀才を讃《たた》えているようにさえ思える。

「やはり、秀吉の謀と見たか」

「間違いありますまい。まさかあの国兼を動かすとは、我が配下の山潜り衆にも察知できませなんだ。我らの完敗にござるな」

「よもや、そなた一人を成敗するため、ここまでやるとは」

「兄上、それは甘《あも》うござる」

晴蓑の顔から、笑みが消えた。

「わしの首など、ついでのようなもの。まことの狙いは、別にある」

「では、何だと言うのだ」

「島津領の、総検地じゃ」

思いがけない言葉に、龍伯は手にした茶碗を置いた。

検地は大半の国々で実施されているが、地侍の力が強い島津領に関しては、いまだ手つかずの状態だった。

島津領の石高は二十二万五千石ということになっているが、実際に田畑を検分して出した数字ではない。一万人の軍役を果たすために定められた、実態を反映しない虚構の石高《こくだか》なのだ。検地を実施して領内の正確な石高を把握すれば、課税は強化され、大名の家臣団統率も有利になる。豊臣公儀にとっても、軍勢の動員や大名の国替えなどが容易になるという利点があった。

だがその分、地侍や農民の反発は強く、検地を行った国の多くで一揆が起こっている。

龍伯に言わせれば、検地など収奪を強め、武士も民も苦しめる悪政以外の何物でもない。

「総検地を受け入れさせ、島津の総力を唐入りに投入し、擦り切れるまで使い潰す。それが、秀吉の狙いにござろう。ゆくゆくは、薩摩からの国替えも考えにあると見た方がよい」

「何ということだ」

「見方によっては、それだけ秀吉は我らを恐れておるということにござる。五年前の戦では、見かけ以上の窮地に追い込まれ、九尾の険では命さえ落としかけた。恐れるのも無理はござらぬ」

「やはりそなたは、本気で秀吉を討つつもりであったか」

公には、秀吉はあの時、数本の矢を射かけられただけということになっている。晴蓑も、「島津の意地を見せるため、少しばかり脅しただけだ」と言っていた。

「言うても詮無きことですが、あの時秀吉を討ってさえいれば、今の島津の苦境はなかった。いや、失敗したとわかった時に、腹を切るべきだったのじゃ。今さらながら、申し訳ござらぬ」

深々と頭を下げる晴蓑に、龍伯は首を振った。

「よせ。そなたが島津の意地を示してくれたことに違いはない。そなたが秀吉を襲ったと聞いた時、胸のすくような思いがしたぞ」

「ありがたき仰《おお》せ」

頭を上げた晴蓑の盃に、龍伯は酒を注いだ。

「思えば、九州制覇のために戦った日々は、夢のようにござる」

「そうだな。苦闘の連続ではあったが、生きていると、心の底から思えた。今の島津の有り様を見ずに逝った中書は、幸せだったのかもしれん」

「あれは、あの世でも戦ごっこに興じておるのでしょう。今頃は、信長あたりと戦っておるやもしれませんぞ」

「それは見ものじゃな」

二人で声を合わせ笑った。

それからしばらく、昔語りに興じた。祖父や父の教え。三州統一に至る険しい道のり。大友、龍造寺との死闘。戦いの中で死んでいった者たち。

戦に明け暮れた日々だった。それでも今と比べれば、すべてが輝かしいものに感じる。この戦いの先には、家臣領民が飢えや戦に怯えずに生きられる国がある。そう、信じて疑わなかった。

だがそれも、ただの夢にすぎなかった。

「兄上」

盃を置き、晴蓑が静かに言った。

「中書が死んだ時のことにござる。兄上は、この仇は必ず取る。いつの日か必ず、秀吉を討つと仰せになった。覚えておられますか」

「言った。今も、忘れたことはない」

島津の現状はこのありさまだ。戦ったところで、勝てるはずなどない。刺客を送ったところで、秀吉の警固は厚く、近づくことさえままならないだろう。だが、いつか弟の仇を取りたいという思いだけは、抱き続けている。

「諦められませ。兄上は、島津の家臣領民が生き残ることだけに、心血を注がれるべきじゃ」

「弟を二人も奪われて、黙って耐えよと申すか」

「秀吉の世など、あと十年も続きはしませぬ。その程度の相手を討つために、家を危険に晒《さら》すことはござらん。そんなことをされても、わしも家久も嬉《うれ》しゅうはありませんぞ」

「耐えるしか、ないのか」

「堪えてくだされ、兄上。それが、当主の務めというものにございましょう」

「わかった」

これは、晴蓑の遺言なのだ。拒めるはずなどない。

「わしはこのまま城を出て、竜ヶ水《りゅうがみず》を通って宮之城へ向かいまする。城から逃げ出した以上、兄上は討手を差し向けねばなりますまい。そして謀叛人としてこの首を獲り、秀吉に献上すればよい」

「待て、金吾。何を申しておるのだ」

「そこまですれば、秀吉もしばらくはこれ以上の無理難題を押しつけてはこられまい。いくらかでも、時を稼げまする」

「しかし」

「わしはこの体じゃ。どの道、長うはござらん。ならばせめて、島津の役に立ててくだされ」

龍伯は唇を噛み、床に手をついた。

「すまぬ、歳久」

詫びる声が、かすかに震えた。何という、情けない兄だ。弟の命まで駆け引きに使わなければ、己の家も守れないのか。

「頭を上げられよ、兄上」

穏やかな声で言うと、晴蓑は懐《ふところ》から一通の書状を取り出し、龍伯の前に置いた。

「わしを討った後に、お読みくだされ。島津家が生き残る策が、記してござる。読み終えた後は、その場で焼き捨てられませ」

「わかった。そうしよう」

「武庫兄者に、よろしくお伝えくだされ。兄者こそ、島津の宝。お体を厭い、兄上をお支えくだされ、と」

龍伯が頷くと、晴蓑は従者を呼び、手を借りて立ち上がった。

「美味い酒にござった。では、御免」

また明日にでも会えるような口ぶりで言って、晴蓑は部屋を出ていく。

それからどれほどの時が経ったのか。龍伯は宿直《とのい》の小姓に命じ、町田久倍を呼んだ。

「先刻、晴蓑が城を脱した。竜ヶ水を経て宮之城へ向かうであろう。直ちにこれを追い、自害させよ」

しばし無言で龍伯を見つめた後、久倍は「承知いたしました」とだけ答え、下がっていった。

久倍が帰城したのは、明け方だった。

晴蓑と三十人ほどの従者は船で錦江湾を北上し、白浜《しらはま》から上陸、鹿児島から二里（約八キロメートル）ほど北の竜ヶ水まで進んだ。

久倍ら百名ほどの討手はすぐに追いつき、晴蓑主従を取り囲む。晴蓑の家臣たちは、主君が自害する時を稼ごうと、討手に斬りかかってきた。

不思議なほど、静かな斬り合いだった。誰も大声を発することなく、互いに無言のまま戦い、倒れていったという。

斬り合いの末、晴蓑の家臣は悉《ことごと》く討たれた。だが、晴蓑は体が思うように動かず、討手に介錯《かいしゃく》を求める。討手は躊躇《ちゅうちょ》したが、やがて一人が進み出て晴蓑の首を討った。討手たちは晴蓑の遺骸《いがい》を囲み、声を放って泣いたという。

「すべてを悟りきったような、穏やかな最期にございました」

報告を終えると、久倍は首桶と一枚の書付を残して辞去した。

書付には、晴蓑の辞世の句が記されていた。

晴蓑めが玉の有かを人とはば　いざ白雲の末も知られず

晴蓑の魂はどこに行ったのかと人に問われれば、思い残すことなく死んだため、雲の向こうに消え去ってわからないと答えよ。そんな意味だ。

裸足《はだし》のまま、龍伯は庭に出た。

何事もなかったかのように、日が昇りかけている。

不意に、足元にかすかな揺れを感じた。ややあって、向島から白い煙が立ち上っていく。

龍伯の目にはその煙が、白い雲のように映った。

第二章

異郷

一

天正《てんしょう》二十年（一五九二）七月初め、義弘《よしひろ》は朝鮮《ちょうせん》の都漢城《かんじょう》から北へ二十五里（約九十八キロメートル）ほどのところにある、江原道《こうげんどう》の永平城《えいへいじょう》、春川城《しゅんせんじょう》の守備を命じられた。

朝鮮は、八つの〝道〟という地域に分かれている。義弘ら第四軍は、漢城がある京畿道《けいきどう》の東に位置する江原道の制圧を担当することになっていた。

「これでようやく、人心地つけるな」

永平城の屋敷の広間で、義弘は安堵《あんど》の息を吐いた。居並ぶ諸将の顔には、隠しようのない疲れの色が滲《にじ》んでいる。

釜山《ふざん》に上陸して二月余。義弘らは第四軍の僚将《りょうしょう》たちを追って、見知らぬ異国の地をひたすら歩き続けてきた。案内役の朝鮮人を雇ったものの、いつどこで襲われるかもわからない。手持ちの兵糧《ひょうろう》も不足しがちで、わずかな米を皆で分かち合いながら、夜は焚火を囲んで肩を寄せ合って眠る。そんな日々だった。

だが、兵こそ少ないが、将の顔ぶれはだいぶ揃いつつある。中でも末弟・家久《いえひさ》の嫡男《ちゃくなん》で、佐土原《さどわら》城主の島津又七郎忠豊《しまづまたしちろうただとよ》と、島津家の最高職、老中《ろうじゅう》の一人である山田有信《やまだありのぶ》の参陣は大きかった。

「後は、人数が揃うのを待つだけですが」

困ったような顔で言うのは、山田有信だった。

「なかなかに厳しいでしょうな。せめて、兵糧だけでもいま少し送っていただければありがたいのですが」

「お主の愚痴《ぐち》は聞き飽きたぞ。もう少し前向きになれんのか」

「はあ、申し訳ございませぬ。このような性分なもので」

有信は当年四十九。薩摩《さつま》武士らしからぬ弱気な発言が多いが、家久と共に幾多の合戦に参加して武功を挙げた歴戦の将でもある。

「しかし伯父上《おじうえ》」

忠豊が口を開いた。こちらも薩摩武士らしからず、父の家久に似て色白細面《ほそおもて》、整った顔立ちの美男である。まだ二十三歳という若さだが、十五歳で父に従って沖田畷《おきたなわて》の戦いに参加し、秀吉《ひでよし》の小田原征伐《おだわらせいばつ》にも従軍して手柄を挙げている。

忠豊は騎馬三十余、兵五百を連れ、義弘を追って渡海してきた。佐土原島津家は秀吉の朱印状《しゅいんじょう》によって領地を安堵されているため、形式上は義弘と対等だが、唐入りでは本家の指揮下に入るよう命じられている。義弘は、永平南方の春川の守備に忠豊を充《あ》てるつもりだった。

「有信の申すこともっともにござる。遅陣いたしたとはいえ、軍勢さえ整っておれば、このような恥辱《ちじょく》を受けることはなかったのですぞ」

「そのようなことはわかっておる」

国許《くにもと》からはいまだに十人、二十人と兵たちが駆けつけてはくるものの、総勢は三千にも満たない。諸将の島津隊を見る目は冷淡で、割り当てられた永平城も、前線から遠く離れた手柄の立てようのない場所だった。

渡海以来、島津隊はまだ一度も戦を経験していない。朝鮮の国土は、すでに大半が日本軍の制圧下にある。朝鮮が恃《たの》みとする明《みん》からの救援軍も、まだ現れたという報《しら》せはない。

二百年の長きにわたる泰平に慣れ、訓練も行き届かず、鉄砲も持たない朝鮮軍は、戦国乱世を経た日本軍の敵ではなかったのだ。

とはいえ、やるべきことは山のようにある。逃げ散った城内外の民衆を慰撫《いぶ》して居所に戻し、年貢《ねんぐ》を取れるようにしなければならない。そのためには、朝鮮の言葉に通じた者を確保し、こちらの意思が速やかに伝わるようにする必要がある。

また、ほとんどの道がろくに整備されていないため、兵站《へいたん》を維持するには道幅を広げなければならない。そのための人夫を集めようにも、言葉も習俗も違うため、通常の何倍もの時がかかるだろう。求められるのは武勇などではなく、細々とした仕事を着実にこなしていく能力だった。

「それと、古びたこの城も普請《ふしん》し直した方がよろしいでしょうな」

有信の言葉に、義弘は頷《うなず》く。

朝鮮の城は日本と違い、町全体を囲む城壁と、要所に築かれた砦《とりで》、そして役所と邸宅を兼ねる内城から成っていた。だがそれでは城壁が長大となり、守るには多数の兵が必要となる。それでなくとも、あちこちが老朽化して、戦《いくさ》には耐えられないほどなのだ。

「できることなら、どこか別の場所に日本式の城を築きたいところだが」

とてもそんな余裕はなかった。有信も忠豊も、諦《あきら》めたように首を振っている。

「せめてもの救いは、民が大人《おとな》しく我らに従っていることくらいですな」

久保《ひさやす》の言葉に、一同が頷いた。今のところ、永平周辺の民は従順で、予想されていたような激しい抵抗はない。他の地域では、日本軍に呼応して叛乱《はんらん》を起こし、朝鮮の役人を追い出したところまであるという。

朝鮮の身分制は日本よりもはるかに厳しく、その頂点に立つ〝両班《ヤンバン》〟と呼ばれる貴族たちは二百年の間、常民、賤民《せんみん》を使役し、彼らから強い憎悪を受けていた。島津勢が永平に入った時には、進んで協力を願い出る者も少なくなかったのだ。民を守るべき両班は、多くが戦うことなく逃げ去ったという。

「両班どもは、かなりの圧政を敷いていたようです。民は我らを、両班の支配からの解放者として見ておるのでしょう」

「気を抜いてはならんぞ、久保。ひとたび旗色が悪くなれば、民はどう動くかわからん。軍規を徹底し、無用な軋轢《あつれき》が生じないよう目を配っておけ」

「承知いたしました」

「ところで、武庫《むこ》殿」

遠慮がちに、有信が口を開いた。

「いつか申し上げようと思うておったのですが、こ奴《やつ》らは何とかならぬものでしょうか」

そう言った有信の背中を、小さな黒猫がよじ登っていく。猫は他にも六匹いて、先刻から居眠りしたり寛《くつろ》いだりと、思い思いに過ごしている。黒、白、三毛《みけ》、虎《とら》、鯖《さば》と、種類も様々だ。

「何じゃ、有信。お主、猫は嫌いか」

「いえ、好きとか嫌いとかではなく」

「猫の目は、時を計るのに都合がよい。しかも、鼠《ねずみ》を捕り、疲れた心まで慰めてくれる。これほど役に立つ獣はおらんぞ」

「ではありましょうが……」

義弘は近くにいた白猫を抱き上げ、膝《ひざ》に乗せた。

「皆も、この猫たちをわしの子とも思い、大切にいたせ。もしもこ奴らに不埒《ふらち》な真似《まね》をする者あらば、容赦なく罰するゆえ、心しておくように」

義弘を讃《たた》えるように、有信の肩に乗った黒猫が「にゃあ」と鳴いた。


思わぬ敗報が届いたのは、七月半ばのことだった。

釜山にほど近い閑山島《かんざんとう》、安骨浦《あんこつほ》というところで、日本水軍が大敗を喫《きっ》したのだ。

朝鮮水軍は、日本軍の上陸当初は目立った動きを見せていなかったが、五月以降、兵糧を運ぶ日本船を頻繁に襲うようになっていた。そこで、秀吉は諸大名の水軍を集めて朝鮮水軍の撃滅を命じたのだが、抜け駆けを図った脇坂安治《わきさかやすはる》隊が潮流の激しい閑山島に誘い込まれ、手痛い敗北を喫した。朝鮮水軍はさらに安骨浦に停泊していた九鬼嘉隆《くきよしたか》、加藤嘉明《かとうよしあき》の船団を攻撃し、引き上げていったという。

「朝鮮軍にもなかなかの将がいるらしいな、久保」

「感心している場合ではありませんぞ、父上。味方の水軍が敗れれば、増援の兵も兵糧も届かなくなるのです」

「わかっておる。久保、朝鮮水軍の将の名は?」

「李舜臣《りしゅんしん》。全羅左水使なる役職で、全羅道の水軍を束ねているようですが、詳しいことはわかりませぬ」

「李舜臣か。覚えておこう」

全体の戦況から見れば、それほど大きな敗北ではない。だが、日本軍がこのまま朝鮮水軍の跳《ちょう》梁《りょう》を押さえ込めないようであれば、大きな脅威《きょうい》となる。朝鮮の土地は日本よりも貧しく、兵糧の現地調達には限界があるのだ。これで日本からの兵站が断たれれば、十数万の大軍が異国の地で孤立することになる。

とはいえ、ここで出来ることなど何もない。今はとにかく、命じられた役目を大過なく果たすだけだ。

八月、信じ難い報せが国許からもたらされた。

湯之尾《ゆのお》地頭《じとう》の梅北国兼《うめきたくにかね》らが、肥後佐敷城《ひごさしきじょう》で叛乱を起こしたのだ。乱は数日で鎮圧され、参加した者はほとんどが討ち果たされている。名護屋《なごや》へ送られた国兼の妻子は、磔《はりつけ》にされ、生きたまま火炙《ひあぶ》りにされたという。在陣の諸将の中には国兼と親しい者も多い。動揺は小さくはなかった。

「まさか、あの国兼が」

報せを受け、義弘は呟《つぶや》いた。

国兼は、龍造寺《りゅうぞうじ》との沖田畷合戦や、それに続く豊後大友《ぶんごおおとも》攻めでなかなかの働きをしていた。実直で、他の家臣たちからの信頼も厚い。国兼が渡海してくれればかなり楽になると、密《ひそ》かに期待していたのだ。

「国許では、村人の逃散や年貢納入の拒否が相次いでおります」

沈痛な面持ちで、有信が言った。

「梅北殿は、唐入りの前途に光明が見いだせず、自暴自棄に走ったのやもしれません」

光明が見えないのは、誰《だれ》しもが同じだ。出かかったその言葉を、義弘は呑《の》み込んだ。

麾下《きか》の軍勢がようやく三千を超えたのは、九月に入ってからだった。だが、相変わらず出陣の下知はこない。働く場所がないのは武人としては不本意だが、兵が死なずにすむのであれば、それも悪くはなかった。

夏の終わり頃から、在地の両班に率いられた民衆の蜂起《ほうき》が起きはじめている。

侵攻当初、民衆は日本軍を朝鮮王朝からの解放者と見做《みな》し、積極的に協力してくる者も多かった。だが、一部の日本軍が日本語の使用や日本風の髷《まげ》を結うことを強制したため、民衆の支持は大きく損なわれていた。加えて兵糧の遅配が続き、民からの徴発をはじめる軍が増えている。徴発と言えば聞こえはいいが、実際は略奪に他ならない。日本軍の占領地では、多くの民が農地を捨てて逃亡し、兵糧不足がさらに悪化するという悪循環に陥っていた。

ただ、永平周辺にそうした動きはなかった。とはいえ、それも今のところはというだけで、各地で蜂起が続けば、この先どうなるかはわからない。

戦況は依然《いぜん》として、日本軍優位で進んでいる。第一軍の小西行長《こにしゆきなが》は北の平壌《へいじょう》を落とし、第二軍の加藤清正《かとうきよまさ》などは、朝鮮の国境を越えて女真《じょしん》の地にまで攻め入ったという。李舜臣の水軍は南部沿岸で活発に動いているが、日本水軍は不用意に打って出ず、泊地での迎撃に徹しているため、被害は最小限に食い止められている。

だが、日本軍の優位はそれほど長くはあるまいと、義弘は見ていた。救援の明軍が現れれば、各地で逼塞《ひっそく》している朝鮮軍も息を吹き返すはずだ。

「周辺の味方との連絡は絶やすな。兵糧も、出来る限り節約するのだ。民からの徴発は、最後の手段と心得よ」

定例の評定で命じると、義弘は居室に戻り、文机《ふづくえ》に向かって書状を認《したた》めた。

一通は、国許の兄に兵の増派と兵糧の支援を求めるもの。もう一通は、近況を記した妻宛《あ》てのものだった。

今は宰相殿《さいしょうどの》と呼ばれる妻の苗《なえ》と出会ったのは、領内の大根畑だった。苗の父は園田清左衛門《そのだせいざえもん》という身分の低い武士で、畑仕事に出なければ食べていけないほど貧しかったのだ。遠乗りの途中で苗を見初《みそ》めた義弘は、足繁《あししげ》く園田家に通い、やっとの思いで正室に迎えることができた。それ以来、義弘は側室も置かず、たった一人の妻として慈しんでいる。

その苗は今、龍伯《りゅうはく》の長女・亀寿《かめじゅ》らと共に、人質として大坂城下で暮らしていた。妻とこれほど遠く離れるのははじめてのことで、義弘は出征以来、折に触れて苗に文を認めている。

書状を書き終えた頃、慌《あわ》ただしい足音と共に久保が訪《おとな》いを入れてきた。

「何事だ、騒々しい」

「ただ今、国許より御屋形《おやかた》様の使いの者がまいりました。一大事にございます」

久保の硬い表情に、嫌な予感がした。

「申せ」

「叔父上が、金吾《きんご》叔父上が、お亡くなりになったとの由《よし》」

義弘は手にした筆を取り落とした。それを拾いもせず、久保が差し出した書状を開く。

龍伯からのものだった。晴蓑《せいさ》の死に至る経緯が、簡潔に記されている。書状には、晴蓑を討つよう命じる秀吉からの朱印状の写しも添えられていた。

「何ということだ」

呟いたきり、義弘は言葉を失った。

五年前、晴蓑が秀吉の行列を襲った一件は、すでに不問に付されていたはずだ。それが今になって、なぜ蒸し返されるのか。龍伯の書状には事実のみが記されていて、その裏にあるものまでは摑《つか》めない。

「御屋形様は、何ゆえ……」

書状に目を落としながら、久保が声を震わせる。

「太閤殿下のお下知だ。御屋形様とて、拒めるはずがない」

「しかし」

「よせ。もう、済んだことだ」

弟が死んだ。家久に続いて、これで二度目だ。晴蓑を守れなかったことを、兄はどれほど悔やんでいるだろう。

こんなことなら、無理やりにでも晴蓑を朝鮮へ連れてくるべきだった。だが、嘆いたところで弟は還《かえ》らない。

「金吾は、歳久《としひさ》は死んだのだ。我らはそれを、受け入れねばならん」

久保が頷き、床に手をついて嗚咽を漏らす。

長く龍伯の帷幄《いあく》にあったため、自分や家久に比べれば、戦場での華々しい活躍は少ない。だがその智謀は、家中の誰も及びがつかない。兄弟に代わって、後ろ暗い謀略にも手を染めてきた。晴蓑が己の手を汚さなければ、島津があれほど版図《はんと》を拡げることはできなかっただろう。

だが今となっては、そんなことはどうでもいい。晴蓑は義弘に残された、たった一人の弟なのだ。

「泣くな、久保。我らが生きて薩摩に帰り、島津を守る。歳久はそれを望んでおるはずだ」

「はい、父上」

久保が、袖で涙を拭う。

義弘こそ、島津の宝。体を厭い、兄上を支えてくれ。それが、自分への最期の言葉だったという。

ならば、何があろうと生き延びねばならない。龍伯を支える弟は、もう自分しかいないのだ。

二

天正二十年（一五九二）は、十二月八日をもって文禄《ぶんろく》と改元された。

新たに文禄元年となったその年の暮れ、義弘は永平からさらに東の金化《きんか》へと陣を移していた。

朝鮮全土を席巻した日本軍だったが、その進撃はすでに止まっている。両班に指揮された義兵の動きが激しさを増し、日本軍は各地で対応に追われているのだ。永平からの転陣も、その影響だった。

「兵糧の不足が深刻です。他の軍から回してもらうわけにはまいりませんか」

定例の評定で有信が進言してきたが、義弘は首を振るしかなかった。

「他の味方も、兵糧不足は同じだ。しばらくは手持ちの分で何とか賄《まかな》うしかない」

「しかし、この寒さで倒れる者が続出しております。滋養《じよう》が足りねば、治るものも治りませんぞ」

朝鮮水軍は九月、日本軍の兵站の拠点である釜山を襲撃したが、多くの損害を出して撤退している。これ以降、動きは鈍っているものの、厄介なのは山間部を跳梁する義兵だった。神出鬼没で、守りの薄い輜重《しちょうたい》隊が次々と襲われている。

兵糧の不足に加え、朝鮮の厳しい冬も悩みの種だった。南国の薩摩で生まれ育った兵たちは、これほどの寒さを経験したことがないのだ。

「医師も薬も、暖を取るための薪さえも足りてはおりません。このままでは、戦場に出る前に戦う力を失ってしまいますぞ」

「無い物を数え上げてもどうにもなるまい」

黙って聞いていた久保が、口を挟んだ。

「味方はどこも苦しいのだ。今は、耐えるしかあるまい」

「ではせめて、この金化よりましな場所へ移るべきです。漢城の宇喜多秀家《うきたひでいえ》様に窮状を訴え、再度の転陣をお求めください」

宇喜多秀家は、唐入り軍の総大将だった。金化の守備に就いたのも、秀家からの下知である。

金化は、永平以上に厳しい土地柄だった。周囲はほとんどが岩山で、耕地も森林も少ない。必要な物資は、後方からの支援に頼るしかないのだ。だがそれも、義兵の活動によって滞りがちだった。

「わかった、漢城へ使いを立てよう。だが、転陣が認められるまでは耐えるしかない」

久保はいくらか不服そうだった。自分とそれほど歳の変わらない秀家に窮状《きゅうじょう》を訴えるというのが、気に入らないのだろう。

それから数日後、狩りに出た久保が虎を仕留めて帰った。

自分の手で少しでも食糧を調達しようとしたのだろう。兵たちは喝采を送ったが、義弘は居室に久保を呼びつけ、厳しく叱責した。

「食糧を得ようと考えたのはよい。だが、軽率の誹《そし》りは免れんぞ」

久保が鉄砲で撃ち抜いた虎にとどめを刺したのは、大田忠綱《おおたただつな》という久保の近習《きんじゅう》だった。だがその際、別の近習も鉄砲を放っていて、運悪く忠綱の脇腹に当たった。傷は浅かったものの、忠綱を撃った近習は恥じてその場で自刃《じじん》したという。

「そなたの軽挙で、死ぬ必要のなかった者が命を落とした。将の一つ一つの判断が配下の命を左右するのだと、肝に銘じておけ」

「はっ、申し訳ございませぬ」

気落ちした表情で、久保は出ていった。

「ずいぶんとしょげておられましたな」

入れ違いに入ってきた有信が言った。

「ちと、厳しくしすぎなのでは」

「よい。あれは、宗家を継がねばならんのだ」

久保の将としての資質を、義弘は認めていた。だが島津宗家の当主となるには、将才だけでは足りない。配下を思いやることができなければ、当主は務まらないのだ。

「して、何か用か」

「はっ。去る十二月二十三日、明国の大軍が鴨緑江《おうりよっこう》を越え、朝鮮国内に入ったとの由にございます。その数、およそ四万」

「来たか」

思ったよりも数は少ない。だがそれでも、四万は大軍だった。

明軍の最初の狙いは、最も北にいる平壌の第一軍だろう。小西行長がそれほど持ちこたえられるとは思えない。

平壌が落ちれば、義兵はますます勢いづく。朝鮮水軍の動きもさらに活発になるはずだ。

「遠からず、この金化も放棄せざるを得なくなるだろうな。いつ転陣の命が下るかわからん。前もって準備を整えておけ」

「はっ」

厳しい戦いはこれからだろう。この泥沼の中で、何人を生きて薩摩に帰せるか。それだけを、義弘は考えていた。

忠豊の守る春川城から救援要請が届いたのは、年が明けて間もない頃だった。

春川の周辺に義兵が集結しつつある。その数は、少なく見積もっても二万を超えるという。

義弘は直ちに出陣を決断した。

「久保、そなたは金化を守れ。どこから別の義兵が現れるかわからぬ。気を抜くでないぞ」

「私もお供させていただけるのではないのですか？」

「そなたは島津宗家を継ぐ身。何かあれば、御屋形様に申し訳が立たん」

「ろくに戦も知らぬ義兵相手に、不覚を取るようなことは」

「驕《おご》るな。春川の敵を打ち破っても、金化が落ちるようなことがあれば、島津の面目は地に堕《お》ちる」

不満げな久保に構わず、義弘は出陣を命じた。

率いる兵は二千。城に残るのも、わずか一千余りにすぎない。春川での戦が長引けば、金化は恰好の標的となる。急がねばならない。

「よろしいのですか」

馬に跨《また》がった義弘に、有信が訊ねた。

「構わん。一人で耐えることも、覚えた方がいい」

門を開くと、一面の雪景色だった。

春川の守兵と合わせても、味方は二千五百余。春川を囲む敵の背後を攪乱《かくらん》するくらいしか、戦う術はないだろう。それで勝てるという保証もない。

それでも、忠豊を見捨てるわけにはいかない。島津の将来を担《にな》う逸材という以上に、家久の忘れ形見なのだ。

「春川までひた駆ける。遅れるでないぞ」

兵たちの上げる鯨波を聞きながら、義弘は馬腹を蹴った。

金化から春川までは、およそ十七里（約六十七キロメートル）。急いでも、三日はかかる距離だ。それまで忠豊が堪えてくれることを祈るしかない。

敵の姿がまばらに見えはじめたのは、永平を発って二日目だった。

数十人から百人ほどの集団がいくつか、春川の方角へ向かっている。見つけるたびに、義弘は鉄砲を撃ちかけて追い散らした。

「やはり、ほとんどが民のようですな」

雪原に残された敵の死体を見て、有信が言う。敵の大半はろくな武具も持たず、粗末な衣服をまとい、鋤《すき》や鍬《くわ》、竹槍などを持っているだけだった。

三日目になって、ようやくまとまった敵の姿が見えてきた。春川城の周囲が、人で埋め尽くされている。二万どころか、三万は優に超えていそうだった。

義弘は、城とその周辺を見下ろせる小高い丘に全軍を上げた。城からは、鉄砲の筒音《つつおと》が聞こえてくる。まだ、城壁は破られていないようだ。

「何とか間に合いましたな」

有信が荒い息を吐く。

「旗を掲げよ。城内からも見えるよう、高々とだ」

丸に十字の旗。身を切るような冷たい風を受け、はためいている。

見ているか、家久。義弘は心の中で、亡き弟に語りかけた。お前の息子は、数十倍の敵を相手に、見事に城を守っているぞ。

こちらに気づいた敵の一部が、丘へ向かってくる。数は、五千ほどか。

「〝車撃《くるまう》ち〟で敵の足を止めた後、一丸となって突っ込むぞ。忠豊を死なせるな」

車撃ちとは、島津軍独自の鉄砲の撃ち方だった。数人が一組となって縦に並び、最前列が放った後に、最後尾の兵が前へ出て射撃する。これを繰り返すことで、玉込めに時間がかかるという鉄砲の弱点を克服した上、前進しながら射撃できるという利点がある。さながら車輪の如《ごと》く回転しているように見えることから、この名がつけられた。

島津家では、鉄砲は足軽ではなく武士が持つ。そのため練度が高く射撃も正確で、玉込めも早い。鉄砲を使った戦術ならばどこの軍にも引けは取らないと、義弘は自負している。

敵は横に大きく拡がり、喚声《かんせい》を上げながら丘を駆け上ってくる。迎え撃つこちらの鉄砲隊は三百。三人で一組を作り、すでに玉込めも終えていた。

敵の先頭が射程に入った刹那、義弘は采配《さいはい》を振った。

「放てぇ！」

筒音が響き、数十人の敵が倒れた。さらに第二射、第三射と、続けざまに放たれる。敵は恐慌に陥り、たちまち崩れ立つ。

間髪を入れず、義弘は突撃を命じた。自らも、槍を手に馬腹を蹴る。

腹の底から、雄叫びを上げた。丘を駆け下りる勢いのまま五千を突き破り、城を囲む敵の只中へ突っ込む。

忠豊も城門を開き、鉄砲を放ちながら打って出た。たちまち、混乱が広がっていく。

「どけぇ！」

群がる敵兵を蹄《ひづめ》にかけ、敵の将を目指した。馬に乗っている者はほとんどいないので、一目瞭然だ。ぱらぱらと矢が飛んでくるが、槍で叩き落とした。

将の顔が見えるところまで近づいた。

総大将かどうかはわからないが、派手な鎧兜《よろいかぶと》からして、それなりの地位にあるのだろう。何か喚きながら、こちらを指差している。向かってきた十人ほどの敵兵を蹴散らし、さらに馬を進めた。

血の臭《にお》い。喚声と怒号。気を抜けば死が待つという緊張。秀吉への怒りも渡海以来の鬱屈《うっくつ》も、すべてが遠くなった。

生きていると、心の底から感じられる。やはり自分は、戦場に生きる武人なのだ。

敵将の顔がはっきりと見えるところまで近づいた。恐怖に顔を歪めながら、馬首を巡らそうと手綱を引いている。その喉元に向け、槍を突き出した。

十分な手応え。落馬した敵将に味方の足軽が群がり、首級を挙げる。

それほどの時もかからず、包囲が崩れはじめた。忠豊も小さく兵をまとめ、敵の弱いところを的確に衝《つ》いている。やはり、忠豊の将才は相当なものだった。

敵は、陣の組み方も兵の動かし方も甘かった。大軍の利も、まるで活かしきれていない。将兵共に、ほとんど戦の経験が無いのだろう。

対する味方は、総大将から末端の雑兵に至るまで、戦うことが生きることそのものだった。その差は、歴然としている。

ほどなくして、敵は算を乱して敗走していった。雪景色を、無数の屍《しかばね》と血が汚している。

死んでいるのは、大半が粗末な衣服を着た民だった。いきなり襲来した日本軍に家を追われ、武器を取って立ち上がるしか術はなかったのだろう。

「倒した敵兵の鼻を削《そ》げ」

義弘は、まだ荒い息を吐いている有信に命じた。

「鼻にございますか」

有信は眉を顰《ひそ》めた。

「そうだ。一人も残すでないぞ」

秀吉は、戦功の証《あかし》に敵兵の耳や鼻を削ぎ、塩漬けにして送るよう命じている。首では運ぶのに手間がかかりすぎるのだ。

どんな相手であっても、戦功は戦功だ。わずかでも褒賞に与《あずか》る望みがあるのなら、手柄は誇示しておくべきだろう。

「伯父上」

全身を返り血に染めた忠豊が、馬を寄せてきた。下馬し、片膝をつく。

「伯父上のおかげで、何とか生き延びることができました。御礼申し上げます」

「よく耐えたな。さすがは、中書《ちゅうしょ》の息子だ」

「はっ、ありがたきお言葉」

端整な顔を血で汚しながら、忠豊が笑う。

その邪気の無い笑顔は、家久に瓜二つだった。

討ち取った敵は五百三十余り。戦果としては悪くない。だが、味方も三百名ほどを失っていた。そのうちの二百五十は、忠豊の麾下である。

文禄二年（一五九三）が明けて間もない一月五日、明軍は小西行長の守る平壌城に攻め寄せた。

大軍を前に、行長は城を放棄して漢城へ退いた。各地の日本軍には漢城に集結するよう命が下り、義弘も忠豊と合流し、漢城の守備に加わった。

二十七日には碧蹄館《へきていかん》で大規模な決戦が行われ、宇喜多秀家、小早川隆景《こばやかわたかかげ》らを中心とする日本軍が勝利する。だが、三月に日本軍の兵糧を備蓄していた龍仁城《りゅうじんじょう》が焼き討ちに遭《あ》い、進退窮《きわ》まった日本軍は明との和睦《わぼく》交渉を開始した。

小西行長と明側の代表・沈惟敬《しんいけい》の交渉により、日本軍は漢城から釜山まで後退することで合意に達した。それと合わせ、明からは日本へ勅使を派遣することが決められている。

四月、日本軍は漢城を去り、小西行長、石田三成らは明の勅使を連れて日本へ帰国した。日本軍は釜山周辺に城を築き、長期の滞陣に備えている。

島津隊は秀吉の命で、釜山南西の巨済島《きょさいとう》へ渡った。

巨済島は南北がおよそ九里はある大きな島で、李舜臣が拠点を置く閑山島と向き合う位置にある。義弘はその北端、永登浦《えいとうほ》に城を築くことにした。

「このまま、この戦が終わってくれればよいのですが」

義弘の仮の陣屋を訪れ、忠豊が言った。春川城での戦を耐え抜いて以来、その顔つきは精悍《せいかん》さを増している。

「それも、太閤殿下のお心一つだ」

和睦の成立はすなわち、唐入りの失敗を意味する。それを秀吉が認めるかどうかだ。

「和睦を受け入れるにしても、殿下が朝鮮領の一部の割譲を望むことは十分考えられる。何か実を得なければ、豊家の威信に傷がつくことになるゆえな」

「となると、それを朝鮮側が呑むかどうか、ということですか」

義弘は頷いた。

「そもそも、此度の交渉は朝鮮の頭越しに行われておる。朝鮮領の一部を日本に割くというような形で交渉がまとまれば、面倒なことになろう」

「つまり、和睦成立の見込みは薄いと」

「そういうことだ」

それからほどなくして、名護屋の秀吉から釜山周辺の日本軍へ、新たな命が届いた。熊川《ゆうせん》西方の晋州城《しんしゅうじょう》を攻め落とせという。

晋州城は昨年十月、細川忠興が二万の軍勢で攻め寄せたものの、落としきれずに撤退している。それを再び攻めろというのは、朝鮮南部の支配を盤石なものとし、和睦交渉を有利に運ぼうという思惑からだろう。

晋州攻めには義弘の他、宇喜多秀家、小早川隆景、加藤清正、名護屋から戻った石田三成、小西行長ら、計九万二千の大軍が投入されることとなった。

南江《なんこう》という大河の北岸に築かれた晋州城は、川と堀、そして高い石造りの城壁に守られた堅城である。調べによると、城内には朝鮮軍七千の他、五万余りの民が籠もっているという。

六月二十一日、日本軍は晋州城を包囲した。島津隊は加藤清正、黒田長政、鍋島直茂らと共に、城の北面に配されている。傷病兵が多く、永登浦の守りにも人数を割かなければならないため、義弘が率いるのはわずか二千百名だった。

清正からは、寡兵を理由に後方支援を指示された。父子ほども歳の離れた清正に下知されるのは腹立たしいが、麾下を死なせずにすむのはありがたかった。

日本軍は無理な力攻めは避け、まずは城の西北側の堀を埋め立てた。さらに攻城用の櫓を城壁に寄せ、城内に鉄砲を撃ち込む。宇喜多秀家は降伏を勧告する書状を送ったものの、城将の金千鎰《きんせんいつ》はこれを拒絶した。

「愚かな」

義弘は吐き棄てた。無謀な戦いを挑むのは将の勝手だが、巻き添えにされる民は堪《たま》ったものではない。

二十八日払暁、ついに晋州城西門近くの石壁が崩された。朝鮮軍は防戦に努めたものの、翌日には日本軍が城内に雪崩れ込む。戦を指揮した両班たちは敗戦を悟り、妻子と共に南江に臨む断崖《だんがい》から身を投げた。

「民を巻き添えにした挙句、自分たちはさっさと死んだか」

これが、両班というものなのだろう。民に恨まれるのも無理はないと、義弘は思った。

そして、落城と同時に殺戮《さつりく》がはじまった。

城内に籠もる者は兵と民の別なく撫で斬りにせよ。それが、秀吉の命だった。だが、それでなくても長い在陣で兵たちは気が立ち、女にも飢えている。落城後の光景は、容易に想像できた。

義弘は「援軍の来襲に備える」と称し、麾下を城外にとどめていた。

見せしめのため城内の者を撫で斬りにすることは、戦国の世では珍しくはない。だが六万人もの虐殺は、常軌を逸している。

「父上、よろしいのですか?」

「我らは戦のため、海を越えてきたのだ。罪無き民を殺すためではない」

「しかし、軍監どもに懈怠《けたい》と報告されては、また厄介なことになりますぞ」

「その時はその時だ」

はねつけるように言うと、久保はかすかに安堵の表情を見せて下がっていった。

義弘の陣にも、城内の様子は伝わってくる。

城への一番乗りを果たした加藤、黒田らは秀吉子飼いの将で、命を忠実に実行した。民家に押し入り、犯し、殺し、鼻を削《そ》ぐ。家財は奪われ、空になった家々には火がかけられる。空は方々から立ち上る黒煙に覆われ、埋め立てられていない堀には夥《おびただ》しい数の骸《むくろ》が投げ込まれた。

翌日、義弘は久保と忠豊を連れて城内に入った。城の陥落を祝う酒宴に出るためである。

城内は、広大な焼け野原と化していた。いたるところに、鼻の欠けた骸の山が築かれている。

轡を並べる忠豊が、眉を顰めて言った。

「何ということを」

義弘は吐き気を催す臭いに耐えながら、無言で馬を進めた。

酒宴は、南江を見下ろす矗石楼《ちくせきろう》という場所で催された。崖の上に建つ楼閣《ろうかく》で、朝鮮の将はここから戦の指揮を執っていたという。

宇喜多、加藤、黒田、石田、小西、小早川ら、この合戦に加わった将の全員が顔を揃えていた。いずれも、大戦を終えた安堵と殺戮の苦みが入り混じった表情を浮かべている。

広間には、多くの女たちが侍っていた。いずれも若く見目がいいので、殺戮を免れたのだろう。

女たちは妓生《ぎせい》という、歌舞を売り物にする芸人のような者たちだった。身分は最下層の賤民で、妓生の娘は妓生となるよう、法で定められているのだという。

妓生たちの奏でる音曲が流れる中、義弘は数ヶ月ぶりの酒を口にした。酒肴は、内城の蔵にたっぷりと蓄えてあったらしい。

黙々と盃を重ねているうち、加藤清正と小西行長が口論をはじめた。行長が平壌を捨てて撤退したことを、清正が怯懦《きょうだ》と罵ったらしい。

「お主が臆病風に吹かれて逃げ出さねば、漢城を捨てることもなかったのだ」

清正の怒声に、音曲が止んだ。

「平壌のような貧弱な城で、数倍の敵を相手にどう戦えというのだ。城に籠もったところで、全滅は必至ではないか」

「それを臆病と申しておる。お主の軍が全滅しようと、時を稼いでさえおれば、もっと早くに反撃できたのだ」

「聞き捨てならんな。わしはともかく、我が郎党どもに捨石になれだと？」

「やめぬか、二人とも。戦勝祝いの席ではないか」

宇喜多秀家の仲裁で、二人は口を噤《つぐ》んだ。気まずい雰囲気のまま、再び音曲がはじまる。

盃を呷り、義弘は嘆息した。

秀吉子飼いの武将の中でも、清正や黒田長政、細川忠興のような槍働きを得意とする者と、行長や石田三成ら算勘《さんかん》に長けた者たちとの間で確執が生じはじめていた。将たちがこの有り様では、戦の先行きが思いやられる。

宴が進み、座が乱れてきた。酔いが回ったのか、立ち上がって舞い踊る妓生たちに抱きつく不埒者まで現れている。

ふと視線を転じると、欄干《らんかん》の側で若い男が妓生の肩を抱いているのが見えた。名は知らないが、清正の家臣だ。男は下卑た顔つきで、妓生の襟に手を突っ込んでいる。女は二十歳前後だろうか、まんざらでもない顔つきだ。

「まったく、近頃の若い者は」

年よりじみた呟きを漏らした直後、妓生の表情が一変した。

「倭奴《ウエノム》！」

叫ぶや、女は憤怒の形相で男に組みつき、その両足を抱える。二人の体はもつれ合ったまま欄干を越え、男の悲鳴だけを残して向こう側へ消えた。

座が騒然とする中、義弘は立ち上がり欄干まで駆けた。身を乗り出すが、二人の姿は崖下の南江に呑まれ、すでに見えない。この高さでは、助かるはずもなかった。

義弘は、心の中で女を讃《たた》えた。あの妓生を衝き動かしたのは、同胞を殺された恨みだろう。そして見事、日本軍に一矢を報いたのだ。

「おのれ、遊女ごときが！」

激昂《げきこう》して刀を摑んだ清正を、黒田や細川らが宥《なだ》めた。行長はいい気味だと言わんばかりの笑みを浮かべ、鍋島直茂や小早川隆景ら外様衆は、我関せずといった表情で盃を傾けている。

これでは、勝てるはずがあるまい。義弘は胸中に呟き、盃に残った酒を呑み干した。

三

晋州城を落とした日本軍は七月、全羅道《ぜんらどう》へ侵攻を開始した。

だが、求礼《きゅうれい》、谷城《こくじょう》と順調に駒を進めたものの、南原城《なんげんじょう》の守りが固くこれ以上の侵攻を断念、晋州へ戻る。そこで軍議が開かれ、晋州城の破却と釜山周辺への撤退が決められた。

義弘の陣屋を石田三成が訪ねてきたのは、釜山へ撤退したその夜のことだった。

「それがしは近く、帰国いたすことになり申した。島津殿が巨済島へ移られる前に、いくつか話し合っておきたいことがござる」

無駄な挨拶を省き、三成は人払いを求めた。

三成は、幽斎と並んで島津家と豊臣家の取次役を務めている。だが、この稀代の能吏と称される男が、義弘は苦手だった。

まだ三十四という若さだが、奉行としての辣腕《らつわん》ぶりは天下に知れ渡っている。だが、秀でた額と切れ長の目は、親しみやすさとはほど遠い。その口ぶりも所作の一つ一つにも、相手を突き放すような印象を覚える。少なくとも、共に戦場に立ちたいと思える類の男ではなかった。

「御家の国許における諸々の問題を、太閤殿下はいたくお気になされております。軍役の不足、遅陣、梅北一党の謀叛。そして今度は、ご一族の改易」

三成が言うのは、島津忠辰《ただとき》の件だった。

忠辰は出水《いずみ》を領する島津薩州《さつしゅう》家の当主で、父の義虎《よしとら》には龍伯の長女於平《おひら》が後添えとして嫁いでいた。忠辰を産んだのは義虎の前妻だが、形の上では忠辰は、龍伯の孫ということになる。

その忠辰は、島津が秀吉に降って以来、しばしば問題を起こしていた。

唐入りの陣立てが交付された際、忠辰はこれに異を唱えた。自分を島津の分家ではなく、独立した大名として扱えというのだ。

豊臣軍の薩摩侵攻時、忠辰は素早く降伏し、秀吉から直に本領安堵を取り付けていた。忠辰はそれを理由に、自分は島津本家の配下ではないと主張したのだ。

だが、秀吉が認めた陣立てを拒むことなど、許されるはずがない。秀吉は忠辰の鼻をへし折るように、「唐入りの際は義弘の下知にすべて従うように」という朱印状を下す。

望みを絶たれた忠辰は、義弘よりもさらに遅れて渡海したものの、釜山には上陸せず、病と称して船に籠もった。そしてあろうことか、誰の許しも得ないまま名護屋へ帰国してしまう。

当然、秀吉は激怒した。忠辰は慌てて釜山へ船を戻したものの、上陸直後に抑留される。

そして、今から二月前の五月、秀吉は忠辰の改易を言い渡した。忠辰は今、釜山の小西行長の陣所に預け置かれている。

「面目次第もござらん。あれは若さからか鼻柱が強く、我らも扱いに難儀しており申した。改易も致し方なき事と心得ており申す」

「それだけではござらぬ」

冷ややかな声で、三成は言った。

「国許の龍伯殿とご家来衆は、細川幽斎殿の仕置にも協力的でないとか」

「それは」

晴蓑の死後も幽斎は薩摩にとどまり、島津領に対する諸々の仕置を行っていた。

義弘と龍伯の蔵入地《くらいりち》（直轄領）のうち、近年売却した田畑を取り戻し、再び蔵入地とすること。寺社領の一部を召し上げて、蔵入地に編入すること。代官の不正な中間搾取を改めること。この三つが為されれば、島津家の財政基盤はかなり強化される。

だが龍伯と国許の家臣たちは、この仕置になかなか従おうとしないらしい。幽斎は当初の目的を果たせないまま、今年の一月に鹿児島を後にした。

「これからも不祥事が続くようであれば、公議としても捨て置くわけにはまいりませぬ。最悪の場合、御家の改易ということにもなりかねませんぞ」

「何と……」

ここまで直截《ちょくさい》な物言いをされるとは、さすがに思わなかった。それだけ、島津の立場が危うくなっているということだろう。

「御家存続のためには、これまで以上に忠勤に励むことが肝要。島津殿には、そのことをご自覚願いたい」

「承知仕った。国許の兄にも、しかと伝えておきまする」

「まずは、ご領内の総検地を実施なされることです。さすれば、御家の財力の基盤も固まり、此度のような軍役の不履行もなくなりまする」

やはり、そうきたか。義弘も龍伯も、総検地には反対の立場を取ってきた。だが、これ以上拒み続けることはできない。

「失礼ながら、御家のあり方は上方と比べ、古すぎまする。当主の下知あらば、すべての家臣が一斉に従う。これが、上方では当たり前となっておりまする」

それは、義弘自身も感じていることだった。年貢の徴収も軍勢の動員も、上方では組織立って実に迅速に行われる。だが、薩摩では在地の武士任せで、動きは上方と比べてはるかに遅い。

「今後は御家のありようを、すべて上方風に改めることです。定められた軍役を果たすことは、豊臣大名にとって最も肝要な務め。これができぬとあらば、改易もやむなきことにござる」

それだけ言うと、三成は出された茶に手もつけず帰っていった。

恐らく、三成の言葉はそのまま、秀吉の意思なのだろう。場合によっては改易もあり得るというのは、脅しではあるまい。

義弘は筆を執《と》り、名護屋に在陣中の龍伯に宛てて書状を認めた。近く帰国する三成が領内の検地を実行するようなので、心得ておいてほしい、というものだ。

ここまできた以上、三成の言葉に従う他なかった。兄を説得して総検地を受け入れ、領国の支配体制を上方風に改める。それしか、島津が生き延びる道はない。

翌日、義弘は麾下を率い、巨済島の永登浦へ渡った。晋州攻めに人手を取られたため、普請はまだ半ばにも達していない。

永登浦城は、島で最も高い大峰山の頂に築かれていた。ここからは周囲の海域が見渡せるため、朝鮮水軍に対する格好の見張り台になる。北の山麓には小さな村と船着場があり、築城や在陣に必要な物資はそこから陸揚げされる。

城の縄張りは、石垣をふんだんに使用する上方式だった。主郭は最も広い尾根上の中央に配され、その西端には天守台も設けてある。登り口は南と北の二つしかなく、石垣や枡形虎口《ますがたこぐち》、大小の郭を配して防備を固めることにした。

「気を抜くでないぞ。いつ、朝鮮水軍が襲ってくるやもしれん」

和睦交渉中とはいえ、朝鮮軍と義兵は蚊帳《かや》の外に置かれている。戦闘は各地で頻発し、李舜臣の動きも相変わらず活発だった。

やがて、交渉の経過が伝わってきた。

秀吉は明の勅使に対し、七つの和睦条件を提示したという。

一、明の皇女を天皇の后《きさき》とすること。

一、勘合貿易を復活させること。

一、日本と明の大臣が誓紙《せいし》を取り交わすこと。

一、朝鮮南部の四道を日本に割譲すること。

一、朝鮮の皇子と大臣一、二名を人質として日本へ差し出すこと。

一、日本軍が捕らえた二人の朝鮮王子は、沈惟敬を通じて返還すること。

一、朝鮮の重臣たちに、今後日本へ背かない旨《むね》の誓紙を出させること。

報告を聞き、義弘は頭を抱えた。実現しそうなのは、日明の誓紙交換と朝鮮王子の返還くらいのもので、後は問題にもならない。むしろ、和睦の動きを潰したいのかと思うほど、その要求は過大なものだった。

今後は三成や行長が中心となって落としどころを探っていくことになるだろう。いずれにしろ、巨済島在番は長引きそうだった。

やがて、秀吉から在番に関する細かな指示が届いた。

兵力は二千。鉄砲は百挺《ちょう》。鉄砲玉は四千。弓矢、刀、槍などの武具の他、煙硝《えんしょう》、鉛、硫黄。非常食として塩、昆布、菜種、干飯《ほしいい》、鰯の他、味噌二十五桶、備蓄米三千石を蓄えておけという。

「我らを童《わらべ》扱いしておるのか」

武具や兵糧の備蓄など、言われるまでもなくやっている。だが、輸送船がしばしば襲われている現状では、蓄えようがない。名護屋からの距離が近くなったことで、兵糧事情はいくらか改善されてはいるものの、不足していることに変わりはなかった。

秀吉の指示が届いたのと同じ日、一部の大名に対して帰国の許可が下りた。伊達政宗《だてまさむね》、上杉景勝《うえすぎかげかつ》といった、東国に所領を持つ大名たちである。

「兵たちには、かなりこたえるでしょうな」

東国の軍勢を乗せて日本へ向かう船を物見櫓から眺めながら、有信が言った。

兵たちは口にこそ出さないものの、帰国する船を羨望の眼差しで見つめていた。誰もが渡海前よりも痩せ、肌艶《はだつや》も悪い。

「他家の軍勢では、逃亡が相次いでいるそうです。船を手に入れて帰国しようとする者もあれば、朝鮮や明軍に降る者まで出はじめたようで」

「わかっておる。常に気を配り、一人一人に声をかけてやるしかあるまい」

巨済島に移って以来、義弘は自室ではなく、兵たちの長屋で食事をしていた。一口に兵と言っても、それぞれは別の人間だ。剽悍《ひょうかん》を謳《うた》われる薩摩兵にも、弱い者はいる。そうした者に声をかけ、話を聞いてやるのも将の務めだった。

しかし、それにも限界がある。兵の交代は急いだ方がいいだろう。

「有信、そなたはいったん帰国し、兄上に交代の兵を送るようお願いせよ」

「それがしが、ですか？」

「そうだ。ついでに、国許で細川幽斎殿の仕置が徹底されるよう、家臣どもの尻を叩いてまいれ。少々、手荒な真似をしてもかまわん」

有信の表情が、いくらか硬くなった。

先に龍伯へ送った書状には、「検地の話など聞いていない。何かの間違いだろう」という返事がきていた。実際、あれから一月以上が過ぎても検地は行われてはいなかった。

ならばせめて、幽斎の仕置を徹底して、いくらかでも財政基盤を整えておくべきだった。久保や忠豊では若すぎるが、有信ならば龍伯の信頼も得ている。普段は頼りないが、いざとなれば強硬な手段も取れるはずだ。

「承知いたしました。早速、船の手配をいたしまする」

有信が帰国の途についたのと入れ違いに、名護屋から報せが届いた。

去る八月三日、大坂で秀吉側室の淀殿《よどどの》が男児を出産し、喜んだ秀吉が名護屋を発って上方へ向かったのだという。

「ふん、何とも目出度《めでた》きことよ」

皮肉の一つも言わずにはいられなかった。いまだ明との和睦が成立したわけではなく、交渉は続いている。朝鮮水軍や義兵も、日本軍への襲撃をやめたわけではない。そんな最中に、総大将が我が子の顔を見るため本営を抜け出したのだ。

それから十日ほど後、釜山の小西行長から使者が送られてきた。すでに、八月も終わりに差しかかっている。

「何と、忠辰が」

釜山の小西家の陣所で、忠辰が病死した。まだ、二十九歳という若さである。

「まことと、病にございましょうか」

久保が疑念を口にした。使者は、急な病と告げただけで、問い詰めても詳細はわからないの一点張りだった。

「忠辰殿の出水三万石は、豊臣家の蔵入地とされました。まだ若い前領主が生きているのは……」

「よせ、久保。疑ったところで、どうなるものでもない」

義弘は、忠辰の死が謀殺によるものと確信している。だが、豊臣家が病死と言えば、病死なのだ。どれほど訴えようと、真相が明らかになるはずもない。

不意に、久保が軽く咳き込んだ。このところ体調が優れない様子で、顔色も悪い。久保だけでなく、長陣の疲労と慢性的な滋養の不足から、病に倒れる者が続出していた。

「今宵は休め。体を厭うのも、次期当主の務めぞ」

「はい。申し訳ありませぬ」

久保が退出すると、義弘は瞑目《めいもく》し、忠辰のために手を合わせた。

島津宗家からの独立を目論み、愚かしいやり方で秀吉に逆らった忠辰の死は、自業自得とも言える。だが、島津の一族であることに変わりはない。晴蓑も忠辰も、秀吉が愚かな野心にとり憑《つ》かれなければ、命を落とさずにすんだはずだ。

気の重いことばかりだった。苛酷な長陣。国許の面従腹背《めんじゅうふくはい》。そして、差し迫った改易の危機。

義弘は嘆息し、膝にすり寄ってきた猫を抱き上げた。

七匹連れてきた猫は、冬の寒さと餌《えさ》の不足で、残り二匹にまで減っている。

「すまんのう。わしがこのようなところへ連れてきたせいで、仲間を死なせてしもうた」

詫《わ》びたが、猫は不思議そうな顔で義弘を見つめるだけだった。


それから十日ほどが過ぎた九月六日、久保がついに病に倒れた。

慌てて居室を訪れると、久保は粥《かゆ》を啜《すす》っているところだった。

「ご足労いただき、面目次第もございませぬ。ご覧の通り、質《たち》の悪い風邪にやられたようです」

熱のせいか顔が赤いが、思ったほど重病でもないらしい。医師も、しっかりと休んで滋養を摂《と》れば、数日で快癒《かいゆ》すると言っている。

「しかと養生することだ。そなたが倒れたままでは、全軍の士気に関わる」

「申し訳ございませぬ。すぐに快癒してみせますゆえ、ご心配召されぬよう」

やつれた久保の顔に、笑みが浮かぶ。

胸を撫で下ろし、義弘は居室を出た。普請はまだ途上で、他にもやるべきことは山のようにある。

その日の夕刻、義弘は城に伊丹屋助四郎《いたみやすけしろう》を呼びつけた。

助四郎は堺の商人伊丹屋清兵衛《せいべえ》の子で、島津家の御用商人として薩摩山川《やまがわ》を本拠としている。海商として多くの船と水夫を抱え、今回の出兵に際しても、兵や兵糧、物資の輸送、玉薬《たまぐすり》の調達などに大きく貢献していた。その功に報いるため、義弘は助四郎に、永登浦に出店を構えることを認めている。

「また何かご入用にございましょうか」

助四郎はまだ三十前と若く、目にはどこか不敵な光が見て取れた。潮焼けした肌と太い腕は、商人と言うよりも海賊と言った方がしっくりくる。

実際、助四郎の商いにはかなり荒っぽいところがある。競合する商人の船を襲って沈めたことも、一度や二度ではないという噂だった。

「呼び立てたのは他でもない。朝鮮人参が、滋養によいと聞く。これを調達してほしいのだ」

「ほう、どなたかが病にございますか」

「誰でもよい。手に入るか否か、答えよ」

しばし考えるような顔をして、助四郎は答えた。

「ちと、難しゅうございますな。あれは、巨済島では穫《と》れませぬ。入手するにはかなり北まで行かねばならず、朝鮮でも口に入れられるのは貴人のみ。まあ、銭を積んで伝手をたどれば、手に入らぬこともないやもしれませんが」

窺《うかが》うように、助四郎がこちらを見上げる。義弘の軍資金が枯渇《こかつ》しかけていることは、この男も十分承知しているはずだ。

「はっきりと申せ。何が望みだ」

「では、申し上げまする。釜山にも店を出すこと、お認めいただきとうございます」

義弘は内心で舌打ちした。助四郎の手下が密かに略奪や人狩りに手を染めているという噂がある。釜山にも拠点を作れば、さらに大きなものが得られるという魂胆だろう。

「よかろう、差し許す。ただし、朝鮮人参が手に入ればの話だ」

「必ずや、御意に添えるものと」

不敵な表情のまま、助四郎は頭を下げた。

こうした者でも、兵を養うのに必要な以上、利を食らわせて使っていかねばならない。これが、戦というものだった。

その日の深夜、すでに床に就いていた義弘は、慌ただしい足音に目を覚ました。

「一大事にございます。若殿のご容態が……」

久保の近習だった。

夜具を撥《は》ね除《の》け、足早に久保の居室へ向かった。すでに、久保の家来たちが集まっている。呻き声が聞こえた。褥《しとね》に横たわった久保の顔には玉の汗が浮かんでいるが、血の気はまったく無い。よほどの苦しみなのか、夜具を握る手に青筋が浮かんでいる。

「久保、しっかりいたせ。気を強く持つのだ！」

枕元に跪《ひざまず》き、その手を握った。久保の目が、薄く開かれる。

「父上……お許し……」

「何を申す。そなたは島津宗家を継ぐ男ぞ。このようなところで……」

「せめて……戦って死にとう、ござった……」

次の刹那、久保の体が激しく震えた。

「久保、久保！」

呼びかけても返事はない。やがて震えは止まり、久保の体から力が抜けていった。医師が脈を取り、首を振る。

茫然としたまま、息子の顔を見つめ続けた。たった今、目の前で何が起こったのか、考えることさえできない。

啜り泣きの声が聞こえてきた。何を泣いているのだ。義弘は息子の頬に掌を当てる。ほんのりと温かい。快癒してみせる。そう言って、今朝は笑っていたのだ。だから、久保が死ぬはずはない。

「久保殿！」

駆け込んできたのは、忠豊だった。

義弘の隣に座ると、久保の名を何度も叫び、声を放って泣き喚く。その様子を見て、義弘はようやく理解した。

久保は死んだのだ。

我が子に先立たれるのは、はじめてのことではない。長男の鶴寿丸《つるじゅまる》は八歳で、四男の万千代丸《まんちよまる》は九歳で夭折《ようせつ》している。男子で健在なのは、三男の又八郎忠恒《またはちろうただつね》と、五男の久四郎忠清《きゅうしろうただきよ》。女子は永登浦に在陣している島津朝久《しまづともひさ》に嫁いだ長女の御屋地《おやち》と、伊集院幸侃《こうかん》の嫡男、忠真《ただざね》に嫁いだ次女の御下《おした》の二人だ。

だが、最も期待をかけていた久保が自分よりも先に逝《ゆ》くなど、考えたこともない。葬儀の間も、義弘は自分がどこか知らない場所にいるような心地がしていた。

だが、現実は否応なく襲ってくる。死んだのは自分の子というだけでなく、島津宗家の跡取りなのだ。

「やはり、忠恒様の他にはおりますまい」

言ったのは、義弘直臣の新納忠増《にいろただます》だった。国許の義弘の領地で留守居《るすい》役を務める、新納旅庵《りょあん》の一族である。

「龍伯様に男子が無い以上、亀寿様の再嫁のお相手を宗家の跡取りとするしかござらぬ。そしてその相手は、殿の御子息以外にはありませぬ」

他の家臣たちも、忠増の言葉に頷いている。

だが、義弘は不安が拭いきれない。

問題は、忠恒の器量だった。久保にばかり期待をかけていたため、忠恒の教育には力を入れてこなかったのだ。忠恒は当年十八。学問も武芸も人並みにはこなし、諸侯や公家衆との付き合いに欠かせない連歌や茶の湯、蹴鞠《けまり》も身を入れて学んでいる。だがその一方で我が強く、気短なところがあった。

義弘には、自分の息子に宗家を継がせたいという思いはない。望みは、いくつにも割れて混乱する家中をまとめ、御《ぎょ》していくことができる人物だった。

「跡継ぎを決めるのは我らではない。あくまで、亀寿様の父である御屋形様ぞ」

義弘は後継についての話を打ち切った。

久保の亡骸は、船に乗せて薩摩へ帰し、菩提寺である福昌寺に葬るよう指示した。息子が死のうと、義弘はこの地を離れるわけにはいかない。

久保の死からわずか四日後の九月十二日、今度は義弘の女婿・朝久が病没した。

久保と同じく、風邪のような症状がしばらく続き、容態が急変してそのまま没したのだ。朝久は分家である豊州《ほうしゅう》家の当主で、大友家との高城《たかじょう》合戦や筑前《ちくぜん》攻めでも活躍した勇将である。まだ、四十をいくつも出ていない。久保が当主となった暁には、一門衆の柱石となるべき男だった。

立て続けの身内の死に、義弘は言葉を失くした。異国の地で夫を亡くした御屋地の心境を思うと、書状に何と認めればいいのかもわからない。

病死したのは、久保と朝久だけではなかった。三日と置かず、将兵の誰かが命を落としている。

なぜ、自分より若い者たちばかり奪っていくのか。なぜ、病は自分には襲いかかってこないのか。神仏を問い詰めたい気分だった。

朝久の死から間もなく、三成から義弘の家臣たちに宛てて書状が届いた。

久保の代わりに、老中か重臣が巨済島にとどまること。義弘の下知を受けるまでもなく、城の普請を行うこと。下々の者が勝手に帰国しないこと。書状の中で、三成は家臣たちにそれらを指示している。

「島津はいつ、三成の与力になったのだ」

義弘は気落ちしているだろうから家臣に宛てたという体裁だが、義弘の腹は煮えた。取次とはいえ、在陣の島津軍の大将は義弘であり、三成の指示はあからさまな干渉だった。

ふと、ある考えが浮かび、義弘は忠豊を呼んだ。

「よもやとは思うが、城内に出入りする者の中に、不審な者が紛れ込んではおるまいな」

「と言われますと？」

口にした直後、忠豊の顔つきが変わった。

「まさか。久保殿も朝久殿も、病死では」

「他にも、多くの者が命を落としておる。そうなれば、あの二人が病死してもおかしくはない。多くの者は、そう考えるであろう」

伊丹屋ら商人衆の他、名護屋から送られてきた普請のための人夫など、島津家以外の者も多く出入りしている。その中に、ある命を受けた者が紛れ込んでいてもおかしくはなかった。

「毒殺……」

確かめるように、忠豊が呟いた。その目には、かすかな怒りの色が浮かんでいる。

忠豊の亡父家久は恐らく、豊臣家に毒殺された。父に続いて、従兄弟《いとこ》まで殺されたと思っているのかもしれない。

「あくまで、その疑いも捨てきれんというだけの話だ。だが、警戒しておくにこしたことはない」

「わかりました。出入りの者の人改めを厳重にいたします」

「毒見を終えた物以外は口に入れるな。そなたにまで死なれては、御屋形様に申し訳が立たん。よいな、これはあくまでわしの推測にすぎん。今日わしが話したこと、誰にも口にするな」

「承知いたしました」

改めて念を押すと、忠豊の声音は落ち着いたものになった。しっかりと、感情は抑えたようだ。

これが宗家の跡取りであったなら、何の不安もなく自分は隠居できる。そう考えて、義弘は首を振った。忠豊はすでに、独立した大名家の当主なのだ。忠豊が宗家を継ぐことを、秀吉が認めるはずがない。

今は、叶《かな》わないことを望んでいる暇はない。自分が為すべきことは、これ以上周りの者を死なせないこと。そして、宗家を守ることだけだ。

四

その城は、真新しい木の香に包まれていた。

文禄三年（一五九四）三月二十日。島津又八郎忠恒は伏見《ふしみ》城《じょう》表《おもて》書院《しょいん》で、この城の主の御成《おな》りを待っていた。

伏見城はいまだ普請の途上だが、巨石をふんだんに用いた石垣と無数の郭《くるわ》を見れば、どれほどの城になるのか容易に想像がつく。隠居のための城というが、鹿児島の内城など比べるのもおこがましいほど広大で、壮麗《そうれい》な城だった。これが、天下人の力というものだろう。

「次期当主として、粗相無きよう」

脇に控える伊集院幸侃が囁《ささや》くが、忠恒は無視する。すでにかなり待たされていて、苛立ちが募っていた。

兄の久保が死んだのは、昨年九月のことだ。あの頑健な兄が二十一歳の若さで病死とは信じ難かったが、遠い異国の地のことだ、そういうこともあるのだろう。

それから三月ほど後、取次役の石田三成から、幸侃と共に上洛《じょうらく》せよとの要請が届いた。豊臣家では、自分を島津宗家の跡取りにする意向なのだという。現当主である龍伯には形ばかりの相談があっただけで、事実上は秀吉の命だった。

喜びはなかった。むしろ、面倒なことになったという思いの方がはるかに強い。

正直なところ、責任のある立場になど立ちたくはない。あの、戦と己の領地のことしか頭にない連中に主君と仰がれるなど、想像しただけでうんざりする。それよりも、歌を詠み、蹴鞠をしながら何の苦労もなく一生を終えたかった。当主など、なりたい者が勝手になればいいのだ。

不機嫌が顔に出ていたのか、幸侃に袖を引かれた。

この島津家筆頭家老を、忠恒は快く思ったことはない。

確かな歳は知らないが、五十をいくつか過ぎたくらいだ。ろくに戦にも出ていないため、頰や顎《あご》の下にはずいぶんと余計な肉が付いている。秀吉の九州攻めではいち早く降伏し、和睦に尽力したというが、叔父の家久を毒殺した直接の下手人という噂も根強くある。恐らく、戦の前から敵に内通していたのだろう。

その後は豊臣家に対する人質として長く上方にあったが、実際は厚遇され、優雅な暮らしぶりだったらしい。そんな幸侃を憎む者は、家中に少なくない。

小姓が秀吉の御成りを告げ、忠恒と幸侃は平伏した。

型通りの挨拶と御礼を述べ、許しを待って頭を上げる。

そこには、小柄な皺だらけの老人がいるだけだった。薄い髭に突き出た歯。確かに、禿鼠《はげねずみ》と仇名されるのも頷ける。

「又八郎か。久保のことは残念であったな」

「お気遣い、忝《かたじけの》う存じます」

「ふむ。なかなかに見目麗《みめうるわ》しき若者ではないか。さぞや、女子《おなご》にもてるであろうのう」

何が可笑《おか》しいのか、秀吉は歯を剝き出して笑う。不快さが顔に出るのを、頭を下げて何とか誤魔化した。

「無論存じておろうが、島津は余の命じた軍役も果たせぬほどに疲弊いたしておる。今後は、そなたが跡取りとして島津の家を建て直してゆくのじゃ。幸侃、しかと又八郎を盛り立ててゆくがよい」

「ははっ」

「余は近々、大坂の城を拾《ひろい》に譲り、この伏見にて隠居いたす」

昨年の八月に生まれた秀吉の息子は、拾丸《ひろいまる》と名付けられていた。

十数万の将兵を異国の地に追いやっておきながら、自身は子が生まれた途端に楽隠居か。いい気なものだと、内心で吐き棄てる。

「当面は、聚楽第《じゅらくだい》の秀次が天下の政を為すことになろう。そなたには島津の家をまとめ上げ、秀次と拾をしかと助けてやってもらいたい」

関白秀次は秀吉の甥に当たるが、拾丸が生まれたことで立場が微妙になると言われていた。

「よいな、又八郎、幸侃。そなたたちが恃みぞ」

秀吉が腰を上げ、謁見は終わった。どうやら、自分は島津宗家の後継者として認められたらしい。城を出て、伏見の島津屋敷へ戻った。

屋敷は伏見城のすぐ近くだが、軍費の捻出に手一杯で、造りは粗末なものだった。なまじ城から近いため、周囲には徳川や前田、上杉といった大大名の邸宅が並び、島津家の貧しさが際立っている。幸侃などは、家臣の身にありながらここよりも豪勢な屋敷で暮らしていた。

「何とも恥晒しなことよ」

誰にともなく呟き、忠恒は小姓に酒を命じた。

今後、忠恒は上洛を命じられた龍伯を待ち、亀寿と祝言を挙げた上で、朝鮮へ渡ることになっていた。忠恒にとって、これが初陣となる。

とはいえ、日本と明の間で和睦の交渉が続いている以上、大きな戦にはならないだろう。蹴鞠や茶の湯に興じていれば、そのうち戦は終わる。朝鮮に渡ったという実績さえ作っておけばいいのだ。

それより気が重いのは、亀寿を正室に迎えることだった。

亀寿は当年二十四。忠恒より、五つも上になる。龍伯の三女で、幼い頃からよく見知った相手だ。今は秀吉の命で、人質として上方に留め置かれている。

家中ではずいぶんと慕われているが、忠恒は昔から、亀寿を疎《うと》ましく思っていた。

いかにも気の強そうな大きな瞳と高い鼻。こちらの肚《はら》の裡《うち》まで見透かしたかのような目つきに、賢《さか》しらな物言い。宗家の姫君でありながら誰にでも分け隔てなく声をかけ、屈託なく笑う品の無さ。そのすべてが、忠恒を苛立たせる。あの女子が久保の妻になると聞いた時は、兄を気の毒に思ったものだ。

だがどういうわけか、久保と亀寿は仲睦まじい夫婦になった。あの女子のどこがいいのか聞いてみたかったが、結局その機会はなかった。

いずれにしろ、受け入れるしかない。家中では亀寿の夫が島津宗家の跡取りという了解が出来上がっているため、拒むわけにはいかないのだ。

龍伯が上洛してきたのは、五月初旬だった。それに合わせて亀寿も伏見の島津屋敷に入り、六月に祝言が行われることになっている。

「まずは、祝着である」

さして嬉しくもなさそうに、龍伯は言った。

「久保を失い、亀寿はひどく落胆しておる。どうか、しかと支えてやってほしい」

亀寿は、龍伯が四十近くになって生まれた末娘である。その溺愛ぶりは、家中に知らぬ者はいない。忠恒は当たり障りのない言葉で応じたが、龍伯の表情は不安げなままだった。

「わしは三成から、祝言が終わった後もしばらく上方にとどまるよう勧められた。なぜかわかるか」

「それがしは祝言の後、すぐに渡海せねばなりません。亀寿が義父上《ちちうえ》と共に過ごせるようにとの、気遣いにございましょうか」

適当に答えると、龍伯は鼻を鳴らすように笑った。

「違うな。あ奴の狙いは、島津領の総検地よ」

「検地にございますか」

「わしが上方にとどまっているうちに検地を断行し、島津領をあの者らの都合のいいように作り変える。そのために、亀寿とそなたの祝言が利用されたのだ」

何と答えるべきかわからなかった。検地はいずれ受け入れるしかない。いや、こちらから進んで申し出るべきだったのだ。この伯父は、いつまでつまらぬ意地を張っているのか。

「島津は今、存亡の危機にある。生き残るには、常に隙を見せず、相手の言動の裏の裏まで読みきることじゃ。それが出来ねば、当主の資格はない」

「肝に銘じておきまする」

何処とはっきりは言えないが、晴蓑の死以来、龍伯は変わった。

かつての鷹揚《おうよう》な物腰は消え、どことなく陰鬱《いんうつ》な気を漂わせている。憎しみを辛うじて抑え込んでいる。そんな風にも見えた。

何かよからぬことを企んでいなければいいが。龍伯が秀吉の機嫌を損ねるような真似をすれば、火の粉は自分の身にも降りかかる。それだけは、何としても食い止めなければならない。

何とも面倒なことだと、忠恒は思った。


八月、忠恒は伏見を発ち、渡海のため名護屋へ向かった。

祝言を終えた後も、亀寿とは一度も同衾《どうきん》していない。あの女と契《ちぎ》りを交わすなど、考えただけで虫唾が走る。

名護屋着陣は、八月二十五日だった。ここで国許からの軍勢を待ち、釜山を経て巨済島へ向かうことになっている。

名護屋城の島津陣屋は、溜め息が出るほどみすぼらしい。その日のうちに、忠恒は茶室と蹴鞠のための庭を造るよう命じた。軍勢が整うまでは、茶の湯と蹴鞠に興じながら、ゆるゆると過ごせばいい。

着陣後、忠恒はたびたび身分を隠し、わずかな近習を連れて名護屋の町へ繰り出した。

今も十万を超える軍勢がとどまる名護屋には、諸国から商人や職人が集まり、城の周囲は広大な町と化している。店や職人の工房のみならず、賭場や女郎屋までが建ち並び、猥雑《わいざつ》な活気に満ちていた。

すでに幾度か訪れている傾城《けいせい》屋に上がり、酒を運ばせた。

店の造りは豪奢なもので、大名の子弟もひそかに訪れている。顔見知りの者がいても見て見ぬふりをするのが、暗黙の了解だった。

「朝鮮の女子はおるか？」

酒肴を運んできた下女に、忠恒は訊ねた。朝鮮からは、多くの奴隷《どれい》が送られてきている。朝鮮へ出陣する上は、味を知っておくのも悪くない。

「おるにはおりますが」

「月並みな女子は飽いた。多少、言葉が不自由でもかまわん」

「承知いたしました」

待つ間、忠恒は近習の酌で盃を重ねた。酒は上方から取り寄せているのか、薩摩で呑むものよりもずっと美味い。

朝鮮へ渡れば、酒も女も、食う物さえも思うようには手に入らないのだ。今のうちに愉しんでおきたかった。

「失礼イタシマス」

拙い言葉遣いで言い、女が入ってきた。

思っていたほど、見目は悪くない。むしろ、亀寿などよりずっと美しかった。髪も着物も朝鮮風で、なかなかに趣《おもむき》がある。近習たちを別室に下がらせ、女を手招いた。

まだ慣れていないのか、女は怯えているようだった。故郷では、それなりの家柄だったのかもしれない。そう思うと、興が乗ってくるのを感じた。

酒を呷り、盃を投げ捨てた。荒々しく抱き寄せ、胸に手を滑り込ませる。女の目が、怒りと憎しみ、そして諦めの色が入り混じった複雑な色を帯びた。

祝言の日の亀寿の目を、忠恒は思い出す。

「私が憎いか」

耳元で囁いた。女はこの程度の言葉も理解できないらしい。構わず、忠恒は続けた。

「晋州城では、遊女が日本の将を道連れに川に身を投げたと聞いたぞ。私はいずれ、お前の国の人間を殺すであろう。お前も朝鮮の女ならば、そのくらいの気概を見せたらどうだ」

囁きながら、畳の上に女を押し倒した。憎悪に満ちた視線を受けて、忠恒はさらなる興奮を覚える。

「憎め。蔑《さげす》め。であればこそ、ねじ伏せる甲斐《かい》があるというものだ」

強引に帯を解き、着物をはだけさせる。女は抗《あらが》う素振りを見せたが、結局受け入れた。

自分は何に対して、これほどまでに苛立っているのだろう。腰を使いながら、忠恒は思った。亀寿の存在か。それとも、否応なく流されるしかない自身の境遇か。

やがて、女が喜悦の声を漏らしはじめた。

こんなものか。落胆を覚えながら、忠恒は精を放った。女などどこの国に生まれようと、さして変わりはない。それがわかっただけでも、よしとすべきか。

あまり遅くなると家臣どもがうるさいので、早々に店を出た。日は玄界灘に沈みかけ、空は赤く染まっている。通りには、客引きの遊女と男たちが溢れていた。

「逃がすな、捕らえよ！」

声が聞こえた。前方から、抜き身を提げた粗末な身なりの男が駆けてくる。その後ろを、捕《と》り方《かた》らしき武士たちが追っていた。

「戦の場から逃げ出すとは、不届き者め！」

武士の一人が駆けながら喚いた。恐らく、朝鮮から逃亡した雑兵か水夫の類だろう。このところ、毎日のようにこの手の騒ぎが起きている。

「どけ。どかねえと叩っ斬るぞ！」

男が喚いた。近習たちが、忠恒を守ろうと前に出る。

「面白い」

忠恒は笑みを浮かべ、刀の柄に手をかけた。逃亡者は、斬り捨てても構わないという触れが出ている。これから自分は戦場へ向かうのだ。血に慣れておいて損はない。

「私が斬る。手を出すなよ」

「若殿！」

近習の制止を無視して、逃げる男に向かって駆け出した。馳《は》せ違いざま、胴を薙《な》ぐ。

肉と骨を断ち割る、重い手応え。臓物《ぞうもつ》をまき散らしながら、男が倒れた。往来のあちこちで悲鳴が上がる。

この手で人を斬ったのははじめてだった。

振り返る。まだ息があった。歩み寄り、刃を首筋に当てて一息に引く。男は鮮血を噴き出しながら体を大きく震わせ、それきり動かなくなった。

忠恒はこれまで味わったことがない、全身が震えるような血の昂《たか》ぶりを感じた。あのわけのわからない苛立ちも、きれいに消えている。

はじめて、戦に熱を上げる連中が理解できた気がした。恩賞のためだけではない。この気分を味わいたいがために、武士は己の命を懸け、戦に身を投じるのだ。

「かたじけない。何処《いずこ》のご家中の御方か」

追ってきた武士の一人が訊ねた。

「島津家世子、又八郎忠恒」

短く答えると、武士たちは慌てて頭を下げた。

「若殿、お怪我は」

「ない。見てわからぬか」

「はっ、申し訳ございませぬ」

近習が差し出した懐紙《かいし》で血を拭い、刀を鞘に納める。

武士たちは死骸を戸板に乗せ、どこかへ運んでいく。明日にも、町のどこかに晒されるのだろう。

「帰って呑み直すぞ」

言って、忠恒は歩き出した。興奮は、まだ治まりきってはいない。和睦など、破れてしまえばいい。本物の戦で、この気分を存分に味わってみたかった。

忠恒は生まれてはじめて、戦場に出るのが待ち遠しいと思った。

五

久方ぶりの戦の臭いを、義弘は嗅《か》いでいた。

九月二十九日、閑山島から来襲した朝鮮水軍が、永登浦城《えいとうほじょう》の南西およそ一里の長門浦城《ちょうもんほじょう》に来襲したのだ。名護屋の忠恒には、しばらく渡海を見合わせるよう文を送った。

長門浦城は、良港の長木湾《ちょうもくわん》を扼する岬の上に築かれた堅城で、長宗我部元親、福島正則《ふくしままさのり》、蜂須《はちす》賀家政《かいえまさ》ら四国衆が詰めているため、守りは固い。

「さて、どう攻めるか、手並を拝見いたすか」

永登浦城の物見櫓から望見し、義弘は忠豊に向かって言った。

敵水軍は大船、小舟を合わせて二百数十艘。その中には恐らく、李舜臣もいるのだろう。長木湾の沖合に展開し、四国衆の船が停泊する湾内への突入を狙っているようだった。対する味方は、秀吉の命令通り迂闊《うかつ》に打って出ず、相手の出方を窺っている。

やがて、数十艘の敵が湾内へ向かって動きはじめた。味方は岬の上から矢と鉄砲を撃ちかけている。敵はすぐに突入を諦め、沖合まで退いていった。それから、再び睨み合いに戻っている。

「本気で攻め落とすつもりはなさそうだな」

「そのようです。目的は、牽制《けんせい》と挑発といったところでしょうか」

和睦交渉で、朝鮮は蚊帳の外に置かれた形になっている。このままでは、明は朝鮮領の日本への割譲を認めかねない。それを阻止するため、日本軍を戦に引きずり込みたいのだろう。

朝鮮水軍は終日長木湾外にとどまり、十月一日になると北上を開始した。

「来るぞ。浜辺に兵を展開させよ。船は泊に繋げておけ」

義弘は山を下り、海沿いに陣を布いた。

小舟を中心とした二十艘ほどの先鋒が、矢を放ちながら突っ込んでくる。十分に引きつけ、義弘は采配を振り下ろした。

筒音が響いた。倒したのは、数人の水夫だけだ。小舟が横に散開し、その向こうから変わった形の船が三艘現れた。

「あれが、亀甲船《きっこうせん》か」

船の上方が板で覆われ、文字通り亀のような外見をしている。接舷からの斬り込み攻撃を防ぐためだろう。二十挺櫓《ちょうろ》ほどで帆柱も備えているが、今は折り畳まれている。

不意に砲声が響き、亀甲船の船首から火の玉のようなものが吐き出された。凄《すさ》まじい速さで浜に着弾し、砂煙が上がる。

「火砲《かほう》か」

火薬の力で火矢を飛ばす、朝鮮水軍の武器だった。威力は弾を飛ばす大筒ほどではないが、水軍同士の戦ではかなりの脅威になるだろう。

「怯むな。撃ち返せ！」

忠豊の下知で、銃撃が再開された。間断なく筒音が響き、あたりが煙に包まれていく。敵も火砲で反撃してくるが、互いに射程ぎりぎりで、それほどの効果はない。

「撃ち方やめ──」

煙の合間から、敵が船首を巡らすのが見えた。そのまま、遠ざかっていく。本隊も上陸を諦め、反転をはじめていた。

「こちらの損害は？」

「火傷を負った兵が数名。死者、重傷者はありません」

「敵は、なかなかよい船を持っているな」

舷側が低いため外洋での航海には適さないだろうが、小回りが利き、斬り込むのも難しい。そしてそれを指揮する李舜臣も、手堅い用兵をする良将だった。

「できれば、海の上では出会いたくない相手だ」

遠ざかる船団を見据えながら、義弘は撤収を命じた。

敵はその後も長木湾周辺で挑発を繰り返し、四日には数百の兵を上陸させたが、城方は誘いに乗らず戦いは膠着《こうちゃく》する。八日になって敵は撤収し、それ以後、閑山島を出撃することはなかった。

忠恒が永登浦に着陣したのは、十月三十日のことだ。

「父上、ご無沙汰いたしております」

「うむ。よくぞまいった」

顔を見たのは、二年前の春が最後だ。十九歳になった忠恒は背丈も少し伸び、以前よりいくらか逞しくなっている。

だが、懐かしさと同時に、義弘は危ういものも感じていた。元々忠恒の目の奥にあった冷酷な光が、さらに増しているように思えたのだ。忠恒の近習たちもどことなく萎縮《いしゅく》し、主の顔色を窺っているようにも見える。

だが、口うるさく注意すればするだけ、忠恒は反発する質だ。まずは病に罹らないよう気を配り、つつがなく在番を終えるのが第一だった。

着陣からわずか二日後、忠恒は蹴鞠のための庭造りをはじめた。

「よろしいのですか?」

新納忠増が苦りきった顔で言うが、義弘は好きにさせておくことにした。戦陣とはいえ、これ以来敵が攻め寄せてくることも絶えている。日頃から体を動かしておくのは、悪いことではない。

それよりも気がかりなのは、国許の検地だった。

島津領の総検地は、九月にはじまっていた。直接担当したのは、三成の家臣たちである。これに、上方から下った伊集院幸侃が協力していた。

三成も幸侃も、国許の家臣たちからは忌み嫌われている。突発的な衝突が起こることも、十分考えられた。数年前に肥後で検地が行われた際は、反発した地侍たちが蜂起し、大きな戦にまで発展している。島津家がその二の舞を演じる恐れは、多大にあった。

だが、家臣たちを抑えるべき龍伯は、上方にある。いや、国許に在国していたとしても、家臣たちを抑えてくれるかどうかはわからない。

義弘はやむなく、国許の家臣たちに向けて検地に協力するよう要請し、三成には感謝の意を並べるへりくだった書状を送った。自分に今できることは、異国から書状を送り、何事も起こらないことを祈るくらいだ。

「三成はともかく、何ゆえ幸侃にまで、我らが気を遣わねばならんのです」

忠恒は不平を並べるが、義弘は取り合わなかった。

「そなたは気に食わぬやもしれんが、もはや公議との交渉に、幸侃は欠かせぬ」

「しかし」

「今は難しい時期だ。とにかく、検地を無事に終えねば、島津の命脈は絶たれる」

忠恒が納得のいかない顔で出ていくと、義弘は深く嘆息した。

久保ならば、自分の苦衷《くちゅう》を察してくれたはずだ。そう考えて、首を振った。そのつもりがなくとも、ついつい忠恒と久保を比べてしまう。

忠恒はまだ若い。異国の地で家臣や兵たちと長く過ごせば、何か得るところもあるだろう。今は、それを期待するしかなかった。

忠恒の着陣から一月半ほど後、数日前から病に臥せっていた北郷忠虎《ほんごうただとら》が没した。享年三十九。日向庄内《しょうない》で三万六千石を領する有力者である。

忠恒の着陣で兵力こそ増えたものの、兵糧不足は相変わらずで、病人は絶えることがない。伊丹屋に入手させた朝鮮人参も、とうに尽きている。国許からは、龍伯の侍医である許儀後《きょぎご》を寄越してきたが、原因が滋養の不足では如何《いかん》ともしがたいようだった。

「忠虎の死因は、病で間違いないのだな？」

忠虎の死を看取った許儀後に、義弘は訊ねた。

「はい。疑わしいところはございませんでした」

「そうか」

義弘はかつて、許儀後から医術の手ほどきを受けたことがある。日本の言葉は滑らかで、言われなければ明国生まれだとはわからないほどだ。

「では、久保はどうだ。快癒しつつあった病で、急に死ぬなどということがあるのか？」

「それは、私が直に見たわけではないので、軽々に申し上げるわけにはまいりませぬ」

「そうだな、そなたの言う通りだ。しかし、この病の流行は抑えられんのか」

「とにかく滋養のある物を食し、しっかりと暖を取ることです。この手の病は、医師が何人いたところで抑えられるものではありません」

つまり、打つ手はないということだった。

年の瀬になると、秀吉から在番中の諸将に虎狩りが命じられた。秀吉の精力増強のため、虎を狩って肉や腸《はらわた》を送れというのだ。

「秀吉は、この地がぬるま湯だとでも思うておるのか」

義弘は、歯噛《はが》みしながら書状を破り捨てた。

とはいえ、秀吉からの正式な命令である。拒めば、またどんな言いがかりをつけられるかわかったものではない。

寒さもいくぶん和らいだ翌年三月、義弘は船を仕立て、永登浦を釜山へ渡った。巨済島に虎はおらず、本土の山中まで出向かねばならないのだ。

従うのは、忠恒ら五百余名。巨済島の獣はあらかた獲り尽くし、周辺の魚も少なくなっている。できれば、虎だけでなく他の獣や薬草も手に入れたかった。

「腕が鳴りますな」

窮屈な島を出られるのが嬉しいのか、忠恒は意気軒昂《いきけんこう》だった。

「遊山に出かけるのではない。油断いたすな」

「わかっております。これも戦にござろう」

三月とはいえ、朝鮮本土はいまだ雪も解けず、厳しい寒さが続いている。立ち寄ったいくつかの村には人はほとんどおらず、誰もが飢えていた。

幸い、義兵の襲撃を受けることもなく山中へ入ることができた。

だが、少人数に分かれて捜索を行ったものの、鹿や猪はおろか、兎一匹見当たらない。恐らく、日本軍か飢えた民が獲り尽くしてしまったのだろう。方々に罠を仕掛け、野営を続けるしかなかった。

三日目の朝だった。空は雲に覆われ、風は湿り気を帯びている。すぐにも、一雨来そうだった。

獣の臭い。かすかに、義弘は感じた。右手は崖、左手は深い森。周囲には、忠恒と二十人ほどの家臣。目で合図を送り、備えさせる。

不意に、とてつもない殺気が肌を打った。木々の合間。一頭の虎が、涎《よだれ》を垂らしながらこちらを見据えている。家臣たちが一斉に得物を構え、義弘と忠恒を守るように周囲を固めた。

虎は姿勢を低くし、視線を左右に走らせている。山に獲物がなくなり、相当に飢えているのだろう。

張り詰めた気が流れた。家臣たちの息遣いと、虎の唸り声だけが聞こえる。

耐えきれなくなったのか、誰かが不用意に鉄砲を放った。弾が虎の足元にめり込む。怯むことなく、虎は地面を蹴った。

虎に最も近い場所にいた一人が、前脚の一振りで弾き飛ばされた。別の一人が槍を手に突っ込むが、虎は横に跳んで難なくかわす。筒音が響いた。だが、虎には当たっていない。

「撃つな。味方に当たる！」

義弘が叫んだ次の刹那、別の家臣が飛び出した。安田次郎兵衛《やすだじろべえ》。分家の垂水《たるみず》島津家の家臣だ。

地鳴りのような咆哮を上げ、虎も次郎兵衛に向かって跳びかかる。

雄叫びを上げながら、次郎兵衛が刀を突き出す。虎が、次郎兵衛にのしかかった。だが、その動きは鈍い。虎のうなじのあたりから、刀の切っ先が突き出ている。

虎はなおも暴れ、次郎兵衛と組み合うような形のまま、崖の下へと転げ落ちていった。

「次郎兵衛！」

義弘は身を乗り出し、崖の下を覗いた。倒れた虎の腹の上に、次郎兵衛が倒れている。その周囲の雪は血に染まり、虎はぴくりとも動かない。

次郎兵衛が、ゆっくりと立ち上がり、拳を突き上げた。家臣たちから歓声が上がる。崖はかなりの高さだが、雪と虎の体で衝撃が和らいだのだろう。

最初に虎に弾き飛ばされた家臣も、命に別状はない。義弘は胸を撫で下ろした。

気づくと、雨が降りはじめていた。

「よし、狩りはこれまでだ。火縄をしまえ。崖の下に下りるぞ」

命じたその時だった。

視界の片隅、木立の中を大きな影がよぎった。虎。今しがた倒したものより、かなり大きい。声を上げる間もなく、木立から飛び出してくる。

悲鳴が上がった。忠恒の近習、上野権右衛門《うえのごんえもん》が前脚の一撃で吹き飛ばされ、崖の下へ消えた。

「おのれ！」

激昂する忠恒を、義弘は腕を摑んで引き止めた。その間にも、虎は義弘直臣の帖佐六七《ちょうさろくしち》の腿《もも》を食いちぎり、しがみつこうとする福永助十郎《ふくながすけじゅうろう》を吹き飛ばす。

虎が、義弘へ顔を向けた。圧倒的な殺意。歯を食い縛って耐え、槍を構える。虎を見据え、気を放つ。虎に対して憎しみの念はない。ただ、理不尽に家臣を失った憤りは抑えきれない。

睨み合いになった。もういい。巣に帰れ。語りかけるが、虎の目から殺気は消えない。

唸り声を発し、虎が身を低くした。直後、地が震えるような咆哮《ほうこう》を放ち、跳躍する。

「殿！」

横合いから、永野助七郎《ながのすけしちろう》が大太刀で斬りかかった。虎は動きを止め、助七郎に向き直る。

再び、義弘は気を放った。ほんの一瞬、虎の視線がこちらへ逸《そ》れる。その直後、助七郎の大太刀が虎の体を貫いた。

「今だ、仕留めよ！」

数人が飛び出し、槍を突き立てていく。五本目の槍を受けた時、虎はくぐもった啼《な》き声を上げ、ようやく息絶えた。

「やりましたな、父上。二頭も倒せるとは」

忠恒がはしゃいだ声で言うが、義弘は答えず、手負った者の手当てを命じた。

腿を噛まれた帖佐六七は、出血がひどい。急がなければ、命に関わるだろう。助かったとしても、二度と以前のようには歩けない。崖に落ちた上野権右衛門は、すでに絶命していた。

義弘は、血まみれの虎に目をやった。先に倒した虎とは、つがいだったのかもしれない。

この二頭の肉や肝は、虎の牙に身を晒すことも、命を落とした者たちに思いを馳せることもないまま、秀吉が食すのだろう。権右衛門は、そんなことのために死んだのだ。

家臣たちが虎を縛り、運びはじめる。

込み上げるのは、虚しさばかりだった。

第二章

鬼石曼子《グイシーマンズ》

一

日本の土を踏むのは、実に三年ぶりだった。

空は青く澄み渡り、海鳥の声が騒がしい。視線を転じれば、小高い山の頂に豪壮《ごうそう》な名護屋城《なごやじょう》天守がそびえている。

秀吉が上方へ去り、和睦交渉中とあって軍勢の多くも帰国しているが、それでも多くの船が行き交い、町は活況を呈していた。

文禄《ぶんろく》四年（一五九五）五月十日、義弘を乗せて巨済島《きよさいとう》を発った船は、壱岐《いき》を経て肥前名護屋へ入った。

空や海の色、山々の緑。目に映る景色は、朝鮮とさほど変わりはない。それでも、生きて故国へ戻ったという思いが義弘の胸を満たした。

だが、のんびりと羽を伸ばす暇はなかった。義弘は休む間もなく上方へ向かう船に乗り、六月五日に大坂へ到着、十二日に伏見へ登城する。龍伯《りゆうはく》や妻の苗がいる伏見城下の島津屋敷へ立ち寄ることさえ、後回しにした。

表書院で秀吉を待つ間、義弘の胸中には不安が渦巻いていた。今回の上洛は、秀吉の命によるものだ。帰国を許されたというより、召還に近い。

「兵庫頭《ひようごのかみ》、よう戻った。慣れぬ異国での在番、苦労じゃ」

石田三成を伴って現れた秀吉は、上機嫌で義弘を労った。

「ありがたきお言葉、恐悦至極に存じまする」

家久、晴蓑《せいさ》、そして久保《ひさやす》まで殺したかもしれない男に、自分は今、頭を下げている。飛びかかって首をへし折るのはわけないが、唇を噛んでその衝動を抑えた。

「さて、朝鮮からわざわざ呼び立てたは他でもない。そちに、手ずからこれを渡してやりたくてのう」

言うと、秀吉は三成に促す。三成が差し出したのは、領地宛行《あてがい》の朱印状だった。受け取った義弘に、三成が淡々と述べる。

「多少の混乱はあったものの、御家の御領地の総検地が完了いたしました。これが御家の新たな知行割にござる」

検地の実施によって、二十二万五千石だった島津家の領地は、五十六万石近くにまで増えていた。

だが当然、実際に田畑が増えたわけではない。元々の土地を、豊臣公儀の定める基準で計り直したにすぎないのだ。ほとんどの家臣にとって、検地で正確な石高を出すことは、知行の目減りを意味している。そして、目減りした分を当主の蔵入地に組み込むことで大名家の権力と経済基盤を強化するのが、検地の目的である。家臣たちへの後ろめたさはあるが、豊臣大名として生き残るには、受け入れるしかなかった。

「拝見いたします」

朱印状を開いて、義弘は愕然とした。宛先が当主たる龍伯ではなく、自分の名になっているのだ。

知行割の中身も、義弘の予想と大きく異なっていた。

家臣のことごとくが、それまで領していた場所とは別の土地を与えられている。父祖伝来の領地を追われ、見ず知らずの土地に移される家臣たちの不満は、相当なものになるはずだ。

そして家臣団だけでなく、義弘や龍伯までが領地を移されている。義弘と龍伯にはそれぞれ十万石の蔵入地が認められているものの、龍伯の領地はほとんどが大隅に与えられ、義弘は本城である鹿児島内城を与えると、朱印状には記されていた。島津家の代表は、龍伯ではなく義弘である。そう宣言するにも等しい内容だった。

さらには、領内に秀吉の蔵入地一万石が設けられ、取次役の三成と細川幽斎《ほそかわゆうさい》にもそれぞれ数千石の領地が与えられていた。豊臣家に近い伊集院幸侃《こうかん》も、検地前の二万石から、義弘、龍伯と大差ない八万石に加増されている。

国許の家臣、特に龍伯の直臣たちからの反発は必至だった。そしてその反発は、義弘と幸侃に向かうだろう。このままでは、第二、第三の梅北国兼《うめきたくにかね》が現れてもおかしくはない。

「殿下、これでは……」

言いかけた義弘を、三成が目で制した。

「島津殿。失礼ながら、これまでの御家の度重なる不始末は、とうに改易のお沙汰が下っていてもおかしゅうござらぬ。それを不問とし、さらには加増まで賜ったのだ。これも、殿下の格別なるご配慮と心得られよ」

「されど、これはあまりに」

「さあ、殿下に御礼を申されよ。それとも、殿下から下される所領など欲しくはないと？」

「もうよいではないか」

秀吉が鷹揚な口ぶりで制すると、三成は口を噤んだ。

「あまり年寄りを苛《いじ》めるものではないぞ、三成。今後、島津の家中一同は心を入れ替え、わしのために粉骨砕身働いてくれよう。のう、兵庫頭」

腸の煮える思いで、義弘は再び叩頭《こうとう》した。

「殿下のご配慮、身に余る光栄にございます。当主龍伯共々、家中一丸となって豊家のために尽くす所存にございます」

「うむ。朝鮮在番はしばらく続くこととなろうが、しかと頼むぞ」

満足げに言うと、秀吉は衣擦《きぬず》れの音を残し書院を後にした。

重い足取りで城下の島津屋敷に戻ると、義弘は兄との対面を果たした。

「ただ今、戻りましてございます」

「うむ。よく生きて帰ってきてくれた」

龍伯の態度は、思い描いていたよりも淡々としたものだった。再会を手放しで喜べる状況ではないことは、龍伯も承知しているのだろう。

「長く、苦労をかけた。久保のことは残念であったな」

「お心遣い、痛み入ります」

会うのは三年ぶりだが、龍伯はそれ以上に歳を重ねたように見えた。出家の身とあって頭は剃り上げているが、髭に黒いものはまったく残っていない。顔に刻み込まれた深い皺は、兄の苦心を物語っていた。もっとも、老け込んだのは自分も同じだろう。

話したいことは山のようにある。だが、兄との再会のために帰国したわけではなかった。

「これが、太閤殿下より下された知行目録にございます」

怒鳴りつけられるくらいは覚悟していたが、読み進める龍伯の表情に変化はない。秀吉の出方を、あらかじめ予想していたのだろうか。

「委細、承知した。わしは内城を出て、大隅のどこかの城へ移ることにいたす」

「いや、しかし」

「そうだな、富隈《とみのくま》あたりがよかろう。海沿いで、鹿児島との往来もしやすい」

「よろしいのですか、兄上」

「わざわざ改易の口実を与えてやることもあるまい。だが、そなたが内城へ入っては、家臣たちの反発が大きすぎる。そなたはわしに遠慮するという形を取り、大隅帖佐《ちようさ》あたりに移るがよい。内城には跡取りである忠恒《ただつね》を入れる。それならば、秀吉や三成もとやかくは言うまい」

思わず、義弘は兄の顔を見つめた。一瞬、龍伯の顔が晴蓑のそれと重なって見えたのだ。

「いかがした。不満か?」

「あいや、それならば角は立ちますまい。兄上の智計《ちけい》、感服いたしました」

それから、話題は朝鮮に移った。

忠恒が巨済島へ着陣したのは、去年の十月末のことだ。その直前の朝鮮水軍の襲撃以来目立った戦はなく、退屈した忠恒は、蹴鞠《けまり》と茶の湯三昧《ざんまい》の日々を送っていた。何度か窘《たしな》めはしたが、義弘が巨済島を離れてからのことはわからない。

「それがしの育て方が悪かったのやもしれません」

「あれはまだ若い。長い目で見てやるがよかろう」

龍伯の口ぶりは、どことなく冷ややかだった。内心では、忠恒を後継に据えることに納得していないのだろう。

「武庫、そなたは近いうちに薩摩へ戻り、国許の家臣たちに睨みを利かせてくれ。わしはしばらく、上方へとどまる」

「何故にございます。家臣の反発を抑えるには、兄上でなくては」

「そなたと幸侃がおれば、それでよかろう。わしが出張ったところで、家臣どもは言うことなど聞かぬ」

「兄上」

「話はこれまでじゃ。せっかく帰国したのだ、今宵は奥方と、心ゆくまで語らうがよい」

そう言うと、龍伯は席を立った。

一人になると、義弘は深く嘆息した。

唐入りがはじまって以来、兄が何を考えているのかわからない。領国の仕置についてもどこか腰が重く、投げやりとさえ感じる。

忠恒も言っていたが、兄はやはり変わった。声や表情、所作の一つ一つから闊達《かったつ》さが消え、腹の底に何か隠し持っているような気がする。

それはたぶん、秀吉への憎悪だ。そしてそこには、弟を守りきれなかった自分自身への怒りも含まれている。

義弘は、言いようのない孤独に苛《さいな》まれた。

秀吉を憎んでいるのは義弘も同じだが、龍伯の目から見れば、検地を勧め、軍役をつつがなく果たそうとしている自分は、豊臣公儀にすり寄っているように映るのかもしれない。晴蓑さえ生きていてくれれば、義弘の思いを代弁し、間を上手く取り持ってくれただろう。

「晴蓑。何故、死んでしまったのだ」

誰もいない部屋で、義弘は呻くように呟いた。

義弘がまだ伏見に滞在していた七月、天下は激震に見舞われた。関白秀次《ひでつぐ》が謀叛の嫌疑により失脚し、謹慎先の高野山で自害したのである。

「あの関白殿下が謀叛とは」

義弘の知る限り、秀次は文人肌の温厚な人物だった。酒食に溺れ辻斬りまで働いたという噂も立っているが、到底信じられない。

「考えるまでもない。濡れ衣であろう」

断言したのは龍伯だった。

「拾丸《ひろいまる》の治世を盤石なものとしたい。そのためだけに、秀次は殺されたのだ」

「では、関白殿下のご舎弟方も」

「恐らく、秀吉の命による暗殺だ」

去る四月、秀次の弟である羽柴秀保《はしばひでやす》が、病気療養中の大和十津川《やまととつがわ》で不審な死を遂げている。もう一人の弟・秀勝《ひでかつ》も、朝鮮在陣中に二十四歳の若さで病死していた。

やはり、久保の死も暗殺によるものなのか。思ったが、その疑問を龍伯に明かすことに、なぜか躊躇《ためら》いを覚えた。

秀次の自刃から間もなく、義弘は伏見を発った。秀次失脚による混乱は収まっていないが、いつまでも上方に留まっているわけにはいかない。検地の断行に反発する家臣が、いつ幸侃を襲うかもわからないのだ。

七月二十四日、船で日向細島《ひゅうがほそしま》に到着した義弘は、再び息子の死を聞かされた。国許に残していた五男の久四郎忠清《きゅうしろうただきよ》が、去る七月四日に病死したのだ。まだ、十四歳だった。

「たったの二十日前か」

呟いたきり、義弘は言葉を失くした。たった二十日の差で、我が子の死に目に会えなかったのだ。震える手で苗や龍伯、忠恒への書状を認めると、己に鞭打って大隅栗野城へ帰還した。

忠清はすでに荼毘《だび》に付され、栗野の徳元寺《とくげんじ》に葬られている。位牌を目にしても、忠清がいなくなったとは信じられない。久保や忠恒と違い、穏やかで物静かな息子だった。武人としては物足りなく感じたこともあったが、いずれは兄を支えてくれるものと思っていた。

なぜ自分が生き、若い息子や家臣たちが次々と死なねばならないのか。虚しさに襲われながら、義弘は国許の仕置に取りかかった。

悲嘆している暇はない。自分が動かなければ、島津家そのものが消えて無くなる。

「先に帰国しておきながらお役に立てず、申し訳ございませぬ」

栗野を訪ねてきた山田有信《やまだありのぶ》が、細川幽斎の仕置を徹底できなかったことを詫び、頭を下げた。

「よい。そなた一人で家臣たちを御すのは、やはり無理があったのだ」

「面目次第もございません」

「それより、これから厄介な仕事にかからねばならん。そなたの力を貸してくれ」

知行割の通りに家臣たちの所領を移動させ、蔵入地を設ける。考えただけで、煩雑《はんざつ》な役目だった。手荒な真似は避けたいが、あくまで抗う者には厳罰をもって臨まねばならないだろう。しかし、匙《さじ》加減を誤れば、家臣たちが徒党を組んで一揆を起こす恐れもある。

「困難な道のりではあるが、ここを乗り切らずして島津の存続はない。心してかかってくれ」

「ははっ」

上方からは、秀次事件の後始末の様子が伝わってくる。

事件から間もなく、秀吉は豊臣家に忠誠を誓う旨の起請文《きしょうもん》を作って諸侯に署名させ、渋々ながら龍伯もこれに応じたという。さらには、許可なき大名間の婚姻や誓紙の交換などを禁じる五箇条の『御掟《おんおきて》』、九箇条に及ぶ『御掟追加』が公布され、再び諸侯に署名が求められた。

八月二日には、京の三条河原において、秀次の妻子や侍女ら三十数名が処刑された。そのあまりに凄惨な光景に、見物人からは非難の声が轟々《ごうごう》と沸き起こったという。

秀吉の創業を支えた功臣の前野長康《まえのながやす》、木村重茲《きむらしげこれ》らも、秀次の付家老だったため切腹を余儀なくされた。秀次に娘を嫁がせていた出羽《でわ》の最上義光《もがみよしあき》は謹慎を命じられ、縁戚の浅野幸長《あさのよしなが》は能登《のと》へ配流されたという。

矢継ぎ早の処置に、義弘は秀吉の焦りを見た。すでに、秀吉は還暦を迎えている。自分の身に何が起こってもいいよう、秀次亡き後の豊家を盤石なものとしておきたいのだろう。

これが豊臣家瓦解《がかい》の第一歩となるのか、それともさらなる地盤の強化に繋《つな》がるのか、義弘には判断がつかなかった。

いずれにしろ、国許の仕置で手を抜くわけにはいかない。父祖伝来の地を追われる家臣たちには気の毒だが、心を鬼にして、所領替えを断行するしかなかった。

同じ八月、秀次事件の続報に交じって、巨済島からまたしても一族が病死したという報せが届いた。

「何と、彰久《てるひさ》までが……」

没したのは、有力一門の島津彰久だった。まだ二十九歳と若いが文武共に秀で、義弘も龍伯も大いに期待をかけていた。

島津の将来を担う逸材を失ったという以上に、何か嫌なものを義弘は感じた。彰久の正室は、龍伯の次女の玉姫《たまひめ》であり、長女亀寿《かめじゅ》を正室とした久保、忠恒に次ぐ家督継承候補者だったのだ。忠恒の後継を盤石としたい豊臣公儀の意向が働いていることも、十分に考えられる。

だが、疑い出せばきりがない。どれほど探ったところで、証拠が出ることもないだろう。そもそも、あの巨済島の有り様では、いつ誰が病に斃《たお》れてもおかしくはないのだ。

痛憤に耐え、義弘は煩雑な政務を淡々とこなしていった。


遅れに遅れていた明使《みんし》の大坂到着は、翌文禄五年六月中旬のことだった。まずは副使の沈惟敬《しんいけい》が三百人の行列を連れ、伏見で秀吉への謁見《えつけん》を果たす。

秀吉は明の正使を引見するため、伏見に壮麗《そうれい》な御殿を建てるよう命じている。その普請役《ふしんやく》のため、義弘は再び上洛していた。

国許の仕置は一段落したものの、不満はいたるところに燻《くすぶ》っている。知行割に関して、誰が誰を贔屓《ひいき》しているだの、賄賂《わいろ》が横行しているだのといった風説がしきりで、朝鮮の忠恒からも、自分の家臣たちへの加増が少ないと頻繁に苦情が来ている。わずかな所領を巡るいがみ合いと疑心暗鬼。一枚岩を誇った島津家臣団は、今や見る影もない。

「そこへきて、見栄を張るためだけの御殿造りか」

義弘は普請場で人夫たちを指揮しながら、長い嘆息を漏らした。

これでまた、借財が嵩《かさ》む。もしも交渉が決裂し再出兵ということになれば、どれほどの負担がのしかかるのか。考えただけでぞっとした。

だが、明正使の引見を目前に控えた閏七月十三日、畿内《きない》を未曾有《みぞう》の大地震が襲った。京、伏見、大坂はもとより被害は畿内全域に及び、死者は数千とも数万とも言われている。伏見の町は壊滅し、城も普請途上の御殿も呆気なく崩れ落ちた。

伏見の島津屋敷でもいくらか死傷者は出たが、龍伯や苗、亀寿ら主立った者たちは無事だった。ただ、屋敷の大部分が破損している。修復費用はかなりのものになりそうだった。

家中の安否を確かめた後、義弘は登城した。天守は跡形もなく崩落し、数百人の死者が出ているという。諸侯と数万の民を酷使して築き上げた秀吉の隠居城は、瓦礫《がれき》の山と化していた。

「……兵庫頭か」

崩壊を免れた館の一角で、秀吉は惚《ほう》けたように言った。

「崩れてしもうた、わしの城が……」

虚ろな視線を宙に彷徨《さまよ》わせながら、うわ言のように繰り返す。天下人の威厳も、常に身にまとった闊達さも、そこにはない。あるのはただ、夢に破れた哀れな老人の姿だけだ。

こんな男のために、弟や息子は死んだのか。怒りを通り越し、虚しさが込み上げる。秀吉の無事を喜ぶ口上を述べ、義弘は城を後にした。

いまだ余震の収まらない八月一日、今度は日輪《にちりん》が姿を隠した。日蝕《にっしょく》である。

「革命の予兆やもしれんな」

暗い空を見上げながら、龍伯がぽつりと漏らした。

中華では古くから、天変地異は為政者の不徳によるものと信じられていた。ゆえに、徳を持った別の者が為政者を倒し、新たに天下を支配する大義名分を与えられる。これを、易姓革命《えきせいかくめい》と呼んだ。

思えば、この夏は不可解なことが多かった。六月には都に火山灰のような物が降り注ぎ、六月の終わりから七月にかけて、夜空には異常な光を放つ彗星《すいせい》が連夜にわたって輝いていた。人々は秀次の祟《たた》りを噂し、恐れおののいていたのだ。そして、この大地震である。

「つまり、豊家が倒れると？」

龍伯は薄い笑みを浮かべただけで、答えはない。

人々を不安に陥れた日蝕からわずか四日後、今度は畿内を強大な台風が襲う。猛烈な雨と風が再建途上の家々を吹き飛ばし、各地で大水と山崩れを引き起こした。

明使の引見の場は、地震と台風を辛うじて耐え抜いた大坂城に変更され、伏見御殿の普請も徒労に終わった。

九月一日、民の怨嗟《えんさ》の声が渦巻く中、明使一行が秀吉に謁見、翌日には饗応《きょうおう》の宴が催された。

天下の中枢たる畿内が甚大な被害を受けた以上、もはや日本に戦を続ける余力などない。いくらか妥協してでも、秀吉は和睦に応じるだろう。これで、このまったく得る物のない唐入りは終わる。

そんな安堵の空気が、国中に広がっていた。

だが、諸侯と万民の期待は呆気なく裏切られた。和睦は破綻《はたん》し、朝鮮再征が命じられたのだ。

「何と愚かな」

顚末《てんまつ》を聞いて、義弘は嘆いた。

交渉の任に当たる小西行長《こにしゆきなが》は、明の沈惟敬と結託し、先に秀吉が出した和睦の条件を明朝廷に伝えていなかったのだ。

明には「秀吉が明皇帝から日本国王として認められることを望んでいる」と伝え、「関白降《こう》表《ひょう》」という文書を偽造した上で、使者の派遣を求めた。明朝廷はこれに応じたものの、国書の中に会った『汝を日本国王に封ず』という一文に秀吉が激怒し、すべてが露見したのだという。明国皇女の日本降嫁も、勘合貿易の復活も、朝鮮領の割譲も、和平に繋がる望みはすべて断たれた。何一つ果実を得ることなく撤兵すれば、豊臣公儀の失策を認めることになる。

かくして、再出兵が決定された。名目はあくまで明国の征服である。だが実際の目標が、せめて朝鮮の一部でも獲得して出兵の成果を挙げることにあるのは、誰の目にも明らかだった。

二

九月十二日、伏見で屋敷の修復に追われる義弘に、大坂城へ出仕せよとの命が届いた。再出兵についての細かい指示が出されるのだろう。そう思って登城したが、案内されたのは書院ではなく、茶室だった。

祖父の日新斎《じつしんさい》が否定的だったこともあり、島津家では茶の湯はそれほど盛んではなかった。しかし、上方での諸侯との付き合いに茶の湯は欠かせない。やむなく、義弘も一通りの作法だけは身に付けている。

だが、にじり口から中へ入ると、そこにいたのは秀吉ただ一人だった。茶頭の姿はなく、炉《ろ》には火も入っていない。秀吉の傍らに置かれているのは、茶碗が二つといくらか大振りな瓶子《へいじ》だけだ。

「よう来てくれた、兵庫頭」

「はっ、殿下におかれましては……」

「堅苦しい挨拶はよい。ここは茶室ぞ」

鷹揚に笑う秀吉に、地震直後の憔悴《しょうすい》は見えない。以前の豪放で磊落《らいらく》な太閤秀吉が、そこにはいた。だが、いや、なればこそ油断はできない。床下、あるいは天井裏に、忍びの一人や二人は潜ませているだろう。義弘は端座《たんざ》し、身を引き締めた。

秀吉は瓢《ふくべ》の栓《せん》を開け、茶碗に並々と注《つ》ぐ。

「そなたは、こちらの方が好みであろう」

碗に注がれたのは、茶ではなく酒だった。

「そなたとは一度、こうして膝を交えて話してみたかったのじゃ。表の場では、三成あたりがうるさいでのう」

秀吉はいきなり碗を摑み、不作法に喉を鳴らして吞《の》んだ。

「ほれこの通り、毒など入ってはおらん。ぐぐっといかれよ」

「では、お言葉に甘えて」

作法通り両手で碗を持ち、一息に吞み干す。ふくよかな香りとほのかな甘みが口の中に広がる。薩摩などではめったに手に入らないような、上等な酒だった。

「うむ、見事な吞みっぷりじゃ」

秀吉は満面の笑みを浮かべ、再び義弘の碗を酒で満たす。このところ病みついているという噂もあるが、血色はいい。

「そなたにはこれまで、ずいぶんと苦労をかけてきた。この上、再び渡海を命じるのはしのびない。

じゃが、島津だけを特別扱いするわけにもいかんでなあ」

「何の。我ら島津は殿下のご下命あらば、喜んで渡海いたす所存にございます」

「うむ。まずは国許で軍勢と兵糧を集め、朝鮮に送り出すのだ。そなたはもう還暦を過ぎておるゆえ、自身の渡海は来春にいたすがよい。それまでは国許で、政を整えるがよかろう」

「御意」

頷くと、秀吉は上機嫌で再征の戦略を語りはじめた。

「此度は、前回のような轍《てつ》は踏まぬぞ。安宅船《あたけぶね》をより多く投入し、まずは敵の水軍を叩く」

「よきご思案かと存じまする」

日本軍が海を制することができなかったのは、事前に海戦を想定せず、輸送船を中心として水軍を編成したからだ。そのため、海戦では勝利を得られず、港に籠もるしかなかった。だが安宅船は、戦のための大船で、多くの兵を乗せることができ、防備も厚い。これを多く繰り出せば、海上でも遅れを取ることはないだろう。

「海を制した後は朝鮮南部を固め、決して深入りはせぬ。敵が南下してくれば、打って出てこれを打ち破るのだ。明も朝鮮も、陸の上でまともにぶつかれば、我が軍の敵ではない。これを幾度となく繰り返せば、敵もいずれ音を上げよう」

確かに前回の失敗は、敵の水軍を甘く見たことと、日本軍が朝鮮全土に散らばったことに原因があった。土地が貧しい朝鮮では、大軍を養うことはできない。そこで兵站を寸断されれば、戦を続けることは不可能になる。

この戦い方ならば、勝利は得られるかもしれない。だが、そこまでして戦う意味があるとは、どうしても思えなかった。

「兵庫頭よ」

義弘の考えを見通したように、秀吉が静かに言った。

「そなたもとうにわかっておろう。この戦は、はじめるべきではなかった。信長公が果たせなんだ夢を叶えようと急ぐあまり、わしには何も見えてはおらなんだのじゃ」

「殿下……」

「じゃが、ここでやめるわけにはいかん。朝鮮の一部なりと手に入れねば、死んでいった者たちが浮かばれん。ようやく統一成った天下が、再び割れることにもなりかねん。そなたにはまた苦労をかけるが、天下万民のためと思うて、朝鮮へ渡ってくれ」

あまりに身勝手な言い分だった。だが、それを断ることはできない。義弘は、湧き上がる苦渋を腹の底に押し留めた。

「承知いたしました。全霊をもって、戦に臨みまする」

「うむ。さすがは天下に聞こえた猛将よ。期待しておるぞ」

秀吉は満足げに薄い髭を撫でた。

「ところで、龍伯はいかがしておる？」

「はっ、息災にございます」

龍伯は地震の直後、許しを得て薩摩へ帰国している。今は出兵に備え、兵や兵糧を集めているはずだ。しかし、その動きは相変わらず鈍く、どこか投げやりにも思える。

「龍伯はさぞ、わしを恨んでおろうな」

ぽつりと言って、秀吉は酒を舐めた。その顔からは笑みが消え、何かを憂《うれ》えるような表情に変わっている。

「あれに弟を殺させたは、このわしじゃ。いや、恨んでおるというなら、そなたも同じか」

「何を仰せになられます。我らは……」

「まあよい。その龍伯じゃがのう、近頃、よからぬ話がわしの耳に入っておる」

本題はこれか。義弘は、全身の肌がひりつくのを覚えた。

「それは、いかなる……」

「そなたが朝鮮に出向いておる間、明国の間諜《かんちょう》らしき者と、何やら密談を重ねておったそうじゃ」

「何と」

「明の間諜がこの日本に出入りするのは、別に驚きはせぬ。敵の内情を探るは戦の常道ゆえな。されど、島津ほどの大名がその間諜に会うとなれば話は別じゃ」

「それは、まことにございましょうや」

「確かな筋からの報せじゃ。十中八九、間違いはあるまい」

かすかに手が震え、酒が波立つ。義弘は平静を装いながら、そっと碗を置いた。

「許儀後《きょぎご》の通報が発覚したのは、もう四年も前のことじゃ。龍伯め、とうに懲《こ》りたと思っておったが」

「お待ちくだされ」

思わず、義弘は身を乗り出した。

「許儀後は兄龍伯の命で動いておったと、殿下はお考えなのですか？」

「さよう。出兵の計画を報せることで、あらかじめ明国に戦備えをさせ、唐入りを挫折《ざせつ》させようと考えたのであろう。そして、結果はこの様よ。あ奴《やつ》のおかげで、とんでもない泥田に嵌《はま》り込んでしもうたわ」

秀吉は碗の酒を舐め、窺うような目を向けてきた。

「さて、当主の不始末、いかがしたものかのう」

どう答えるべきか。頬を伝った汗が、顎の先から滴り落ちていく。

いっそ、腹を切るべきか。このままでは、秀吉は龍伯の首を寄越せなどと言い出しかねない。ならば、自分が身代わりになるしかなかった。

「殿下、ここはそれがしが……」

「安心いたせ」

遮るように、秀吉が言った。

「誰にも死を命ずるつもりはない。このところ、島津は死人が出すぎておる。ここでそなたや龍伯まで死んでは、島津は立ち行くまい。あの厄介な家をまとめるには、忠恒はいかにも若かろう」

秀吉の顔に、笑みが戻っている。今のところ、島津を潰すつもりはなさそうだった。思わず安堵の吐息が漏れ、義弘は床に手をついた。

「ご寛恕《かんじょ》、感謝のしようもございませぬ」

「頭を上げよ。ほれ、まだ酒が残っておるぞ」

「ははっ」

碗に残った酒を、一息に干した。味など、まるでわからない。

「わしが知りたいのはな、兵庫頭。龍伯と明の間諜が、何を談合しておったかじゃ。何とか、探り出すことはできんかのう」

難問だった。龍伯にその気があれば、とうに義弘に打ち明けているはずだ。だが断れば、秀吉は即座に島津家の改易を申し渡すだろう。

「承知いたしました。必ずや、突き止めてご覧に入れまする」


義弘は九月二十三日に大坂を出航し、十月十日、新たに龍伯の居城となった大隅富隈に到着した。

富隈は薩摩との国境に近く、城下には浜之市《はまのいち》という良港を抱えている。だが、城そのものは丘の上に屋敷を築いただけの、実に無防備なものだった。

「兄上にはご不便をおかけして、面目次第もございませぬ」

「かまわん。ここから眺める向島も、悪くはないぞ」

龍伯は、鹿児島を追われたことをさして気にはしていないようだった。

「それがしはしばし国内の政に徹し、来春渡海いたすことになりました」

「そうか。苦労なことだ」

龍伯の態度は、やはりどこか投げやりなものに思えた。

「また、多くの者が命を落とすことになろう。難儀なことよ」

「されど、軍役を果たさねば、島津は取り潰しとなりまする」

「わかっておる。それゆえ、難儀なのではないか」

義弘が帰国したため、龍伯は入れ替わりに上洛を命じられていた。豊臣公儀としては、義弘か龍伯のどちらかを人質に取っておかねば安心できないのだろう。

「秀吉の兄上に対する疑念は、相当に高まっております。身辺にはくれぐれもお気をつけくだされ」

「今さらわしを殺《あや》めたところで、秀吉にさして得るところはあるまい」

明国の間諜の件を、打ち明けるべきかどうか。

悩んだ末、義弘は口を噤んだ。訊ねたところで、正直に答えてくれるとは思えない。この数年で、兄との間にはそれだけ大きな溝が生じてしまったのだ。

義弘は帖佐に戻り、政務に取り組んだ。

検地と家臣たちの所領替えに伴う混乱は、いまだ収束してはいなかった。その状況で軍勢と兵糧、軍費、玉薬を集め、順次送り出していかねばならない。

巨済島の忠恒からは、軍勢と兵糧の不足を繰り返し訴えられている。島津勢は昨年、巨済島に加え釜山のすぐ西にある加徳島《かとくとう》の守備も命じられており、軍勢と兵糧はいくらあっても足りないのだ。

政務に忙殺されながら、義弘は帖佐に山田有信を招いた。

「忙しいところ、呼び立ててすまん」

「何の。武庫殿のご多忙ぶりに比べれば、どうということもございません」

そう言って笑みを浮かべるものの、その顔には隠しようのない疲労の色が滲み出ていた。朝鮮在陣と国許での家臣団との折衝、そして検地に所領替えと、この数年は休む暇もなかったのだろう。

「して、此度はどういったご用件で」

「うむ。また、そなたに頼みたいことがあるのだが」

「覚悟はしておりました」

諦めたように、有信は小さく笑った。

「御屋形様のことだ」

秀吉との会見の内容を包み隠さず伝えると、有信の顔から笑みが消えた。

「そなたも、聞いてはおらぬか」

「はい。初耳にございます」

「老中の職にある有信にさえ、秘しておるとはな」

「武庫殿と御屋形様の仲を裂くための、虚言ということは」

「だとしても、明の間諜などという作り話をするとは思えん。秀吉は確かに、何かを摑んでおるのだろう」

「なるほど、事は重大ですな。しかし、御屋形様の身辺を探るとなると、忍びに頼る他ありませんが、それもかないますまい」

晴蓑の死後、山潜り衆は龍伯の直属となっていて、義弘が動かすことはできない。龍伯の周囲は、山潜り衆が固めていると考えた方がいいだろう。

「ゆえに、御屋形様の信頼も厚いそなたに頼んでおるのだ。他国から忍びを雇い入れてもかまわん。そなたは渡海せず、国許に残って御屋形様の動向を探ってくれ。何かわかれば、まずわしに報せるのだ」

　有信は腕組みし、しばし黙考する。

「承知いたしました。微力を尽くしまする」

「すまぬ。そなたにはいつも、難儀な役目ばかりをさせておるな」

「もう慣れました。それに、それがしはあの中書殿の下で大友、龍造寺と戦ってきたのです。それに比べれば、どうということもございませぬ」

「中書は、あれで人使いが荒かったからな」

「まったくです。あの頃は、命がいくつあっても足りぬと思うておりました」

　そう言いながらも、有信の目はどこか寂しげだった。有信は、家久の臨終の場にも立ち会ったという。ずっと苦楽を共にしてきた二人には、自分にはわからない深い繋がりがあるのだろう。

「ところで、代わりと言っては何ですが、朝鮮へは倅《せがれ》の有栄《ありなが》をお連れください。あれももう十九。初陣には遅すぎるくらいです」

「わかった。有栄は、わしの側に置こう」

　難しい話はそこまでにして、義弘は酒を運ばせた。

よほど疲れが溜まっているのか、有信はすぐに酔いはじめた。

「このところ、よく昔の夢を見ます。それがしも、武庫殿も御屋形様も、皆若く、中書殿も晴蓑殿も生きておられた。共に戦い、共に笑う。そんな夢です」

義弘は無言で、有信の盃に酒を注ぎ足す。

「楽しいことばかりではない。むしろ、戦に明け暮れる、血に塗《まみ》れた日々でした。しかしそれでも、懐かしく感じてしまう。それがしも、歳を取ったということでしょう」

「歳を取ったのは、お前だけではないぞ。わしもこのところ、同じような夢を見る」

「そうですな。武庫殿も御屋形様も、もうすっかり年寄りだ」

ひとしきり笑って、有信は盃を呷る。

「しかし、子らのためにも島津の家は残さねばならない。年寄りには年寄りの、為すべきことがござる」

「そうだな。楽隠居は、その後だ」

義弘は、館の外に目を向けた。

子や孫に、この国を残してやれるか否か。すべては、自分たちの手にかかっている。

十月二十七日、度重なる天災への忌避から改元が行われ、文禄五年は慶長《けいちょう》元年と改められた。

明けて慶長二年（一五九七）二月、ついに朝鮮再征の陣立てが発表された。

第一軍、第二軍は小西行長、加藤清正が交代で務める。第三軍、黒田長政。第四軍、鍋島直茂。第五軍は義弘。第六軍、長宗我部元親、藤堂高虎。第七軍、蜂須賀家政、脇坂安治。第八軍が宇喜

多秀家、毛利秀元ら。各地に在番している軍勢も含めると、総勢十四万に及ぶ大軍となる。

総大将は、秀吉の甥で、小早川隆景の養子となった秀俊《ひでとし》が務めることとなっている。秀俊は当年十六。さして見るべきところのない、凡庸《ぼんよう》な若者という評判だった。

とはいえ、あくまで大名それぞれの石高から算出した兵力であって、実際に揃う軍勢はこれよりもかなり少なくなるだろうと、義弘は見ていた。島津ほどではないにしろ、どこの家も財政は苦しく、兵を集めるのには苦心している。

三成と掛け合った結果、島津家の軍役は五千人と定められた。だがそれでも、今の状況ではかなり厳しい。検地の成果が実際に現れるには、時が足りなすぎるのだ。

「此度もまた、厳しい戦となるであろう」

二月二十一日、義弘は出陣を前に、直臣たちを集めて言った。

「だが、軍役を果たし、朝鮮で武功を挙げる他、我が島津の生き残る道はない。薩摩武士の意地と誇りを示すは今、この時ぞ」

帖佐から出陣するのは、わずか三百余名。道々軍勢を集めながら進むつもりだが、どれほどの数が揃うかはわからない。

だが義弘はすでに、腹を括《くく》っていた。兵が足りなければ、それを補って余りあるほどの武功を挙げればいい。朝鮮の人々に憎まれ、恐れられることもあるだろう。その憎悪は、すべてこの身に引き受ける。

一人でも多くの兵を生きて故郷に帰し、島津の家を守り抜く。そのためなら、自分は鬼にでもなろう。

「いざ、出陣」

決意を籠め、義弘は号令を下した。

三

平戸から壱岐、対馬、釜山を経て加徳島へ上陸した義弘のもとに「朝鮮水軍動く」の報が入ったのは、六月十八日のことだった。

本拠の閑山島《かんざんとう》を出航した朝鮮水軍は、およそ百余艘。釜山へ向け、北上を続けているという。

島津勢は、すでに在番していた将兵も含め、いまだ五千に届いていない。義弘はそのうちの半数を乗船させ、船戦に備えた。

主な将は忠恒、忠豊《ただとよ》の他、山田有栄、新納忠増《にいろただます》、そして伊集院幸侃の嫡男で義弘の娘婿に当たる忠真《ただざね》。いずれも若く、船戦の経験はない。そもそも義弘自身が、本格的な船戦ははじめてだった。

「恐れることはない。島津の勇名を、朝鮮の地にまで鳴り響かせる好機ぞ」

内心の不安はおくびにも出さず、檄を飛ばした。

義弘はふと、末弟のことを思い出した。かつて、家久は錦江湾《きんこうわん》の船戦で、相手を完膚なきまでに打ち破ったことがある。あの勝利がなければ、鹿児島は敵に蹂躙《じゅうりん》され、龍伯の首も獲られていたかもしれない。

あの時、家久はまだ三十にもなっていなかったはずだ。やはり家久は、戦の天才だった。自分に、あれほどの才はない。戦いながら、学んでいくしかなかった。

島津勢の船は、大小合わせて四十艘。ほとんどが、小さく船足の速い小早船《こばやぶね》と、中型の関船《せきぶね》だった。そしてそのうちの十艘は、忠豊の麾下《きか》にある。

義弘と忠恒が乗る旗船は、無理に無理を重ねて建造した、三十挺櫓《ちょうろ》の安宅船である。四方に分厚い楯板《たていた》を巡らせているため速度は出ないが、無数の鉄砲狭間《てっぽうざま》を設け、攻城用の大鉄砲も積んだ。水夫とは別に、兵は二百名が乗り込むことができる。

釜山からの報せによると、敵の大将は李舜臣《りしゅんしん》ではなく、元均《げんきん》という将だった。李舜臣は、半年ほど前に味方の讒言《ざんげん》や派閥争いの影響で失脚し、一兵卒に落とされたのだという。

「国の存亡がかかっているというのに、内輪で争うとはな」

何の大義もなく異国に攻め入る秀吉も愚かだが、朝鮮王朝も腐りきっているらしい。

義弘は船上で簡単な軍議を開き、加徳島の沖合で迎撃することにした。この周辺の海域は島が多く、潮流も速い。船戦に慣れない軍で港から遠く離れるのは、危険が大きかった。

やがて、敵の船影が見えてきた。

李舜臣が指揮していた頃より、動きが明らかに鈍い。陣形もまばらで、統率が取れているようには見えなかった。

義弘は、全船に出航を命じた。それを見た敵が、舳先《へさき》をこちらへ向けてくる。

敵の中に、亀甲船《きっこうせん》はいないようだった。

「十分に引きつけ、鉄砲で仕留めよ」

矢倉の上に立ち、声を張り上げた。

間合いが詰まると、敵は盛んに火砲を放ってきた。こちらも鉄砲で応戦している。旗船にも数本の火矢が突き立ったが、すぐに消し止められた。

やはり、海の上の戦は勝手が違った。陸での戦よりも、相手に与えた損害が把握しにくい。さらに、風や潮流まで計算に入れなければならないのだ。陸地のように、軍勢を自分の思うように動かすのは難しかった。

敵の後続が、横から回り込むような動きを見せている。乱戦に持ち込まれるのは得策ではない。義弘はすぐに、反転を命じた。

「父上、味方が」

忠恒が叫んだ。

遅れた一艘の関船が、敵に囲まれていた。すでに、炎を噴き上げている。もはや、救い出すのは不可能だった。

いったん間合いを取り、一つに固まった。敵はこちらを包み込むように、大きく横へ広がっている。だが、船同士の間隔はちぐはぐで、戦列は乱れきっている。

「〝穿《うが》ち抜《ぬ》き〟だ。一気に突っ切るぞ」

〝穿ち抜き〟とは島津の軍法で、全軍一丸となっての中央突破を指す。成功すれば一撃で勝敗が決まるが、機を誤れば大損害を受ける、諸刃の剣だ。

船頭に命じ、旗船を最前列に進めた。太鼓が打ち鳴らされ、櫓《ろ》の動きが早まる。

「こちらも火矢を放て。近づく敵は、焼き払うのだ」

周囲を見回した。敵は明らかに動揺している。こちらが突っ込んでくるとは、予想していなかったのだろう。

敵の火砲が、旗船に集中した。水桶を持った兵たちが慌ただしく駆け回る。後続の味方のうち、数艘が取り囲まれ炎上していた。

「父上！」

「狼狽《うろた》えるな。勢いでは味方が勝っておる」

敵の中型の船が、こちらへ向かってくる。

「大鉄砲、用意。敵船の横腹を狙え」

轟音と共に、水柱が上がった。敵の船腹に穴が開き、大きく傾いている。それ以上は構わず、前へ進んだ。

不意に、甲板に毬《まり》のような物が投げ込まれた。直後、それは轟音と共に破裂し、炎を噴き上げた。近くにいた兵が数名、破片を受けてのたうち回っている。

「消火、急げ。次に来たら、すぐさま海へ投げ捨てるのだ」

かなり前方に、色とりどりの旗を掲げた大船が見えた。あれが元均の旗船だろう。すでに回頭をはじめている。

元均の逃亡を助けるように、別の大船が立ち塞がった。

「鉄砲衆、右舷へ回れ。大鉄砲もだ。船頭、舳先を左へ向けろ」

敵の大船と、すれ違う形になる。敵兵の顔まではっきりとわかる距離だ。

「放て！」

鉄砲と大鉄砲が、一斉に火を噴いた。甲板にいた敵兵と共に、大将らしき男が倒れる。

「このまま突き進め。元均を逃がすな」

だが、元均の船はすでに回頭を終え、戦場を離れつつある。他の敵船も、敗走に移っていた。櫓主はかなり疲れている。これ以上の追撃は断念し、海に落ちた兵の救出に移った。

十数艘を沈めたが、味方は四十艘のうち、五艘を失っていた。死んだ兵も、数十名はいるだろう。倍する敵と正面からぶつかったにしては少ないと言えるが、数の問題ではなかった。

「難しいな、船戦は」

勝利の喜びには程遠かった。やはり自分には、誰かの采配を受けて槍を振るう方が合っているのだ。

家久が生きていれば。思いかけて、義弘は首を振った。

敗走した朝鮮水軍のその後の動向は、日本軍が放った間諜から逐一報告が入っていた。

閑山島に逃げ延びた敵の士気は、大きく低下しているという。大将の元均は酒に溺れ、脱走兵が相次ぐという有様だった。

七月になると、釜山周辺の日本水軍は六百隻に達した。数だけではなく、秀吉の指示通り、多くの安宅船が揃っている。

朝鮮軍の総大将である都元帥《とげんすい》の権慄《ごんりつ》は、水軍に再三にわたって出撃を命じたが、元均は言を左右して動こうとしない。業を煮やした権慄は、元均を捕らえ、公衆の面前で杖罰《じょうばつ》の刑に処したという。

ここにいたり、ようやく元均は出撃を号令した。

これに対し、日本軍は陸と海からの挟撃策《きょうげきさく》を採った。数で朝鮮水軍を圧倒し、巨済島に追い込んで殲滅《せんめつ》しようというのだ。

船戦は藤堂高虎、加藤嘉明《かとうよしあき》、脇坂安治らの水軍が、陸地での戦は義弘が受け持つことになった。島津勢の船は忠豊に預け、高虎らと共に釜山近郊の鎮浦《ちんほ》で待機している。

七月十五日、義弘は永登浦城《えいとうほじょう》の櫓《やぐら》に上り、沖合を航行する敵の船団を見据えた。

敵は、今回は十艘ほどの亀甲船を伴っていた。だが、船団全体の動きはやはり鈍いままだ。

天候は、にわかに荒れはじめていた。風が強まり、波はかなり高くなっている。閑山島からの長い航海に疲れた敵にとっては、痛い追い討ちとなるだろう。

天候の急変を受け、敵は巨済島から目と鼻の先にある漆川島《しっせんとう》の港、漆川梁《しっせんりょう》に入った。恐らく、そこで休息を取りながら天候の回復を待ち、改めて釜山へ向かうつもりだろう。

翌未明、藤堂勢が漆川梁へ奇襲を仕掛けた。続けて主力が襲いかかり、朝鮮軍を圧倒している。日本軍は敵の船に次々と火を放ち、炎と黒煙が空を赤黒く染めた。

ほどなくして、何とか包囲を脱出した朝鮮軍が、巨済島へ向かいはじめた。

「よし、我らも出るぞ」

忠豊に預けた兵は八百。義弘は残りを数隊に分け、島の要所に配してある。

「敗残兵だからと侮るでないぞ。窮鼠《きゅうそ》猫を嚙むということもある」

浜辺を見下ろす小高い山に身を潜め、義弘は隣の忠恒に向かって言った。

「わかっております」

忠恒は、明らかに気負っていた。海上の戦では、忠豊が自ら敵船に乗り移り、数人を討ち取る活躍を見せたという。歳の近い従兄弟に負けたくないという思いがあるのだろう。

やがて、前方に敵の船団が見えた。その向こうからは、日本軍が追ってくる。

「まだだ。焦るでないぞ」

敵が船を捨て、上陸をはじめた。少なく見積もっても、二千近くはいそうだった。

敵は算を乱したまま、我さきに山を駆け上ってくる。伏兵《ふくへい》がいるなどとは、夢にも思っていないのだろう。

「鉄砲、用意」

火縄の焼ける臭《にお》い。間を置かず、義弘は命じた。

「放て！」

轟音。悲鳴が上がり、数十人が斜面を転がり落ちた。瞬《また》く間に混乱が広がっていく。

「斬り込むぞ。続け！」

槍を手に飛び出した。三百の麾下がそれに続く。

叫び声を上げながら斬りかかってきた雑兵を、槍の柄で弾き飛ばした。続けて二人、三人と突き伏せていく。返り血を浴びながら、腹の底から雄叫《おたけ》びを上げた。気を呑まれたように、前方の敵が身を翻《ひるがえ》す。背を向けた敵に、忠恒が次々と槍を突き立てていった。嬉々《きき》とした忠恒の表情を、朝日が照らしている。

戦とも呼べない、一方的な殺戮になっている。それでも、義弘は手を緩めなかった。逃げる敵を追って、浜辺まで突き進む。

やがて、立っている敵はほとんどいなくなった。敵が乗り捨てた船には、日本水軍が火をかけている。

「殿、こちらへ！」

新納忠増が義弘を呼んだ。行くと、松の木の根元に、派手な鎧をまとった敵将が跪《ひざまず》き、何事か喚いている。命乞いをしているのだろう。

「かなり身分の高い将のようですが、いかがいたしましょう」

通詞を呼んで訊ねると、男は元均と名乗った。何でもする。だから命だけは助けてくれ。元均はそう訴えている。

「お前はそれでも大将か。国を護ろうという気概はないのか？」

義弘の問いに、元均は首を振った。

「公衆の面前で、杖で打たれる恥辱を受けたのだ。もう、王朝への忠義など微塵もない。そう申しております」

しばし元均の顔を見つめ、義弘は命じた。

「斬れ」

「承知」

忠増が刀を抜き、元均の背後に回った。泣き叫び、暴れる元均の体を兵たちが押さえつける。

元均の首が飛んだ。

この男の稚拙な采配で、多くの朝鮮兵が死んでいる。戦の場で、無能は罪なのだ。


漆川梁の戦いで、朝鮮水軍は総大将元均の他、主立った将の多くを失っていた。

秀吉への報告には、朝鮮軍の戦死は数千、日本軍が鹵獲《ろかく》した船は百六十艘に及ぶと記されている。

いくらかの誇張はあるが、二度と立ち直れないほどの打撃を与えたのは間違いない。

間諜の報せによれば、敗戦に衝撃を受けた朝鮮王朝は、李舜臣を水軍の総大将に復帰させたという。とはいえ、朝鮮水軍に残るのはわずか十数艘の戦船と、数十艘の小舟のみ。戦力としては、すでに取るに足らないものとなっている。

海の安全を確保した日本軍は、満を持して全羅道《ぜんらどう》へ進軍を決定する。

軍議の結果、全羅道侵攻軍は右軍、左軍の二手に分かれることになった。

右軍は毛利秀元、加藤清正、黒田長政、鍋島直茂ら六万四千。

左軍は宇喜多秀家、小西行長、蜂須賀家政、有馬晴信《ありまはるのぶ》らの四万五千。島津勢は、この左軍に配された。

加えて、水軍を率いる藤堂高虎、加藤嘉明、脇坂安治らが、遊軍として参加する。

対する明・朝鮮軍は黄石山《こうせきざん》、南原《なんげん》の両城に戦力を集中し、全羅道を死守する構えを見せている。

そこで、右軍が黄石山城、左軍と水軍が南原城へ向かうこととなった。

義弘は加徳島から泗川まで進出し、釜山を出陣した左軍主力と合流、八月十二日に南原近郊へ達した。

「諸将は、ずいぶんと気が逸《はや》っておるようですな」

義弘の陣屋に入ってきた新納忠増が言った。

「あの大勝の後だ、致し方あるまい。誰もがこの南原攻めで、功を立てようと考えておる」

緒戦で朝鮮水軍を叩いたことで、日本軍の士気は大きく上がっている。今のところは、秀吉の目論み通りに進んでいるということだった。

「忠恒様など、早く戦いたくてたまらないといった顔をしておられますぞ」

「あれは、いささか血に酔い痴《し》れるところがある。しかと手綱《たづな》をつけておかねばなるまい」

義弘は、忠恒にどこか危ういものを感じていた。先の戦でも、背を向けた敵に躊躇《ちゅうちょ》なく槍を突き立てていたのだ。あれは明らかに、人を斬ることを愉しんでいた。

だが、言って聞かせてどうこうできるものでもない。今はただ、血気に逸って無謀な真似をしでかさないよう、押さえておくしかなかった。

「それで、城の様子は？」

「はい。城将は明の将軍、楊元《ようげん》。城兵は明軍三千、朝鮮軍一千。城内の民は、ほとんどが逃げ散ったとのことにございます」

「そうか。思ったよりも少ないな」

「されど、敵は戦に備えて四方の堀《ほり》を深くし、城壁も元の物より一丈（約三メートル）ばかり高くしたようです。城壁には鉄砲狭間を設け、城門の櫓には大砲が据《す》えつけられておるとの由。周辺の木々や家々も焼き払われ、身を隠す場所もございませぬ」

「なるほど。ちと厄介だな」

とはいえ、地形的にはさしたる要害ではない。こちらの兵力は、左軍と水軍を合わせて五万六千八百。強大な援軍さえ現れなければ、負けることはないだろう。

城門は、東西南北に一つずつ。軍議の結果、義弘は加藤嘉明、来島通総《くるしまみちふさ》らと共に、北面からの攻撃を担当することになった。

攻撃は、翌十三日からはじまった。

竹束を押し立てて楯とし、城に銃撃を加えて牽制しながら、集めてきた土砂で堀を埋めていく。

敵の鉄砲は古いのか、威力も射程も日本の物より大きく劣っている。大砲も、かつて戦った大友軍の〝国崩《くにくず》し〟と呼ばれる南蛮《なんばん》製の物と比べれば、大した脅威ではない。

濠の埋め立てがほぼ終わった十五日、総攻めが開始された。

日本軍は攻城用の高櫓に鉄砲の射手を配し、城内に間断なく銃撃を加える。敵が怯《ひる》んだところで城壁に梯子《はしご》をかけ、次々と斬り込んでいった。

日没後、宇喜多秀家らが受け持つ南門が破られた。続けて、東門と西門も突破したという報せが入る。

「父上、我らも急がねば、諸将に笑われますぞ」

苛立たしげに忠恒が急かすが、義弘は床几《しょうぎ》に腰を下ろしたまま、じっと城を見つめていた。すでに、城内の方々から火の手が上がっている。

「父上！」

「焦るな。じきに北門も開く」

義弘は麾下の鉄砲衆を、北門を囲むように配置した。

やがて、正面の北門が内側から開かれた。何とか城から逃れ出ようと、城兵が自ら門を開いたのだ。雪崩を打って、城兵が湧き出してくる。

「よし。放て」

脇目も振らず飛び出してきた敵に、銃弾が雨あられと浴びせられた。月明かりで、敵の姿ははっきりと見える。戻ることもままならず、敵兵は次々と撃ち倒されていった。

筒音がやんだ時、北門の周辺には四百ほどの屍が残されていた。その光景に、隣の忠恒が息を呑む。

「むやみやたらと攻め立てるのは、戦にあらず。いかに味方を死なせず、より多くの敵を倒すか。それを考えるのが、将の役目と心得よ」

己に言い聞かせるように呟き、倒れた敵の鼻を削ぐよう命じた。

夜半になって城は陥落、日本軍から鬨《とき》の声が上がった。

城将の楊元はわずかな従者と共に城から逃亡したが、四千の城兵はほぼ全滅したという。民がすでに逃げ去っているのが、せめてもの救いだった。

恐らく、今後も凄惨な戦が続くだろう。非道な行いにも、手を染め続けなければならない。

義弘は殺伐とした気分で、周囲から上がる鬨の声を聞いていた。


戦後処理と将兵の休息に二日を当て、日本軍は十八日、南原を発って北の全州へと進んだ。

城兵はすでに逃げ去っている。無血で城へ入ると、黄石山城を落とした右軍も合流し、数日の間全州へとどまった。

義弘はこの間、捕虜の獲得に力を注いだ。

狙いは陶工だった。朝鮮の陶芸品は日本で高く売れる。国許に連れ帰って陶芸品を作らせれば、大きな利が見込めるのだ。他の大名たちも、一人でも多くの陶工を集めようと躍起になっている。

「浮かぬ顔だな、忠豊」

近在の村々から二十人ほどの陶工を連れ帰った忠豊に、義弘は声をかけた。

「いえ、そのようなことは」

人狩りは、戦の常と言ってもいい。日本でも、戦があれば人買い商人が集まり、人を売買する市場が立ったものだ。島津家の戦も例外ではない。

「異国からさらった民を働かせ、銭を稼ごうというのだ。後世、悪逆の誹りは免れまい。だがそうでもしなければ、この戦で我らが得る物は何もない。この先も家臣領民は借財に喘ぎ、貧窮から抜け出すことはできなくなるのだ」

「わかっているつもりです。伯父上のお気持ちも」

義弘は忠豊を連れ、集めた五十人ほどの陶工を引見した。

陶工たちは、いちように暗く沈んだ表情を浮かべている。不安。恐怖。絶望。一同を見渡し、義弘は告げた。

「そなたたちの前には、二つの道がある。日本へ渡るか、それともこの国にとどまり、両班《ヤンバン》たちから謂《い》われなき蔑視を浴び、搾取され、虐げられながら、器を焼き続けるか」

朝鮮の身分制度では、沙器匠《サギジョン》と呼ばれる陶工は、両班たちに隷属《れいぞく》する賤民とされている。主たる両班を潤すため、陶工たちは器を焼くだけでなく、土運び、薪《たきぎ》集めといった苛酷な労働に従事させられるのだ。そして、どれほど優れた器を焼いたところで、それが正当な評価を受けることはない。

「日本へ渡れば、我が島津家が責任を持って、そなたたちを庇護《ひご》しよう。住む家も窯《かま》も、我らが用意する。そなたらが望むのであれば、言葉も衣服も習俗も、今のままでかまわん」

通詞が訳すにつれ、ざわめきが起こった。陶工たちは戸惑いながら互いの顔を見合わせ、何事か囁き合っている。

「わしは、日本へ渡ることを強制するつもりはない。そなたたちの進む道は、そなたたち自身で選ぶがよい」

長老格の男に意見を取りまとめておくよう言い残し、義弘は踵を返した。

「よろしいのですか、伯父上」

「よい。無理強いして日本へ連れ去ったところで、そのような者の焼いた器が、美しい物になるはずがあるまい」

答えると、忠豊は納得したように頷く。

五十余人の陶工全員が日本行きを承諾したのは、その翌日のことだった。

南原、黄石山、全州の相次ぐ陥落により、全羅道の明・朝鮮軍は総崩れに陥っている。日本軍は全羅道をさらに北上、先鋒の毛利秀元、加藤清正、黒田長政らは北の忠清道《ちゅうせいどう》まで攻め入った。

九月七日、黒田長政は稷山《しょくさん》において明軍と遭遇、戦端を開いた。

黒田軍は五千、明軍は四千で、戦況は一進一退だったが、翌日には毛利軍が参戦し、明軍は水《すい》原《げん》方面へ退いていったという。

また、日本水軍は半島南岸を西進、李舜臣は本営の閑山島を放棄して、わずかな数の船と共にさらに西方へと後退している。

その後、黒田、毛利の軍は京畿道《けいきどう》に進出し、安城《あんじょう》、竹山《ちくざん》の敵を掃討した上で忠清道へ戻った。

緒戦で朝鮮水軍を壊滅させ、全羅、忠清両道を速やかに制圧するという当初の目標は、すでに果たされた。朝鮮の苛酷な冬も近づいている。これ以上奥地にとどまるのは、前回の轍を踏む恐れがあった。

島津勢も、全州から益山《えきざん》を経て忠清道の石城《せきじょう》にいたり、扶余《ふよ》まで北上した後に再び南下を開始した。竹川《ちくせん》まで下ると今度は東へ転進し、九月七日に舒川《じょせん》へと進んだ。

以前ほどではないが、義兵の活動は盛んだった。数こそ少ないものの、狭い山道を行軍する際には、守りの弱い荷駄隊を狙って奇襲を仕掛けてくるのだ。

義弘はこれに対抗するため、徹底した殲滅を命じた。島津勢に手を出せば、生きては帰れない。敵にそう思わせることが重要なのだ。

義弘の命は忠実に実行され、陣営には毎日のように、敵から削いだ鼻が何十、時に何百と届けられた。

「父上。敵の将兵は近頃、我らを〝グイシーマンズ〟と称して恐れておるそうです」

舒川の陣営で、忠恒が誇らしげに言った。指で〝鬼石曼子〟と書いてみせる。

「どういう意味だ」

「掛け言葉のようなものでしょう。曼子は饅頭《まんじゅう》のことで、島津は石でできた饅頭のように、噛み砕くことができないという意味のようです」

「鬼、か」

それだけ、非道を尽くしてきたということだ。

義弘にはどうしても、忠恒のように胸を張る気にはなれなかった。

四

幼い息子たちが、庭ではしゃぎ回っていた。妻はそれを叱るでもなく、穏やかな微笑を浮かべて眺めている。

ここはどこだろうと、李舜臣は思った。

あたりを見回す。そうか、忠清道牙山《がざん》の、舜臣の屋敷だ。思い出すと、懐かしさが胸を満たした。

気づくと、一点の曇りもなかった青空が、いつの間にか赤黒く染まっていた。炎。黒煙。子供たちは泣き出し、母に縋《すが》りつく。

舜臣は駆け寄ろうとして、自分の体がまったく微動だにしないことに気づいた。両腕は荒縄で縛められ、足枷《あしかせ》までつけられている。妻と子らには舜臣の姿が見えないのか、こちらを見向きもせず、身を寄せ合って震えている。舜臣は妻子の名を呼ぶが、なぜか声も届かない。

不意に、轟音が響いた。倭賊《わぞく》の使う鳥銃だ。続けて、庭に異形の兵士たちが雪崩れ込む。美々しく飾った甲冑《かっちゅう》。顔まで覆う面頰《めんぼお》。炎に照らされ、鬼のように見えた。

刀を手にした倭賊の一人が、三男の葂《べん》の襟首を摑んだ。そのまま軽々と持ち上げる。

「やめろ!」

舜臣の哀願を嘲笑うかのように、倭賊は葂の小さな体を刀で刺し貫いた。

「葂!」

自分の叫び声で、目が覚めた。全身が汗に濡れている。

寝台の上で体を起こし、傍らに置いた竹筒の水を呑み干す。

まだ夜は明けていないようだ。汗を拭い、深く息を吐いた。

愚にもつかない夢だった。息子たちはすでに、全員が成人している。妻子には長く会っていないが、二十一歳になる葂も父に倣《なら》って武術の腕を磨いていると、妻からの手紙にはあった。この李舜臣の息子たる者が、みすみす倭賊に殺されるはずがない。

「父上」

廊下から声がかかった。身の回りの世話をさせている、長男の薈《かい》だ。戦場に伴ったのは薈だけで、他の息子たちは母と共に、牙山の屋敷に残してある。

「ずいぶんとうなされていたようですが」

「大事ない。お前も休め」

「はい」

廊下から気配が消えると同時に、あの痛みが襲ってきた。

背中、腹、腰、肩、そしてすべての腸。同時に、牢獄での記憶がまざまざと蘇る。血と汗の臭い。両手首に食い込む縄。体中に叩きつけられる棒。普段は仰ぎ見るしかない両班を思う存分打ち据える喜びに震える、獄吏の歪な笑み。

歯を食い縛り、口から漏れ出しそうになる呻き声を必死に押し殺した。込み上げる吐き気を堪え、寝台に横たわる。

倭の水軍は、いつ押し寄せてくるかもわからない。まだ、死ぬわけにはいかなかった。果てるならば、せめて戦場で。

苦悶しながら朝を迎えた。痛みはかなり治まっている。

昨夜まで吹き荒れていた北風は、ようやくやんでいた。

いた。

「敵にとっては好機だ。戦は近いぞ」

舜臣は三道水軍統制使《さんどうすいぐんとうせいし》に復帰したものの、朝鮮水軍は漆川梁の戦いで、船団の主力を喪失していた。

残されたのは、板屋船《ばんおくせん》（大型船）十二艘と、挟船《きようせん》（中型船）、鮑漁《あわびりよう》に使う小舟を戦用に改造した鮑作船《ほうさくせん》が、合わせて三十艘ほどである。虎の子の亀甲船も、元均の愚劣な采配の犠牲となって、全船が海の藻屑と消えた。

この状況では、勢いに乗る日本軍に抗すべくもない。やむなく、舜臣は閑山島の本営を捨てて、半島南西部の碧波津《へきはしん》まで後退していた。そして南原、全州を落とした日本軍は、陸海からこの碧波津へと迫っている。

やがて、斥候《せつこう》に出した船が戻った。

日本水軍の船団五十余艘が、碧波津南方の於蘭浦《おらんぽ》に近づきつつあるという。

舜臣は直ちに麾下の板屋船十二艘を率い出陣した。風はおさまってはいるが、波はいまだ高い。

出港からほどなくして、敵の先鋒がこちらへ向かってきた。

関船と呼ばれる、中型の船だ。数は十三艘。火砲を放ちながら接近すると、敵はすぐに船首を巡らし退いていく。しばらく追ったところで、舜臣は碧波津への帰港を命じた。すでに、日は西に没しかけている。風は逆風となり、潮流もこちらに不利だ。無理をして追うほどの敵でもない。

「恐らく、敵は今宵、夜襲を仕掛けてくる。船にとどまり、備えを怠るな」

全軍に警戒態勢を取らせ、食事も船の上で摂《と》った。船上の灯りは、最小限にとどめている。

深夜、舜臣の予想通り敵が現れた。十三艘。先ほど追い払った敵だろう。その後方には、さらに四十艘ほどが続いている。いずれも関船で、安宅船の姿は見えない。

「灯りを点せ。先鋒の十三艘を一気に突き崩すのだ」

銅鑼《どら》が一斉に打ち鳴らされ、船が動きはじめた。こちらが待ち構えていたことに、敵は少なからず動揺している。砲や鳥銃を放って応戦しているが、どこか浮足立って見えた。

銃声と砲声、銅鑼と太鼓の音が入り乱れる。舜臣は味方の先頭をきって、敵の只中へ突っ込んだ。舳先が敵船にぶつかり、甲板に衝撃が走った。敵の船が大きく傾き、逃げるように離れていく。すかさず火矢を射込んだ。敵船が炎に包まれ、兵や水夫が次々と海へ飛び込んでいく。

杉を材料とする日本の船は、軽量だが、ぶつかり合いには弱く、燃えやすい。

これに対し、朝鮮の船は松で作るのが主流だった。加工が難しい上に重量も大きくなるが、杉よりもはるかに頑丈だ。

装備にも、大きな違いがあった。鉄の弾を飛ばす日本の大砲はこちらの火砲よりも強力だが、関船で一門、大型の安宅船でも三門程度しか積めない。対して、こちらの板屋船は松の重みで喫水が深くなるため、二十門を超える火砲を積んでも、よほどのことがなければ転覆しない。

先頭を進む舜臣の船が、押し包まれる形になった。無数の火矢と鳥銃が射かけられる。何本かの火矢が、舜臣のすぐ側に突き立った。

「父上、危険です。船内へ」

桶の水で火を消しながら、薈が叫んだ。

「構うな。私がここにいることに、意味があるのだ」

先の敗戦と本営の放棄で、味方の士気は著しく落ちている。将が気概を見せなければ、兵が奮い立つことはないのだ。

舜臣の危機を救おうと味方が突っ込んでくると、敵の先鋒は後退をはじめた。

「やりました、父上」

「まだだ。すぐにもう一度攻め寄せて来るぞ」

後続の四十艘と合流し再び向かってきた日本軍を、火砲の乱射で退けた。遠距離での戦いとなれば、多くの火砲を積むこちらの方が圧倒的に有利だ。

敵は、その後も下がっては攻め寄せることを繰り返したが、四度目が失敗すると、ようやく見切りをつけたようだった。

敵船の灯りが徐々に遠ざかり、味方から歓声が上がる。

追撃は禁じ、彼我の損害を報告させた。五十五艘いた日本船のうち、十三艘を沈めた。味方の船は、一艘も失っていない。手負った者が十数人出たが、死者もいなかった。

船縁に手をつき、大きく息を吐いた。勝ちはしたものの、大局的に見れば、いくらか規模の大きな小競り合い程度にすぎない。敵の先鋒を退けたというだけで、日本水軍にはまだ数百艘の船があるのだ。

敵は朝鮮水軍を一艘残らず沈めるまで、何度でも攻め寄せてくるだろう。あとどれだけ持ちこたえられるのか。祖国は、この戦を乗り切ることができるのか。

暗澹とした思いで、舜臣は嘆息を漏らした。

舜臣は仁宗《じんそう》元年（一五四五）、漢城《かんじょう》で生まれた。

父の李貞《ていい》は両班に属するものの、派閥争いを忌避していたため、暮らし向きは裕福ではなかった。そして舜臣が八歳の時、父は腐敗した中央官界に絶望し、母の実家のある忠清道牙山の白岩里《はくがんり》という山里に移り住む。

舜臣は二十二歳になると、文官となるため科挙《かきょ》を受けた。両班の出身であろうと、科挙に合格しなければ官につくことはできないのだ。文を重んじ武を卑しいものとする朝鮮では、文官と武官の待遇には大きな差がある。武官は卑しい身分の子弟がつく地位であり、両班出身者は挙《こぞ》って文官を目指していた。

だが、結果は惨憺《さんたん》たるものだった。元々、人よりも体格が優れ、膂力にも勝る舜臣は、学問よりも馬を駆り、野山を駆け巡る方が性に合っていたのだ。己の才は、文よりも武にある。そう思い直し、二十八歳の時に武官を登用する科挙武科を受けた。

しかし、舜臣は騎射の実技で不覚にも落馬し、左足の骨を折る。すぐさま立ち上がると、傍らの柳の枝を折って当て木とし、試験を続けたものの、結果はやはり落第だった。

ようやく科挙で及第して武官の道を歩みはじめた時、舜臣は三十二歳になっていた。官人としては、かなり遅い出発である。国境の守備に当たる最下級の将校や中央での書記などを経て、三十六歳で全羅道鉢浦《はちほ》という港で水軍の指揮を任された。

だが、その地位はわずか二年足らずで奪われた。朝鮮の官界は中央から地方にいたるまで、東人派と西人派という二つの派閥に分かれ、党争を繰り広げていた。東人派と見られていた舜臣は、西人派の上官に、些末な理由で更迭《こうてつ》されたのだ。

その後、舜臣は北の国境に配され、領内に侵入を繰り返す女真族《じょしんぞく》との戦いに明け暮れることとなった。

この戦で、舜臣は騎兵を率い幾度となく武勲を挙げた。わずかな兵で敵地深く進攻し、攫《さら》われた朝鮮の農民数十人を救出して戻ったこともある。

だが、上官は手柄を上申しないどころか、舜臣の怠慢が女真の度重なる侵入を招いていると讒言した。罪を問われた舜臣は、一兵卒に落とされる〝白衣従軍《はくいじゅうぐん》〟に処される。この時はすぐに戦功を立てて元の地位に復することができたものの、王朝に対する失望は大きかった。

それから数年の間、地方の閑職をたらい回しにされた舜臣に与えられたのは、全羅左道水軍節度使《ぜんらさどうすいぐんせつどし》の地位だった。全羅道に配された水軍の半分を指揮する職である。

その頃すでに、日本を統一した豊臣秀吉なる男が、明国征伐を目論んでいるという話は、舜臣の耳にも届いていた。秀吉は「明を討つため、軍勢が通る道を貸せ」と、居丈高に命じてきたという。王朝はこの要求を拒絶したものの、対応は手ぬるいものだった。秀吉が本気で明を攻めるとは思っていなかったのだ。

任地の麗水《れいすい》に入ると、舜臣はただちに麾下の訓練を開始した。同時に、軍内の党閥の解消を命じ、船や火砲、火薬の備蓄を指示する。過去に、考案されたものの実用化することなく忘れ去られた亀甲船を建造したのも、この頃のことだ。

本当に戦になるかどうかは問題ではない。戦の恐れがあれば、それに備えるのが武人の務めだ。

しかし、泰平に慣れ切った王朝の高官のみならず、武官たちでさえ、まるで危機感を抱いてはいなかった。要求した物資や軍資金は、半分も舜臣のもとに届かない。間に立つ両班たちが着服しているのは明白だったが、追及すれば待つのは更迭のみ。歯嚙みしながら耐えるしかなかった。

そして舜臣の着任から十四ヶ月目、日本の侵攻がはじまった。

敵の釜山上陸を阻むべき慶尚道右水使《けいしょうどううすいし》の元均は、戦わずして逃亡したばかりか、自軍の船をすべて焼き沈めるという愚行を犯した。陸上でも朝鮮軍は連戦連敗し、都の漢城も落ちた。

舜臣は麾下を率いいくつかの勝利を得ると、慶尚道、全羅道、忠清道の水軍を指揮する三道水軍統制使に任じられた。

とはいえ、舜臣の勝利は大局にそれほどの影響を与えたわけではない。正面きっての海戦は不利と悟った日本水軍は、泊地に籠もったまま挑発に応じなくなった。日本の輸送船を襲ってそれなりの損害は与えたものの、敵の全軍を飢えさせるほどの戦果ではない。せめて、元均麾下の船団が健在だったら。舜臣は、愚かな年上の同僚を呪うしかなかった。

だが、結果として日本軍は飢えに苦しめられることとなった。緒戦の勝利で戦線を北へ押し上げすぎたことが原因で、方々で起こった義兵に伸びきった兵站を寸断されたのだ。現地調達でまかなおうにも、朝鮮の土地は貧しく、大軍が駐屯するだけの食糧は得られない。そして訪れた朝鮮の厳しい冬が、弱った日本軍将兵の士気を根こそぎ奪っていく。

「王朝の軍は、何の役にも立たなかったということか」

内陸に攻め入った日本軍の苦境を知ると、舜臣は自嘲めいた呟きを漏らした。

日本軍の侵攻を鈍らせたのは、明軍の参戦でも、舜臣の孤軍奮闘でもない。朝鮮軍の弱さと貧しさ、そして両班たちがこれまでさんざん虐げてきた、民衆の蜂起なのだ。皮肉の一つも口にしたくなるというものだった。

明と日本の和平交渉が決裂すると、王朝から出撃命令が届いた。

聞けば、日本軍の小西行長という将が、先鋒の加藤清正軍が朝鮮に渡る日時と上陸場所を密告してきたのだという。日明朝三国の和平を阻害しているのは加藤清正であり、これを討てば和平交渉は再び進展する。小西は、そう訴えてきたらしい。

だが、舜臣はこれを信じず、命を拒んだ。小西が和平に尽力してきたのは聞き及んでいるが、自らの同僚を敵に討たせるとは思えない。野蛮な倭人でも、そこまで恥知らずな行いをするはずがない。これは、朝鮮水軍を誘い出して殲滅しようという、倭賊の卑劣な罠に違いなかった。

しかし、加藤軍は信じ難いことに、小西が伝えてきた通りの日時と場所に上陸してきた。

ここぞとばかりに王命違反を糾弾してきたのは、逃亡した後に舜臣の幕下に加わっていた元均である。年下の舜臣の下に付せられたことが、よほど腹に据えかねていたのだろう。元均の訴えは容れられ、捕縛された舜臣は漢城へ送られた。

待っていたのは獄中での暮らしと、想像を絶するほどの苛烈な尋問だった。

王朝の高官たちの中には、よほど自分を疎んじる者がいるのだろう。食事もろくに与えられず、日に日に体は痩せ衰えていく。獄吏は嗜虐《しぎゃく》の笑みを浮かべて棒や鞭を振るい、罪を認めるよう迫る。

舜臣を支えていたのは、武人の誇りでも、国家への忠義心でもない。自分が罪を認めれば、妻や子、老いた母は罪人の一族として賤民に落とされ、迫害の中で生きる羽目に陥る。それだけは、肯《がえん》ずることはできない。

結局、罪一等を減じられた舜臣は、またしても白衣従軍を命じられ、閑山島の本営に戻される。それから間もなく元均は漆川梁で無様な戦死を遂げ、舜臣は三道水軍統制使に復帰した。国王は統制使再任の勅書の中で、舜臣を捕縛した自らの不明を恥じ、再び忠義心をもって国難に当たるよう命じている。だが、舜臣の心に響くものは何もなかった。

これほどの仕打ちを受けながら、自分はなぜ、再び戦場に立っているのか。少なくとも、平素は己の権勢を謳歌《おうか》しながら、危機に際しては逃げ惑うことしかしない、漢城の高官たちなどのためではない。

では、いったい何のために戦っているのだろう。国王か。それとも国家そのものか。あるいは、この国に生きる民衆か。

舜臣は今も、答えを見つけられないままでいる。


日本水軍の主力が於蘭浦に現れたのは、九月十四日のことだった。

総勢百三十艘に及ぶ、大船団である。敵の狙いがこの碧波津にあることは明らかだ。舜臣は直ちに諸将を集め、かねてから練ってあった作戦を告げた。

「古来、兵法に言う。死を欲すれば生きる。生を欲すれば死す。少数も、要路を押さえれば多数を恐れさせることができる。これは、今日の我らを指した言葉であろう」

舜臣子飼いの将たちは、漆川梁の海戦で多くが死んだ。今の諸将は寄せ集めの感が強く、全羅右《ぜんらう》水使《すいし》の金億秋《きんおくしゅう》などは、明らかに怯懦《きょうだ》の色を見せている。

「祖国の命運は、この一戦にかかっている。己が命を祖国に捧げるは、今この時をおいて他ない」

強い決意が窺えるのは、諸将のうちの半分ほどにすぎない。それでも、戦うしかなかった。ここで逃げ出すことは、武人の誇りを捨てるのも同然だ。

十六日早朝、於蘭浦の敵が碧波津へ向けて出航したとの報せが届いた。

碧波津に攻め込むには、狭い鳴梁海峡《めいりょうかいきょう》を進まなければならない。舜臣は海峡の入口に、百艘余りの船を配置した。いずれも、漁船を戦船に擬装しただけで、兵もほとんど乗ってはいない。舜臣は麾下の板屋船十二艘を率い、その後方に陣取っていた。

潮は、こちらに向かって流れている。順流に乗って、敵は前衛の百余艘へ向かって突き進んできた。

百三十艘が一斉に押し寄せる圧力は、相当なものだった。こちらの前衛も火矢を射かけて応戦するものの、瞬く間に蹴散らされていく。

舜臣は、全軍後退を意味する旗を掲げた。味方の全船が舳先を巡らし、敵に背を向けて逃走をはじめる。碧波津も通り過ぎ、さらに狭い海峡の奥へ。敵も、それに乗ってきた。

「かかったな」

思わず笑みが漏れた。そろそろだ。海面を見下ろし、内心に呟く。

ややあって、不意に船足が落ちた。潮の流れが、変わりはじめている。この海峡は、毎月一日と十五日の前後数日間、一日に四度も潮の流れが変わる。その際に波と波がぶつかり、海から鳴くような音が聞こえる。それが、ここが鳴梁海峡と呼ばれる所以《ゆえん》だった。

「囮《おとり》の漁船はそのまま後退。板屋船は全船、反転して我に続け。砲撃用意」

命じた。潮流の急激な変化に、敵は明らかに狼狽している。ある船は操船に手間取って隣の船と衝突し、ある船は闇雲に動いて暗礁《あんしょう》に乗り上げている。

「突っ込むぞ。小船には目もくれるな。敵の大将船を狙え」

先頭をきって進みながら、火砲を撃ちまくった。後方以外、周囲はすべて敵だ。日本船から次々と火の手が上がる。

「父上、味方が！」

薈の叫び声に、振り返った。金億秋の板屋船。反転の命に逆らい、はるか後方へ逃亡していた。安衛《あんえい》、金応誠《きんおうせい》らの船も、動きが鈍い。

「船足を緩めよ」

命じると、ようやく安衛、金応誠の船が追いついてきた。

「安衛、金応誠。軍法によってこの場で斬刑に処されるか、それとも敵に向かって戦場で果てるか。今、選ぶがいい」

剣を抜いて叫んだ。二人の顔つきが変わる。他の諸将も我先に前進し、舜臣の船を追い抜いていく。砲声が轟き、矢は雨のように敵船に降り注ぐ。水面には、船を捨てた敵の兵や水夫が木の葉のように漂っている。

こちらの勢いに押され、敵は後退をはじめた。視線を左右に走らせる。敵は二十艘ほどが炎上し、十艘近くが暗礁に乗り上げて身動きが取れなくなっている。こちらの板屋船は、一艘も失ってはいなかった。

敵が遠ざかると、舜臣は即座に命じた。

「帆を上げよ。唐笥島《とうけとう》まで撤退する」

勝つには勝った。だが、陸上の敵に全羅道西岸を制圧されれば、碧波津は完全に孤立する。その前に放棄して、さらに北へ移る他なかった。

翌日、碧波津のある珍島《ちんとう》は日本軍の手に落ちた。全羅道西岸も陸上の日本軍にほぼ制圧され、舜臣は麾下を率いて全羅道の北端まで後退を続けた。

漢城では、高官たちを中心に、都を捨てる献策が相次いでいるという。

募るのは虚しさばかりだった。自分は何のために戦っているのか。再び疑問が込み上げる。

次男の葂《えつ》から書状が届いたのは、鳴梁の海戦からおよそ一月が過ぎた、十月十四日のことだった。

不吉な予感がする。今朝方、息子たちの夢を見たばかりだった。

恐る恐る外封を開くと、書状の表に記された「慟哭《どうこく》」の文字が目に飛び込んできた。まぎれもなく、葂の字だ。

読み進めるうち、書状を持つ手が震えはじめた。同時に、あの痛みがぶり返してくる。四肢が軋み、すべての腸が捻じれるような苦しさ。唇を噛んで堪えながら、文字を追う。

舜臣が鳴梁で戦っていた頃、日本軍は牙山にも攻め寄せていた。

息子たちは母と故郷を守るため、近在の軍に加わって果敢に戦った。だが、衆寡敵せず味方は敗走。混乱の中で、三男の葂が敵の鳥銃に倒れ、命を落としたという。

葂が死んだ。何度確かめても、文にはそう記してある。

気づくと、舜臣は書状を投げうって慟哭していた。意味をなさない叫び声を上げ、剣を摑んで鞘を払う。激情の赴くまま、卓、寝台、壁と手当たり次第に斬りつける。

葂は兄弟の中で最も濃く、舜臣が持つ武人の資質を受け継いでいる。英気に優れ、武術にも秀でた自慢の息子だった。

なぜ、葂が死なねばならないのか。まだ、二十一歳の若さだったのだ。天は、優れた者をこの世には留めないつもりなのか。

手にした剣の刃を首筋に当てる。だが、刃を引くことはできなかった。自分が死ねば、残る妻子は路頭に迷い、生きる術を失くしてしまう。

剣を向けるべきは、己ではない。葂を奪ったのは天ではなく、倭賊なのだ。あの者らが愚かな野心を抱かなければ、葂は死なずにすんだ。祖国の地が蹂躙されることも、罪もない民衆が家を追われ、鼻を削がれることもなかった。

「いいだろう」

漏らした呟きに滲む狂気を、舜臣ははっきりと自覚する。

構うものか。祖国の地を踏みにじる倭賊を、一人残らず殲滅してやる。武人として、父として、あの者らに報いを与えるのだ。たとえ最後の一人になろうと、この身が魂を失くした形骸《けいがい》と成り果てようと、葂の仇を討つ。

ようやく戦う理由を見出し、舜臣はくぐもった笑い声を上げた。

五

鹿児島の町は、今年も新年の賑わいが見られなかった。

寒空の下を行き交う人々の表情は暗く、新たな年への希望は窺えない。笑顔が見えるのは、往来ではしゃぎ回る、年端もいかない童くらいのものだった。

今年もまた、冬が越せない民百姓が多く出るだろう。それを救う力は、今の島津家にはない。無力感を抱えながら、山田有信は馬を進めた。

総検地の後、内城は忠恒の居城とされたが、その主はいまだ義弘と共に朝鮮にある。城主が不在のせいか、ただでさえ暗く沈んだ町は、どこか落ち着きを失っているようにも思えた。

朝鮮の戦況は、再び膠着に入っていた。日本軍は予定通り半島南部に後退し、それぞれに城を築いて守りを固めている。義弘率いる島津勢も、晋州から南へ三里ほどの泗川《しせん》に入り、築城をはじめているという。鳴梁の海戦では李舜臣の水軍が藤堂、脇坂らの船団を打ち破ったものの、大勢にそれほどの影響は与えていなかった。

だが問題は、朝鮮の戦況よりも、領国の疲弊と荒廃である。龍伯はいまだ上方にあり、義弘、忠恒の帰国は、目途《めど》すら立っていない。

その間、領国の政務は有信ら老中が担っているが、意見の対立が目立ち、到底一枚岩とは言えない状況にある。豊臣公儀に尽くすことで家を守ろうと考える義弘と、中央と距離を置こうとする龍伯。この二人の違いが、家中に深い亀裂をもたらしているのだ。

「難儀なことよ」

誰にともなく、有信は愚痴を漏らした。慣れたもので、二人の供廻《ともまわ》りは有信の独言を聞き流している。

三州統一という明確な目標があった頃は、家中はしっかりと一つにまとまっていた。だが、秀吉に敗れ、際限のない軍役で領内が疲弊しはじめると、誰も彼もが己の所領を守ることのみに汲々《きゅうきゅう》とするようになってしまった。

そこへ追い討ちのように降りかかったのが、総検地と所領替えだった。慣れ親しんだ領地を追われ、収入は実質的に目減りした。この裏で誰かが得をしているのではないか。そんな疑心暗鬼が家中に渦巻き、殺伐とした空気が漂っている。

この無益な出兵は、いつ終わるのか。島津家は再び、かつての団結を取り戻すことができるのか。考えると、暗澹《あんたん》たる思いに駆られる。

領国の疲弊、家臣団の分裂。これだけでも頭が痛いというのに。自身に課された役目の重みに、我知らず溜め息が漏れた。

秀吉は、龍伯が何か謀《はかりごと》を巡らせていると疑っている。

それが事実であれば、露見した暁には、今度こそ島津家は改易されるだろう。その前に謀の存在を突き止める。それが、義弘から託された役目だった。

まったくあの兄弟ときたら、いつも荷が勝ちすぎる役目を自分に与えてくれる。

高城の戦では、たった千五百の寡兵で三万の大友軍を食い止め、沖田畷の戦でも、龍造寺家屈指の名将鍋島直茂の相手を務めさせられた。

どちらも、生き残ることができたのが不思議なほどの激戦だった。もっとも、軍を指揮したのは在りし日の家久であって、自分は命じられた通り戦っただけだったが。

「いかんな」

小さく首を振った。ともかく、目の前の役目に集中しなければ。

島津家の現状には、家久も草葉の陰で気を揉んでいることだろう。島津が取り潰しにでもなろうものなら、あの世でどんな目に遭わされるかわからない。気持ちを入れ替え、有信は手綱を握り直した。

目指す場所は、鹿児島内城からそれほど離れてはいなかった。

城の周囲に建ち並ぶ重臣たちの屋敷に混じり、その男の暮らす邸宅はある。隣家と比べればいかにも小さく、みすぼらしいものに見えた。だが、男の地位と来歴からすれば、分相応か、それ以上と言っていいだろう。

訪《おとな》いを入れると、山田有信は案内の者に従って邸内に足を踏み入れた。

この屋敷の主と顔を合わせる機会は多いが、ここを訪れるのははじめてだった。庭は手入れが行き届いているが、武家屋敷に比べれば草木が多い。恐らく、有信が知らない薬草の類だろう。

邸内では、作務衣《さむえ》姿の若者たちが忙しなく立ち働いている。この屋敷の主の弟子たちだろう。有信に気づくと、礼儀正しく頭を下げてきた。

二人の供廻りを残して案内された部屋に入ると、有信は中を見回した。

異国を偲《しの》ばせるような物は何一つない。調度も掛け軸も、どこにでもあるような平凡な代物だ。出された茶も、それほど上等なものではない。

さして待たされることもなく、屋敷の主が現れた。

「これはこれは、山田様。ご老中ともあろう御方が、このようなところへよくぞ。お申し付けいただければ、こちらからまいりましたものを」

「いや、他出したついでだ。わざわざ呼びつけるほどのことでもない」

「さようにございますか。しかし、不眠は万病のもとと申します。甘くみてはなりませんぞ」

屋敷の主、許儀後は温和な微笑を浮かべたままだった。夜、眠れないので何か薬が欲しいという有信の訪問理由を、疑っているようには見えない。

とはいえ、このところろくに眠れていないのも事実だった。

通常の政務でさえ目の回るような忙しさだが、それに加えてのこの役目だ。泣き言を漏らそうにも、事が事だけに、誰にも打ち明けることはできない。

「見たところ、ひどくお疲れのようです。薬も用意いたしますが、まずは按摩《あんま》などいかがでしょう」

「それはいいな。頼もうか」

「では、隣の間に床を用意させましょう」

隣室へ移り、褥《しとね》の上にうつ伏せになった。

許儀後の掌が背中に触れた。心地よさに、思わず呻き声が漏れる。さして力を入れているようにも思えないが、凝り固まった部分がみるみる解きほぐされていく。

許儀後の医師としての腕は、確かなものだった。人となりも清廉《せいれん》で、龍伯の侍医を務める傍ら、貧しい者たちの病を無償で診ているという。特に、薩摩、大隅に多く住む明国人たちからの信頼は絶大なものらしい。

「ところで、そなたも朝鮮で流行り病に罹《かか》ったというが、もうすっかり本復したようだな」

「はい。医者の不養生とはこのことで、面目次第もございません」

許儀後は龍伯の命で巨済島に赴いていたが、自らも病に罹り、義弘の再渡海と入れ違いに帰国していた。

「御屋形様は今、上方におられるが、そなたはここにいてもよいのか？」

「御家の将士は、多くが朝鮮に渡っておられます。御屋形様からは、また病が流行る恐れがあるので、しばらくは薩摩にとどまるようにとの命を受けております」

「再び朝鮮に渡るかもしれない、ということか」

「さようにございます」

許儀後の口ぶりは、実に落ち着いたものだった。今のところ、疑わしいところはない。だが、明国の間諜を手引きしているのは、この男に間違いないと、有信は踏んでいた。

義弘の依頼を受けた有信は、まずは明国の間諜らしき者の洗い出しからはじめた。

具体的には、薩摩の坊津《ぼうのつ》、山川《やまがわ》、大隅の内之浦《うちのうら》といった港町の奉行所に家臣を送り、ここ数年に出入りした船をすべて調べ上げたのだ。

国同士が戦をしていても、商いは細々とだが行われている。こうした港町には大抵、唐房《とうぼう》と呼ばれる異国の民が集まる地域がある。間諜が紛れ込むとしたら、どこかの港の唐房だろう。

有信が目をつけたのは、文禄二年四月に内之浦へ入港した、許豫《きょよ》という海商の船だった。積み荷は生糸に織物、仏典など。いずれも、この時期に危険を冒して運ぶような品ではない。

許豫の船は三日ほど内之浦にとどまった後、しばらく姿を消していた。そして十月に坊津へ入港すると、今度は半月ほど滞在し、帰国の途についている。

とはいえ、今から四年以上も前の話だ。奉行所の記録を追うだけでは真相には近づけない。そこで、有信は配下を使い、各地の唐房で聞き込みをさせた。

唐房の住人たちは連帯感が強く、口を開かせるには相当の苦労があったらしい。かなりの時がかかり、多くの銭も使った。

だが、成果はあった。許豫の船の乗員が泊まった坊津の宿が、特定できたのだ。

そこの奉公人が言うには、部屋の中から「島津」、「秀吉」、「名護屋」といった言葉がたびたび聞こえてきたという。加えて、乗員たちは体格こそいいものの、潮に灼けておらず、船乗りには見えなかったらしい。

そしてその奉公人は、さらに重要な証言をしていた。乗員たちの滞在中、許儀後が彼らを訪ねてきたというのだ。無償で病を診てくれる許儀後の顔は、唐房の住人たちには広く知られていた。

乗員たちが明国の間諜であることに、間違いはないだろう。許儀後が手引きしたのか、あるいは向こうから接触してきたのか。いずれにしろ、唐房での聞き込みには限界がある。ならば、許儀後の線から手繰《たぐ》り寄せるしかない。

「そなた、日本へ来て何年になる?」

「さて。もう二十五年にはなりましょうか」

「祖国が懐かしいとは思わぬか」

「それは、まあ。しかし今となっては、この薩摩が我が祖国と思い定めております」

「では何ゆえ、唐入りの計画を明国へ漏らした」

一歩、踏み込んだ。だが、背中を這《は》う許儀後の手に、動揺は見られない。

「太閤殿下が戦を企てていると知れば、明国も相応の備えをするはず。さすれば、殿下も諦めてくださるのではないか。そう勘考いたした次第にございます。今思えば、何とも愚かな真似をいたしました」

「危険を冒してまで通報いたしたは、そなたが日本よりも明国を思う気持ちが強いゆえではないのか」

「戦になれば、多くの罪無き人々が命を失い、塗炭《とたん》の苦しみを味わいまする。それは、日本も朝鮮も、明国も同じ。戦を止めたいという思いに、国の違いなど関わりはございませぬ」

許儀後の答えに淀みはなく、口ぶりも穏やかなままだ。

束の間、有信はこの男の境遇に思いを馳せた。

許儀後に妻子はいない。祖国の縁者とも、もう音信はないのだろう。だが、医術を買われて大名の侍医となり、屋敷を与えられ多くの弟子まで抱えている。暮らしぶりは質素なものだが、同じく倭寇に攫われてきた者たちと比べれば、恵まれているどころの話ではない。

とはいえ、己の意思に反して異国へ連れ去られ、そこで生きるしかない者の気持ちなど、有信には想像もつかない。明国への通報が許儀後の独断だったとしても、何の不思議もなかった。

秀吉は、許儀後を動かしているのは龍伯だと、義弘に告げた。そして龍伯自身も、明国の間諜と密会していたという。だが今のところ、許儀後が龍伯の命で動いているという証はない。

「今日のところは、このくらいにしておきましょう」

許儀後の手が、有信の背中を離れた。

体を起こし、両肩を回す。体が軽い。澱《おり》のように溜まっていた疲労が、嘘のように消えている。

「驚いたな。大したものだ」

「では、不眠によく効く薬を処方いたしましょう。しばしの間、お待ちを」

許儀後が一礼して部屋を出ていった。

焦ることはない。有信は自分に言い聞かせた。場合によっては、この件は島津家の存亡にも関わる。急いて仕損じることだけは、避けねばならない。今日のところは、これでよしとすべきだろう。

首を回した。やはり、凝りがだいぶ和らいでいる。今宵は久しぶりにぐっすりと眠れそうだ。

廊下から足音が響いた。ずいぶんと早いな。そう思い顔を上げた刹那、「御免」と声がかけられた。

返答も待たず、襖が開く。

現れたのは許儀後ではなく、有信と同じ老中の町田久倍《まちだひさます》だった。背後には、見慣れない若い武士が三人。いや、明らかに武士とは異質な気をまとっている。

山潜りか。有信の背中に、冷たい汗が流れる。

晴蓑の死後、山潜り衆は龍伯の直属となっていた。そして、直接の指揮を執っているのはこの久倍である。許儀後が知らせたのか、あるいは尾行がついていたのか。

「これは、想像以上の大物が釣れたな」

泰然自若を装いつつ、久倍を見上げた。

役人の目が届きにくい唐房とはいえ、銭をばらまいて聞き込みをしていれば、必ず噂は立つ。それを耳にした龍伯の側から、何らかの反応があるかもしれないとは予想していた。だが、龍伯の信頼篤い側近である久倍が、直々に動くとは。

「山田殿、ご同行願います。理由は、申さずともおわかりでしょう」

「いきなり上がり込んで、有無を言わさず同行せよとは、ちと礼を失してはおらぬか」

「上意にござる。多少のご無礼は、ご容赦いただきたい」

「ほう。上意とは、異なことを申す。御屋形様は、遠く上方におられるはずだが？」

「御屋形様からはあらかじめ、貴殿のような動きを見せた者をどう扱うか、お下知を受けておりまする。この場で抗うは、上意に背く行いと思し召されよ」

「そういうことか」

久倍が現れた以上、もはやこそこそと嗅ぎ回る必要はない。許儀後はやはり、龍伯の命で動いていた。そして、龍伯は明国の間諜と接触していたのだ。

「ところで、我が家臣が二人、控えの間にいたはずだが？」

「よほど疲れておったのでしょう。気持ちよさそうに、鼾《いびき》を掻いて眠っておりましたぞ」

「まったく、何のための供廻りだ」

有信は嘆息した。恐らく、出された茶に眠り薬でも入っていたのだろうが、油断するにも程がある。家来の中では最も腕の立つ二人だったが、何とも情けないことだ。

「して、どこへ連れていく気だ。内城か、それとも富隈か？」

「それは、いずれ明かしまする。さあ、急がれよ。それがしとて、手荒な真似はいたしとうござらぬ」

久倍の口ぶりは冷え冷えとしたものだが、少なくとも殺気は窺えない。だが、こちらがおかしな動きをすれば、背後の山潜り衆は容赦なく自分を斬り刻むだろう。

「よかろう。どこへなりと、連れていくがよい」

腹を括り、有信は立ち上がった。

まさか、問答無用で斬られて、錦江湾に沈められるということもあるまい。山潜り衆の力をもってすれば、自分を密かに葬ることなどわけはないのだ。それに、あの龍伯が家臣の密殺を命じるとは思えない。

こうなった上は、相手の懐に飛び込むしかない。龍伯が何を目論んでいるのか、石に齧《かじ》りついてでも明らかにしてやる。

第四章

死戦

一

慶長三年（一五九八）四月末、有信《ありのぶ》ははじめて上方の地を踏んだ。

許儀後《きょぎご》の屋敷で町田久倍《まちだひさます》に捕らわれた後、有信は三月近くも富隈城《とよのくまじょう》の一室に押し込められていた。

縄を打たれたわけでも、牢に入れられたわけでもない。ただ、大小は取り上げられ、周囲には常に監視がついている。行動の自由はないに等しく、朝鮮の義弘に現状を伝える術もなかった。そして半月ほど前、有無を言わさず上方へ向かう船へ乗せられたのだ。

大坂で船を乗り換え、淀川を遡った。一行は、有信の他に町田久倍とその配下の三十名。そのうちの半数近くは山潜り衆だろうと、有信は見ていた。

船中で久倍から聞かされた話によると、朝鮮の戦況は膠着《こうちゃく》が続いているらしい。昨年末に加藤清正の蔚山城《うるさんじょう》が明の大軍に包囲されたものの、日本軍は年明けに反撃に転じ、蔚山包囲軍を敗走させたという。義弘は泗川《しせん》の守備に徹していたため、この戦には参加していない。

伏見の川湊で船を下りた途端、有信は城下の繁栄ぶりに圧倒された。

一昨年の大地震で伏見は壊滅したと聞いていたが、その傷跡はすでにどこにも見当たらない。往来には人と物とが溢れ、今が隣国との戦の最中ということも忘れそうになる。視線を転じれば、木幡山《こはたやま》にそびえる五重の天守が、屋根を彩る金銀を陽光に輝かせながら、誇らしげに町を睥睨《へいげい》していた。

天守を見上げながら、有信は嘆息を漏らした。

桃山《ももやま》から木幡山に移転された伏見城は、大地震からわずか三月後に本丸が、昨年の五月に天守が落成したという。その作事に費やされた銭と人手がどれほどのものかは、有信には想像もつかない。その一方で、秀吉が地震で家を失った人々に手を差し伸べたという話はついぞ耳にしたことがなかった。

「遊山《ゆさん》にまいったのではござらぬ。急がれよ」

久倍の素っ気ない声に促され、有信は再び歩き出した。

諸大名の豪壮な屋敷が建ち並ぶ一角にあって、島津家伏見屋敷はやはり見劣りがする。しかも隣の広大な屋敷は、よりにもよって関東で二百五十万石を領する徳川家のものだった。

秀吉は島津の貧しさを喧伝するために、この両家を隣り合わせたのではないかと邪推したくもなる。だが、薩摩から遠く離れた上方で見栄《みえ》を張れるほど、島津の台所事情に余裕はない。

門をくぐると、有信は一人、小姓の案内で表書院へと通された。

中で待っていたのは、龍伯《りゅうはく》だった。余人の姿はない。

「久しいな、有信」

有信が腰を下ろすと、龍伯は感情の窺《うかが》えない声で言った。

「武庫が誰かを使って探りを入れてくるとは思うておったが、そなたを選ぶとはな。我が弟ながら、人を見る目は確かなようじゃ」

前置きなく切り出した龍伯の目に見据《みす》えられ、有信は四肢がかすかに強張るのを感じた。

やはり、御屋形様は変わられた。口ぶりや物腰こそ穏やかなままだが、声音の奥に、言いようのない冷たさが垣間見《かいまみ》える。

「許豫《きよよ》なる海商の船には、明国の間諜が乗っておった。そなたの見立ては正解じゃ」

思いがけず、龍伯はあっさりと認めた。

「では、御屋形様もやはり、許豫とお会いになったのですか」

「許豫は、明国朝廷から密命を受けた者たちを日本へ運ぶために選ばれた、単なる船乗りにすぎぬ。日本へ来た明国間諜の首魁《しゅかい》は、史世用《しせいよう》と申す男だ。

あれは文禄二年（一五九三）の夏であったか。史世用は日本の商人に化け、名護屋におったわしを訪ねてまいった。その頃は、秀吉も名護屋におったというに、大した胆力よ」

龍伯はそう言うが、秀吉に黙って明国の間諜と会ったとなれば、島津も改易は免れない。それでも史世用と密会した龍伯に、有信はどこか危うげなものを感じた。

「して、御屋形様と史世用は、いかなる話をなさったので？」

「史世用の目的は、日本の情勢を探ることであった。そこで、以前通報してきた許儀後の伝手をたどって、わしのもとへまいったのだ。わしは、あ奴が知りたいことをすべて教えてやった。豊臣家や諸大名の兵力、日本の地勢、諸侯や民の、秀吉に対する忠誠の度合い。史世用の部下には山潜り衆をつけ、京、大坂も案内してやった」

「何と」

秀吉からすれば、重大な裏切りだった。露見すれば、改易だけではすまない。龍伯も義弘も切腹、いや、斬首されても文句は言えない。

「史世用が日本を去った二年後、明は劉可賢《りゅうかけん》なる者を我がもとへ送ってきた。今度は、探索が目的ではなく、わしにある提案をするためにな」

「提案、とは」

「劉可賢はこのわしに、秀吉からの離反を持ちかけてきおった」

「離反、にございますか」

「その頃、明は二十万の軍勢を福建から薩摩へ上陸させ、秀吉を討つことを計画しておった。わしには、その道案内をせよ、と申してきたのだ」

「そのようなことが」

できるはずはない。そう言いかけた有信を、龍伯の静かな声が遮った。

「かつて、九州に蒙古《もうこ》の大軍が押し寄せたことがあった。世に言う蒙古合戦じゃ。その折、蒙古は江南《こうなん》から十万を超える軍勢を肥前に送り込んできた。二十万とは、いかにもかの国の者らしく大仰な数ではある。だが、決して実行できぬ話ではない」

「当然、拒絶なされたのでしょうな?」

龍伯は答える代わりに、ふっと息を吐くように笑った。

「秀吉の九州攻めから、じきに十一年が経つ。その間、わしはずっと考え続けてきた。秀吉に降ることなく最後まで戦っていれば、どうなっていたのかとな」

その問いは、島津家の者なら誰もが考えたことがあるだろう。有信も例外ではない。

「無論、勝てるはずがない。恐らく、我ら兄弟は一人残らず首を獲られ、鎌倉の世から続く名門島津家は、跡形もなく滅び去っていたであろう」

「なればこそ、御屋形様は降伏の道を選ばれたのでありましょう」

「そうだ。あの時は、これ以上の戦に意味があるとは思えなんだ。ゆえに、わしは秀吉に膝を屈した」

龍伯の決断があと少しでも遅れていれば、島津家は取り潰されていただろう。いまだ余力を残したまま龍伯が降ったことで、島津は薩摩、大隅を安堵されたのだ。その決断が間違っていたとは、有信は微塵も思わない。

「だが、秀吉に降ってからこのかた、我らは耐え難い屈辱の中で生きてきた」

龍伯の声音が、かすかな熱を帯びた。

「降伏から間もなく、中書が死んだ。これが豊臣方による毒殺であることに、そなたも異存はあるまい」

頷くしかなかった。状況から考えれば、疑いの余地はないのだ。

「そして唐入りがはじまるや、秀吉に踊らされた梅北国兼が兵を挙げ、多くの家臣が死んだ」

「お待ちくだされ。国兼の謀叛《むほん》は、秀吉の謀《はかりごと》だったと?」

「さよう。唐入りに反対したところで、すぐさま鎮圧され、親族までが磔にされる。その様を諸侯に見せつけるため、国兼が選ばれたのだ」

確かに国兼の謀叛が鎮圧されて以降、豊臣公儀に対する叛乱は絶えている。国兼一党への苛酷な処分は、一定の効果を上げたと言っていい。だが、なぜ他の大名の家中ではなく、島津の、しかも一介の地頭にすぎない国兼なのか。

「すべては、島津に対する統制を強めるためじゃ」

有信の疑問を先回りして、龍伯は言った。

「秀吉は島津を恐れつつも、唐入りのため、我らの力を必要としておった。だが、島津の総力を唐入りに投入するには、領内の総検地が必須。ゆえに、公議が島津領に介入する口実を作る必要があったのだ。我が家中には唐入りに対する不満が渦巻いておったゆえ、謀叛に導くのは造作もなかったであろうな。そしてさらに、秀吉は国兼の謀叛に乗じ、晴蓑《せいさ》を討って己が私怨まで晴らした。まさに、一石で何羽もの鳥を落とす、見事な計略よ」

晴蓑の名を口にした一瞬だけ、龍伯はかすかに表情を歪めた。

「恐らく、久保《ひさやす》の死も、病によるものではあるまい。若く器量に優れた久保が島津の当主となれば、豊臣公儀にとっては大きな脅威となる。朝久や彰久も同じだ」

有信は息を呑んだ。天下人である秀吉が、自身を支える大名の一族を暗殺することなどあるのだろうか。

だが、国兼の謀叛が本当に謀略によるものだったのなら、それもあり得る。思えば、この十数年で不可解な死を遂げた要人を数え上げればきりがない。その中には、生きているだけで秀吉に都合の悪い者も、数多く含まれているのだ。

底知れぬ闇へ呑まれた心地に、有信は声を発することができなかった。そして、束の間の沈黙を破り、龍伯が口を開く。

「先刻のそなたの問いに答えよう。わしは、劉可賢の提案を受け入れた」

恐れていた言葉を、龍伯はいとも簡単に口にした。有信の掌に、じわりと汗が滲む。

「もっとも、その後日明間で和平の動きが強まり、この話は立ち消えとなったがな」

「しかし、和平は破れました」

「そうだ。そしてつい半月ほど前、明は三度、使いを送ってきた」

「まさか」

「明は再度、わしに合力の提案をしてきた。此度は明も本気だ。まずは朝鮮に大軍を投入し、半島南部の日本軍を殲滅する。その後対馬、壱岐へ渡り、同時に福建の軍を薩摩へ上陸させるとのことであった。福建の明軍には琉球《りゅうきゅう》、シャム（タイ）、安南《あんなん》（ベトナム）、さらにイスパニアの軍まで加わるそうだ」

総身から血の気が引いていくのがはっきりとわかった。琉球もシャムも安南も、明の朝貢国だ。そこにイスパニアまで加われば、二十万という兵力も現実味を帯びてくる。

しかし、いかなる大軍でも、言葉も通じぬ異国へ攻め入ることの困難さは、他ならぬこの唐入りで証明されている。朝鮮で目の当たりにした地獄のような光景が、この日本でそのまま繰り返されることにもなりかねないのだ。それがわからない龍伯ではあるまい。

「戦の勝敗は、眼中にはない」

こちらの疑念を見透かしたように、龍伯が言った。

「たとえ明の援軍を得ても、秀吉を討てるか否かはわからぬ。だが少なくとも、豊臣の天下が終わることだけは間違いない」

有信に向けられた目はぞっとするほど暗く、静かだった。

「すべては、わしの決断の誤りであったのだ。降伏を選んだことで、家中の人心はばらばらになった。残されたわずかばかりの領地にしがみつき、己の利ばかりを追い求めて互いの足を引っ張り合う。かつて全九州に覇を唱えた薩摩武士は、もうどこにもおらん。おるのは、誇りを失い、我欲にまみれた生ける屍ばかり。

わしも同じよ。己が弟を手にかけ、秀吉に膝を屈したまま、死んだように生き続けておる。だがせめて、秀吉に一矢を報いてやらねば、死んでいった者たちに顔向けできまい」

胸を刺すような言葉に、反感と同時に納得しかける自分を感じた。だからといって、島津の存続を危うくするような企てを看過することはできない。

「お待ちください。御屋形様が降伏を決断なされたおかげで、島津の家名は残ったのです。それが間違いであったとは、それがしには思えません」

「だがあの時、降伏を選ばず、滅びるまで戦っていれば、かかる憂き目を見ることはなかった。中書も晴蓑も、武人らしく戦場で散ることができたのだ。わしはその機会を奪い、代わりに長きにわたる忍従と刻苦を、家臣領民に強いておる」

そう語る龍伯の顔は、ひどく歪んで見えた。自責の念か、それとも秀吉への憎悪か。たぶん、その両方だろう。

「屍として生き続けるよりも、誇りを胸に滅ぶ。今さらだが、わしはその道を選んだのだ」

気づけば龍伯は、口元にあるかなきかの笑みを湛えている。

狂気。その言葉が浮かび、有信の背筋に冷たい汗が流れた。

思えば、龍伯が変わりはじめたのは、晴蓑の死からだった。一族郎党を包み込むような温かみは消え去り、どこか投げやりにさえ思える言動が目立つようになったのだ。

無理もないのかもしれないと、有信は思った。何十年もの間、己を支えてきた弟を、己が手で討つ。その苦悩は、当人以外に察することはできまい。

臣下として、主君の思いに殉じるべきか。義弘の意向で動いてはいるが、有信の主はあくまで龍伯なのだ。主君が起つと言うなら黙って従い、その馬前で散ってみせるのが、武人の定めというものではないのか。

そこまで考えた有信の脳裏に、ふと息子の顔がよぎった。有栄《ありなが》。今頃は義弘や多くの将兵と共に、泗川の城で厳しい寒さに耐えているはずだ。このまま龍伯の企てが進めば、有栄は、義弘たちはどうなるのか。国許に残してきた妻や、有栄の弟妹たちは。

我に返ったような心地で、有信は思案を巡らせた。

恐らく、龍伯は機を見て伏見を脱出し、薩摩へ戻るつもりだ。そのために、十数人もの山潜り衆を国許から呼び寄せたのだろう。

そして義弘には、明への寝返りを説くはずだ。味方の裏切りがあれば、在鮮の日本軍は持ちこたえられない。そして、日本軍を蹴散らした明・朝鮮・島津の連合軍は、北と南から九州へ攻め入り、その後は上方へ向けて軍を進めるだろう。

だがあの義弘が、龍伯の企てに乗るとは思えない。味方を裏切るくらいなら、明の大軍を真っ向から迎え撃ち、戦場で散ることを選ぶはずだ。

「御屋形様。一つだけ、お聞かせください」

「申せ」

「武庫殿と袂を分かち、在鮮の我が将兵を斬り捨てることになっても、明と合力いたす所存にございますか？」

「致し方あるまい。あれは、豊臣の天下で家を存続させることを選んだのだ。泗川へはすでに使いを送るよう命じたが、あくまで秀吉に与するのであれば、我が敵である」

にべもない答えに、有信は拳を固く握り、視線を床に落とす。

不覚にも、肩が震え、視界が滲んだ。有信が半生を捧げてきた島津家は、どこへ行ってしまったのか。あれほど互いを信頼し合ってきた龍伯と義弘が、なぜ敵対しなければならないのだ。これでは、御家騒動で潰れる凡百の家と、何も変わらないではないか。

二人が憎み合う様を目にするくらいなら、龍伯の言う通り、秀吉と戦って滅びるべきだったのかもしれない。

いや、違う。今は過去を悔やむ時ではない。己の取るべき道を選ぶ時だ。

大きく息を吸い、覚悟を定めた。

「それがしとて」

気力を振り絞り、口を開く。

「あの時戦って死んでいれば。そう思ったことは何度もあります。ですが、我らは生きている。朝鮮にいる武庫様以下の将兵も、国許で生業に励む民草も、今を生きるために戦っているのです。彼らは決して、生ける屍などではござらぬ」

こちらを見据える龍伯の目が鋭さを増した。気圧されそうになるのを堪え、さらに続ける。

「臣下として、かかる無謀な企てを座視することはできません。この有信、一命を賭してでも諫言いたす所存にござる」

腹を切る覚悟はできている。不忠者と罵られても構わない。だが事はすでに、島津家の存続などという段階を大きく越えている。最悪の場合、日本という国の存亡がかかっているのだ。

「中書殿に続き、晴蓑殿まで奪われた御屋形様のご心痛、察するに余りあります。されど、明国の軍を九州へ引き入れれば、たとえ秀吉を討てたとて、代償はあまりに大きい。この日ノ本は、計り知れぬほど大きな痛手を蒙る。それを、中書殿や晴蓑殿が望まれるとお思いか」

龍伯は無言のまま、有信を見つめていた。いや、その目には自分が映っているのかどうかさえ判然としない。空虚で寒々しい、暗い光。有信の知る龍伯の目ではない。それほど、龍伯の絶望は深いということか。

自分の言葉は、本当にこの御方に届いているのか。不安を抱えながらも、言葉を重ねるしかなかった。

「御屋形様の為すべきは、ご自身を責めることでも、憎悪に任せて戦を起こすことでもありませぬ。今を生きる者たちのため、彼らが帰るべき場所を守り抜くことにございましょう。過去にとり憑《つ》かれてはなりません。死んだ者ではなく、生きる者たちのためにこそ、御屋形様は……」

不意に、くぐもった声が聞こえた。暗い地の底から静かに響くような、不穏な声。それが龍伯の笑い声だと気づくのに、数拍の間が必要だった。

「そなたが命を賭して、このわしに諫言するとはな。若い頃は戦のたびに震えておったが、人とはこれほど変われるものか」

心の底から感心したという口ぶりで、龍伯は微笑を浮かべた。

「御屋形様……」

「だが、そなたが変わったように、わしも変わった。もはや、後戻りはできん」

言うと、龍伯は何かを断ち切るような面持ちで手を叩いた。間を置かず、背後の襖《ふすま》が開く。数人が有信を取り囲み、両腕を抱えられた。

「山田様、こちらへ」

顔も知らない男が、耳元で囁く。振りほどこうにも、両腕は万力で締め上げられたかのように、びくとも動かない。

「御屋形様、何卒、いま一度ご再考を！」

声を張り上げるが、龍伯は有信に一瞥もくれず、座を立った。

まだだ。まだ、諦めるわけにはいかない。たとえ首を刎ねられるとしても、最後の瞬間まで叫び続けてやる。

二

泗川の空は、今日も晴れ渡っていた。

薩摩では、七月ともなれば肌にまとわりつくような暑さに襲われるが、朝鮮の夏は湿り気が少ないせいか、ずいぶんと過ごしやすい。とはいえ日射しは強く、厳しい暑さであることに変わりはなかった。

義弘率いる島津勢がこの慶尚道泗川に入ったのは、昨年十月の末のことだった。

日本軍は現在、東は加藤清正の蔚山、西は小西行長の順天《じゅんてん》まで、半島南岸に沿うように広く展開している。泗川は、釜山と順天のちょうど中間に位置し、海路の要衝である船津湾《せんしんわん》にも近い。

だが、泗川の城自体は小さく脆弱だったため、義弘は南西に一里（約四キロメートル）ほどの、船津湾を望む丘陵に新たな城を築いた。元々あった城は泗川古城、新たに築いた城は、泗川新城と称されている。

島津勢は泗川の他、北に三里ほどの晋州《しんしゅう》、西へ一里半の昆陽《こんよう》の守備も任されていた。義弘、忠恒は泗川新城を守り、晋州、昆陽にも数百の守兵を置いている。その総勢は五千。ここにいたっても、課された軍役通りの人数には達していなかった。

蔚山から順天までの城郭網が完成したことにより、五月には小早川秀俊改め秀秋、宇喜多秀家、毛利秀元らに帰国が許された。朝鮮に残るのは、九州の諸大名を中心とする、およそ六万である。だが、秀吉は来年、さらなる大軍を派遣し、大攻勢をかけることを企てていた。小早川、宇喜多らの一時帰国は、来年の再出兵に備えてのものらしい。

「この期に及んで、さらなる出兵とは」

泗川新城の軍議で、忠豊が嘆息混じりに言った。

定例の評定である。広間には主立った将たちが顔を揃えていた。泗川周辺は時折、義兵の小規模な襲撃があるだけで落ち着いているものの、一年以上に及ぶ外征に、諸将も疲れの色を隠せずにいる。

「今のところ兵糧、玉薬共に不足はありませんが、再度の攻勢となると、いつまでもつか……」

不安を口にしたのは、義弘の家老を務める長寿院盛淳《ちょうじゅいんもりあつ》だった。幼少期の頃に出家して高野山、根来寺《ねごろじ》などで修行していたという変わり種で、総検地の際には石田三成、伊集院幸侃と共に奉行を務めた文官肌の将である。

「帰国を許されなかったことによる、士気の低下も懸念されますな。すでに、軍規もいくらか緩みつつあります。来年の攻勢まで、士気が維持できるか否か……」

「何を弱気な」

盛淳の言葉を遮ったのは、泗川古城の守備を受け持つ川上忠実《かわかみただざね》だった。

三年前に巨済島で陣没した島津彰久の家老で、主の死後は陣代として彰久の手勢の指揮を引き継いでいる。まだ三十代半ばだが、十四年前の沖田畷合戦では龍造寺一族の首級を挙げる大手柄を立てた勇将だ。

「薩摩の兵は、それほど軟弱ではござらぬ。どれほど苦しくとも、大戦となれば必ずや奮い立ち、目を瞠る働きをいたすであろう」

「心構えがどうあれ、兵糧や玉薬がなければ戦えぬ。御家の台所事情は、これ以上の戦には耐えられぬと申しておるのだ。こちらが攻勢に出れば、明はさらなる大軍を送り、義兵の動きも活発になる。そうなれば、先の出兵の二の舞ではないか」

「貴殿は裏方仕事が役目ゆえ、戦場を知らん。兵糧など、敵から奪えばよいのだ。もっとも、貴殿が検地の際に吸った美味い汁を吐き出してくれれば、我らもいくらか楽になるというものだが」

忠実は盛淳に向け、嘲笑を浮かべた。検地の際、盛淳や幸侃が自身や近しい者たちに有利なよう手心を加えたという噂は、家中では今も根強い。

「聞き捨てならん。この御家の大事に臨んで、わしが私腹を肥やしておると申すか」

「何度でも申してやる。御家に巣食うごく一部の鼠どものせいで、家中の多くの者たちが苦境に喘いでおるのだ」

「おのれ……」

「やめぬか、見苦しい」

気色ばむ二人を、義弘は低い声で制した。

「今は評定の場ぞ。罵り合いがしたければ、他所で気のすむまでいたせ」

辟易《へきえき》しながら、二人を窘《たしな》める。同じような言い争いは、もう何度も聞かされていた。

豊臣家内部での、吏僚派と武功派の争いと同じ構図の対立が、芽生えはじめている。島津家では、総検地で直接損失を蒙った者が多いだけに、事は深刻だった。

ふと隣に視線をやると、忠恒が欠伸を嚙み殺していた。さっさと評定を切り上げて、蹴鞠をしたいのだろう。少なくとも、義弘の危惧を理解しているようには見えない。

「今日はこれで散会といたす。いつ、どこから義兵が攻め寄せてくるともわからん。くれぐれも、物見と戦備えは怠るでないぞ」

何度口にしたかわからない締めの言葉を述べ、義弘は席を立った。

自室に戻り、文机に向き合う。

国許で、気がかりなことが一つあった。これまで頻繁に書状のやり取りをしていた山田有信からの音信が、この数ヶ月途絶えているのだ。最後に書状が届いたのは今年の二月で、日付は十二月の上旬だった。薩摩から出した書状が泗川まで届くには、一月半ほどの時がかかる。

その後、幾度も書状を送ったものの、返信はない。有信の郎党宛てに書状を送ったが、病で臥せっているという返事が来ただけだった。念のため、国許の家臣に確かめさせたが、有信の屋敷を訪ねても体よく追い返されたという。

最後に届いた書状を取り出し、もう何度も読んだ文面に目を通した。明国間諜。許豫。内之浦。決して表沙汰にはできない文字が並び、書状の最後には、近いうちに許儀後の屋敷を直接訪ねるつもりであることが記されていた。

病とはいえ、何の連絡もないということはあるまい。やはり、何か不慮の事態があったのか。だが、国許を遠く離れたこの地で考えを巡らせたところで、答えが見つかるはずもない。

誰か、信頼できる者を薩摩へ送るべきか。長寿院盛淳ならば頭も切れ、機転も利くが、義弘の家老とあって、龍伯からは警戒されるかもしれない。加えて、銭や兵糧を管理する盛淳が泗川を離れるのはかなりの痛手だ。有信の息子、有栄は若すぎるし、忠豊は戦に欠かせない。

思案していると、廊下から小姓の声が響いた。

「殿。国許より、使いの方がお見えです」

「誰だ」

「御屋形様の御典医、許儀後殿にございます。御屋形様のお言葉を伝えにまいられたとの由」

思わず耳を疑った。手にした書状に視線を落とす。許儀後の文字。明国の間諜を手引きしたのはこの男だと、有信は見ていた。それが今、泗川を訪ねてきた。偶然のはずがない。

「わかった、表書院へ通せ。それと、忠恒、忠豊の二人も呼んでおけ」

事は、島津家の行く末に関わるものだろう。若い二人の意見も聞いておきたい。

書状をしまい、義弘は腰を上げた。


長い話を聞き終え、義弘は大きく息を吐いた。

忠恒、忠豊の二人も、あまりの話の大きさに思考が追いつかないのだろう。茫然とした様子で、語り終えた許儀後を見つめている。

目の前の許儀後は、答えを急かすでもなく、こちらが話の中身を理解するのを待つように、端然と座している。

龍伯の企ては、義弘の想像をはるかに超えていた。せいぜい、日本軍の内情を敵に漏洩《ろうえい》する程度だろうと考えていたのだ。

「明軍による、日本侵攻とはな」

しかも、朝鮮は元より、琉球、シャム、安南、イスパニアが兵を出すという。琉球の武力は微々たるもので、シャムや安南については皆目わからない。だが、イスパニアまで加わるとなると、事態は深刻だった。優れた大砲を何十門と備えるイスパニアの軍船に、日本の船は太刀打ちできない。たちまち上陸され、九州全土が蹂躙されるだろう。

ゆえに、龍伯は自分に寝返りを勧めてきた。明に与し、逆に上方へ兵を進めて秀吉の首を獲る。明の大軍とイスパニアの優れた武器があれば、決して実現不可能な話ではない。

だが、事が破れれば、島津は確実に滅びる。そればかりか、逆賊として歴史に永久の汚名を残すことになるのだ。

龍伯はそこまで見越した上でなお、明との合力を選んだのか。それほど、秀吉への憎しみが深かったということか。

「御屋形様はいまだ、伏見におられるのだな?」

「はい。伏見から勝手に帰国いたせば、とりもなおさず謀叛人とされまする。時期は、慎重に選ばねばなりません」

「山田有信は、まこと無事なのであろうな」

「御意。伏見屋敷の一室で蟄居中ではありますが」

さすがに、龍伯も有信の命を取ることまではしなかったようだ。ひとまず、義弘は安堵の息を吐く。

「明が再び朝鮮に大軍を投入するまで、時がございません。遅くともこの冬には、十万を超える軍が半島南部に押し寄せてまいりましょう。医師である私に戦はわかりませぬが、疲弊しきった日本軍が、それほど長く持ちこたえられるとは思えませぬ」

「冬、か」

だとすると、明軍はすでに国境を越え、朝鮮に入っているかもしれない。朝鮮の軍や義兵も加われば、少なく見積もっても二十万近くにはなるだろう。日本から増援を送ろうにも、そう容易くはいかない。そして、朝鮮で明軍を食い止めたとしても、南の別働隊が九州へ上陸すれば、日本軍は瓦解する。

「御屋形様は……兄上は、何を望んでおられるのだ」

許儀後の目を見据え、訊ねた。

「同じ日本の民を殺し、祖国の地を異国に蹂躙させてまで、何を得ようとなされておる。たとえ秀吉を討てたとて、残るのは無数の屍と、荒れ果てた国土だけではないか」

「それは、武庫様が御屋形様に直接お訊ねください。私が答えるべきことではありませぬ」

淡々と答える許儀後に、返す言葉がなかった。狭い書院に、再び重い沈黙が流れる。忠恒と忠豊は押し黙ったまま、じっと思案しているようだった。

残されたたった二人の兄弟。共に、島津家の存続という同じ目標へ向かっていたはずだ。それがなぜ、ここまで違う道へ進んでしまったのか。

兄が狂ったなどとは思いたくない。何か、自分には想像もつかないような、深い考えの下で行動しているに違いない。

ならば弟として、兄に従うべきではないのか。明軍の先鋒として上方へ攻め入り、秀吉の首を刎ねる。そうすれば、あの男に命を絶たれた弟たち、そして何より、久保の無念を晴らすことができるではないか。

屈辱に耐えて家名を存続させるより、成算など度外視しても戦場で秀吉と相見えることを、自分は心のどこかで望んではいなかったか。家臣や領民のためなどというきれいごとではなく、一人の武人として、悔いなく散ることを求めてはいなかったか。

「面白いではござらぬか」

忠恒の声が沈黙を破り、義弘は顔を上げた。

「これまで我らが味わってきた辛酸を、今度は秀吉に与えてやろうではありませんか。ただ首を刎ねるだけではつまらぬ。身ぐるみはいで、単身で朝鮮の地に送り込むというのはいかがです？　かつての天下人が、朝鮮の民衆に嬲《なぶ》り殺しにされる。これほどの見物はありますまい」

薄笑いを浮かべて語る忠恒に、義弘は慄然《りつぜん》とした。慣れ親しんだ我が子の顔が、ひどく醜いものに思える。いや、今の自分も、忠恒と同じ醜さを抱えているのか。

「なりませぬ」

それまで無言を貫いていた忠豊が、不意に声を発した。

「憎しみを晴らすために日ノ本全土を戦の巷《ちまた》に変えることなど、許されるものではありません。それこそ、我欲に衝き動かされる、生きた屍に他ならない」

落ち着いた、しかし意志の力に満ちた若々しい声が耳に響き、義弘は胸のどこかにわだかまっていたものが晴れていく心地がした。

そうだ。異国の軍勢を引き入れれば、日本は地獄と化す。長い戦で疲弊しきった日本は、さらに他国の軍勢に踏み荒らされ、多くの国土が明やイスパニアに奪われることになる。今の朝鮮を覆う惨状が、そっくりそのまま日本にもたらされるのだ。

そして何より、多くの人が死ぬ。武士も民も、老若男女も問わず、数えきれない命が奪われる。その屍の山には、義弘の妻や娘も積み上げられるかもしれない。

「そなたは、秀吉が憎いとは思わんのか」

忠恒が、不快げに従兄弟を睨んだ。

「そなたの父上は、秀吉に殺されたのだぞ。我が兄久保も、晴蓑叔父上も……」

「それがしとて、秀吉は憎うござる。豊臣の天下など、一日も早く終わればよい。されど、そのためにこれまで共に戦ってきた味方を裏切り、故郷を地獄の業火で焼くような真似を肯《がえ》んずることは、断じてできない。亡き父も、そのような未来を望むはずがない」

亡き父……家久。兄弟でただ一人母が違い、孤独に苛まれながらも、兄たちのために心身を削って戦い続けた。類稀な将才で大勝利を重ねたものの、当人は決して戦を好んでなどいなかった。その血を、忠豊は確かに受け継いでいる。

「先ほども申し上げた通り、時がございませぬ。ご決断を」

促す許儀後の声音には、かすかな苛立ちが滲んでいた。

この男は、何のために動いているのか。祖国である明か、それとも恩義ある龍伯のためか。己の生を狂わせた、日本という国への復讐ということも考えられる。

だが、そんなことはもうどうでもいい。腹は、すでに決まった。

「申し伝える」

居住まいを正し、許儀後に向き直った。忠恒と忠豊の視線を感じながら、口を開く。

「我が兄といえども、島津の名を貶める行いを認めるわけにはまいらぬ。たとえ不忠者の誹りを受けようと、我らは御屋形様の企てには乗らぬ。断固として、これを阻止いたす」

義弘を見つめ返す許儀後の目には、動揺も落胆も見られない。この男なりに、己の信念に従って行動しているのだろう。でなければ、斬り捨てられる恐れさえあるこの場を、単身で訪れたりはしないはずだ。

「そのお言葉、御屋形様にそのままお伝えしてよろしいのですな？」

「構わん。好きにいたせ」

「久保様を謀殺した豊臣家に、今後も尽くすと？」

「確たる証があるわけではあるまい。武人たる者、憶測で己が去就を決めることはできん」

「明軍はじきに、この泗川にも押し寄せてまいりましょう。わずか五千の島津勢が、勝てるとお思いか？」

「我が将兵はこれまで幾度も、勝てるはずのない戦をくぐり抜けてまいった。いかなる苦境にあっても投げ出さず、最善を尽くして勝利を得てきた。それが我らの強さであり、薩摩武士の誇りぞ」

物心ついた頃から追いかけてきた、兄の背中。脳裏に浮かんだその光景を、義弘は追い払った。代わりに、今は亡き弟たちの顔を思い浮かべる。

家久、歳久。力を貸してくれ。兄が憎しみにとり憑かれたのなら、力ずくでも正気に引き戻してみせる。それが、弟の務めというものではないか。

三

「敵は数日中にも、この泗川へ押し寄せてこよう。その数は、少なく見積もっても、五万を下ることはあるまい」

訓練を終えた麾下の兵を馬場に集め、島津又七郎忠豊は声を張り上げた。

「泗川が落ちれば、味方は分断され、日本へ逃げ帰ることもままならなくなろう。絶対に、負けるわけにはいかん」

一同を見回す。五万という数字に、気を呑まれている者もいないではない。だが、忠豊の麾下は総じて若く、血気は盛んだった。怯えるどころか、勇み立つ表情を浮かべる者の方が多い。

「だが恐れることはない。木崎原、高城、沖田畷。我らは幾度となく絶体絶命の苦境に陥り、その度に目を瞠るほどの大勝利を挙げてまいったのだ。敵が五万、いや十万であろうと、完膚なきまでに打ち破り、我が島津の武名を唐、天竺にまで鳴り響かせようぞ」

どっと沸き起こった喊声を聞きながら、忠豊は胃の腑《ふ》にきりきりと刺すような痛みを覚えた。

父は、どれほどの大軍を相手にしても、弱音など吐かなかった。己の軍略に絶対の自信を持ち、戦の前でも平素と変わらず、戯言を口にしていたものだ。

やはり、自分は父に遠く及ばない。胸の裡《うち》で呟き、麾下を解散させた。

漢城に明軍およそ十万が集結中。三路に分かれ、南下を開始した模様。その情報が泗川新城にもたらされたのは今から三日前、九月十四日のことだった。

敵の狙いは加藤清正の蔚山、小西行長の順天、そして、義弘の泗川だという。この三城に同時に攻め寄せるとなると、互いに援軍を出すことは難しい。敵も分散を余儀なくされるが、それでもこちらをはるかに凌駕《りようが》する大軍であることに変わりはない。

思い出されるのはやはり、沖田畷の合戦だった。

あの時、忠豊はまだ十五歳で、父と母の反対を押し切って参陣した。敵は、『肥前の熊』と恐れられた龍造寺隆信の三万。対する味方は、わずか五千だった。

あの戦の直前、父は忠豊の兜の下げ緒《お》を見るや、結び目から先を脇差で切り捨てた。決して兜を脱がない覚悟をしろ、ということだったのだろう。戦が終わって生きていれば、俺が解《ほど》いてやる。

父はそう言って笑い、実際にその通りになった。

あの時の兜を、忠豊は今も愛用していた。戦のたびに下げ緒を切るため、もう何度も付け替えている。とはいえ、今度こそ下げ緒を解くことなく、戦場で果てるかもしれない。

自室へ戻ると、忠豊は佩刀《はいとう》の手入れをはじめた。目釘《めくぎ》を確かめ、入念に打ち粉を打つ。

だが、大戦を前にした緊張のせいか、心は乱れている。

これでよかったのかと、忠豊は何度も自問した。何か他の道はなかったのか。自分の軽率な発言が、義弘の背中を押してしまったのではないか。だが、あの時の自分の言葉が、間違っていたとは思えない。

「御免」

声をかけてきたのは、島津忠長《ただたけ》だった。祖父貴久《たかひさ》の末弟、尚久《なおひさ》の嫡男で、老中も務める一門の重鎮である。高城、沖田畷でも武功を挙げた剛の者だが、人となりは温厚で、家中の信頼は篤い。

「すでに日も落ちた。たまには、婿殿と盃を交わそうと思ってな」

そう言って、忠長は持参した酒と椀を床に並べた。

忠豊の正室の志津《しづ》は、忠長の娘である。嫁いできたのは十年前。忠豊は十九歳、志津は十八歳だった。

「まずは、一献。国許から取り寄せた、とっておきの酒じゃ」

「は、ありがたく頂戴いたします」

二人だけの、静かな酒宴になった。忠長は、どれほど呑んでも乱れることはない。

「婿殿は、側室を迎える気はないのか？」

「それは」

忠豊と志津の間に、いまだ子はいない。それが、互いにかすかな引け目になっている。

「佐土原島津は、もう立派な大名家じゃ。跡継ぎを作って家を栄えさせることも、当主たる者の大事な務めぞ」

頷くと、それ以上は言ってはこなかった。

忠豊は小田原攻めや唐入りに駆り出され、志津と共に過ごした時はほとんどなかった。だが、それも言い訳だろう。

ふと、別の女人の顔が脳裏によぎった。大きな瞳《ひとみ》を輝かせ、屈託のない笑みを浮かべている。生きて帰ることができれば、再びあの御方に会うこともかなうだろう。

「婿殿」

忠長の声に、慌てて顔を上げた。少し、酔いが回ったのかもしれない。

「次の戦は、相当に厳しいものとなろう。お味方にもしものことがあっても、そなただけは……」

「忠長殿、おやめくだされ」

「そうだな。薩摩武士ともあろう者が、負け戦を考えるなど」

苦笑混じりに言って、椀に酒を注ぐ。

「明軍など蹴散らして、皆で薩摩に帰ろう。でなければ、御屋形様に申し訳が立たん」

龍伯の企てを知るのは、義弘と忠豊、忠恒の三人だけだ。忠長がそのことを知ったら、何と言うだろう。自分と同じ結論に達するのか、それとも忠恒のように賛同するのか。

すべてを洗いざらいぶちまけたい衝動を堪え、忠豊は椀の酒を呷った。

泗川新城に早馬が飛び込んできたのは、翌日の朝だった。

新城から北へ三里の晋州城に、明の大軍が迫っているという。直ちに軍議が招集され、忠豊は広間へ向かった。

決められた場所に座すと、鋭い視線を感じた。忠恒。許儀後との会見以来、忠恒の自分に対する態度はひどく冷淡なものになっている。いや、その前から忠恒の自分を見る目には、どこか刺々《とげとげ》しいところがあった。

だが、今は気にかけている余裕などない。忠恒の視線を受け流し、忠豊は広間の中央に広げられた絵図に目を向けた。絵図には泗川周辺の地形と城砦《じょうさい》、守将の名と兵力が細かく書き込まれている。

晋州城からやや北に位置する一点を示し、義弘が口を開いた。

「晋州へ迫る敵の先鋒は、およそ三万。その後方には、七万を超える本隊が控えておる」

予想を超える兵力に、諸将がどよめく。

「五千対十万、か」

誰かの呟きが耳に入り、忠豊はごくりと息を呑む。誰もが揃って押し黙る中、義弘は冷静な声音で続けた。

「確かに兵の数だけを見れば、我らに勝ち目はあるまい。だが物見の報告によれば、十万のうち、明軍は二万程度。朝鮮軍が三千弱。残りはすべて、義兵である。つまり、敵の大半は得物も貧弱で、ろくに訓練もされておらんということだ」

義弘はにやりと笑い、一同を見渡す。

「明軍二万を打ち破れば、敵はおのずと崩れ去る。五千対二万。その程度の兵力差など、我らは幾度も覆《くつがえ》してまいった。先の出兵でも、忠豊はわずか八百の軍で、二万の義兵を打ち破ったばかりではないか」

忠豊をはじめ、諸将の幾人かが大きく頷いた。

「敵兵力は予想よりもいくらか多いが、策はかねて申し伝えてあった通り、この泗川新城での籠城といたす。数日中には、周辺の諸城から味方の兵が集まってまいる。受け入れの態勢をしかと整えておくように」

周辺の城砦はすべて放棄し、泗川新城に兵力を結集、敵の主力を引きつけた上で決戦を挑む。どこからも援軍が望めない以上、他に採るべき策はなかった。

その後も、晋州城からは伝令が矢継ぎ早に送られてきた。

百名の兵を率いて自ら物見に出た晋州城将の三原重種《みはらしげたね》は、敵と遭遇し、五十名を失いながらも昆陽城へと撤退した。晋州城に残っていた二百名も、南の望晋砦《ぼうしん》に脱出している。

翌十九日朝には、明軍一千が晋州城と望晋砦の間を流れる南江《なんこう》を渡河してきたが、望晋砦の守将寺山久兼《てらやまひさかね》が五百の兵で迎撃し、敗走させている。久兼はまだ三十一歳と若いが、智勇兼備の良将として知られていた。

勝利の報せが届くと、諸将は歓声を上げた。小競り合い程度の戦ではあるが、緒戦で倍する敵を押し返したのだ。兵の士気に与える影響は大きい。

「よし、久兼に伝令。そのまま速やかに兵を退き、新城へ移るよう伝えよ」

報告を受けると、義弘は命じた。諸城の守兵を一斉に引き上げさせれば、敵を勢いに乗せてしまうことになる。抵抗の姿勢を示しつつ、徐々に引き上げるという形に、義弘は持ち込もうとしているのだ。

「しかし、さすがは寺山じゃ。若いが、巧みな用兵ぶりよ」

「やはり敵は、数ばかりで弱兵揃いと見える」

沸き立つ諸将に向け、義弘は「喜ぶのは早い」と冷ややかに釘を刺した。

「敵の狙い、兵糧の備え、鉄砲、大筒《おおづつ》の数。まだ何もわかってはおらん。短期決戦を望むのか、それとも兵糧攻めを狙うのか。それによってこちらの戦い方も変わってくる。浮かれておる暇などありはせんぞ」

緩みかけていた場の空気が、瞬く間に引き締まる。

「よいか。敵の本隊を打ち破るまで、決して気を抜くでないぞ。どれほど精強な軍も、ほんの一時の緩みですべてを失うことがある。我らは、大友や龍造寺の轍を踏むまいぞ」

ははっ、と諸将が声を揃えた。

寺山久兼はその日のうちに、夜陰に紛れて撤退してきた。

久兼が敵の捕虜から得た情報によると、敵の総大将は董一元《とういちげん》。その下に茅国器《ぼうこくき》、馬呈文《ばていぶん》、鄭起竜《ていきりゅう》といった部将たちがついている。

明軍はかなりの数の鉄砲と大筒を所持しているが、義兵の装備はやはり劣悪で、鎧を着用している者さえほんの一握りだという。また、軍勢が膨れ上がったことにより兵糧はかなり切迫していて、もって半月程度ということだった。

翌二十日、董一元は全軍で南江を渡河した。望晋砦の守兵が消え失せていると知るや、敵は砦を焼き払ったという。二十二日には、敵は新城から西へ一里半ほどの昆陽城に入り、こちらの城にも火をかけた。守将の北郷三久《ほんごうみつひさ》、伊集院忠真は、撤退の途中に敵の追撃を受け、十数名を失っている。

それ以後、敵はこちらの出方を窺うかのように、動きを止めた。残るは泗川の古城と新城のみだが、三日が過ぎ、四日が経っても敵は攻め寄せてこない。

「何を待っておると思う？」

忠豊一人を居室に呼び出すと、義弘が訊ねてきた。しばし思案を巡らせ、忠豊は答えた。

「蔚山、順天の攻略に向かった友軍と、足並みを揃えておるのではないでしょうか」

「それもあるだろう。だが、事と次第によっては、より厄介なことになる」

義弘は、文机の上に置かれた書状を忠豊に渡した。

「これは」

浅野長政《あさのながまさ》、増田長盛《ましたながもり》、前田玄以《まえだげんい》といった豊臣家の奉行衆が連名で送ってきた書状だった。

「秀吉が病に倒れた。病状は、かなり厳しいそうだ」

日付は七月八日。今から三月近くも前だ。

「士気にも関わることゆえ、味方にも秘しておった。だがこうしたことは、噂となって必ずどこから漏れ出す。秀吉の病を敵が摑《つか》んだとなると」

「噂の真偽を確かめ、今後の方針を協議している、というところでしょうか」

「であろうな」

秀吉が病だからといって、敵が矛《ほこ》を収めるはずがない。むしろ、この機に乗じて半島の日本軍を一掃し、余勢を駆って九州まで攻め入ろうと考えてもおかしくはなかった。

「もしも殿下……秀吉が死ぬようなことになれば」

「もうすでに、没しておるやもしれん。だとしても奉行衆は、外征中の軍にはその死を秘するであろうな。総大将が死んだとなれば、統制は乱れ、軍は瓦解する。算を乱しての敗走は、敵の追撃を招きかねん。異国の軍勢が九州に上陸することだけは、何としても避けねばならん」

「ですが、秀吉が死んだとなれば、敵味方共に、戦う理由はなくなります。朝鮮からの撤兵を条件に、和睦することも……」

「これだけの大戦を引き起こし、朝鮮の地を地獄に変えたのだ。秀吉が死んだからと、簡単に和睦できるはずがあるまい。明国は誇り高い国だ。我らを打ち払うだけですませるとは思えん」

「では……」

「我らのやるべきことに変わりはない。眼前の敵を、完膚なきまでに打ち破る。敵の将帥たちに恐怖を植えつけ、日本侵攻を思いとどまらせるのだ」

頷いた。明の後ろ盾がなければ、龍伯も無謀な企ては諦めるはずだ。故郷を、家臣領民を、そしてあの御方を守るには、この戦に勝つしかない。

九月二十八日、董一元の本隊が動いた。狙いは、北の泗川古城である。

義弘は軍の一部を出撃させ、新城周辺の森林に埋伏《まいふく》した。

狙いは、釣《つ》り野伏《のぶ》せの応用である。囮を敵に追撃させて任意の場所へ誘導し、伏兵をもって殲滅するという、島津家伝来の戦法だ。

古城を守る川上忠実には、敵が動く気配を見せればすぐに新城へ撤退するよう命じてある。それを追ってきた敵を伏兵に襲わせ、混乱した隙に、義弘自身が城に残る主力を率いて打って出るつもりだった。一撃で明軍を突き崩すことはかなわないだろうが、かなりの損害を与えることはできるはずだ。

だが、忠実とその麾下は一向に現れない。早馬を出して確かめたところ、忠実はあろうことか、三百を率いて敵中に突入、深入りした挙句、包囲されかかっているという。

「たわけが、我が下知《げち》を何と心得ておる！」

思わず、怒声が口を衝いた。

大方、撤退の前に敵に一撃を与えようと考えたのだろう。寺山久兼が倍する敵から勝利を挙げたことで、功名心に火がついたのかもしれない。忠実は勇猛で用兵も巧みだが、全体の戦局を見極めず、血気に逸るところがある。その忠実に重要な役目を与えたのは、義弘の人選の誤りだった。

「伏兵を城へ戻せ。釣り野伏せは捨てる」

「お待ちくだされ。ここが戦機ではありませんか」

進言したのは、忠恒だった。

「忠実を囲む敵の背後から一斉に攻めかかれば……」

「たわけ。間に合いはせぬ。百歩譲って忠実の救援に成功しても、引き上げの際に追撃を受け、新城まで攻め入られれば、それこそ目も当てられぬ」

「しかし」

「戦機を見定めるは、そなたではない。総大将であるわしの役目ぞ」

鋭く言うと、忠恒は不満を露《あら》わにしながらも押し黙った。

口惜《くちお》しいが、忠実の三百は切り捨てるしかない。全軍がわずか五千であることを勘考《かんこう》すれば大きな痛手だが、背に腹は代えられなかった。

深更《しんこう》近くになって、敵の包囲を脱した忠実が新城へ逃げ込んできた。

味方は百五十を失ったものの、その数倍の敵を倒し、将と思しき者も数名討ち取ったという。そのため、敵が新城まで追撃してくることはなかった。

「申し訳、ございませぬ……」

戸板に乗せられた忠実は、全身に傷を受け、息も絶え絶えといった有様だった。傷の数は、三十六にも及ぶ。

全滅しかねないところを半数の犠牲にとどめたとはいえ、重大な失態である。義弘直臣の相良《さがら》頼豊《よりとよ》をはじめ、勝目兵右衛門《かちめへいえもん》といった勇士も失った。

腹を切らせるべきか。一瞬迷ったが、すぐに思いとどまった。

「よくぞ生きて帰った。見事な働きである」

脇差を鞘ごと抜き、忠実の傍らに置いた。

「褒美《ほうび》じゃ。受け取れ」

「ありがたき、幸せ……」

奮戦した者を罰すれば、将兵の士気に関わる。だがそれ以上に、生き延びた味方の命を絶つ気にはなれなかった。

翌二十九日、敵は新城まで軍を進めてきた。城壁の十町（約一・一キロメートル）ほど先で陣を組み、銅鑼や太鼓を打ち鳴らしている。

全軍で整然と進んでこられては、伏兵も使えない。義弘は全軍を城内にとどめ、守りを固めさせた。

やがて、十名ほどの敵兵が城から三町ほどの距離まで近づき、立札を立てていった。

十月一日、二十万の軍をもって城を攻める。立札には、そう記されていた。敢えてそれを知らせてきたのは、もはや勝ち目はない、城を明け渡せという呼びかけの意味もあるのだろう。それがかなわずとも、こちらの兵を怯えさせ、逃亡や寝返りを促すという効果もある。

東の大手門近くに設けた櫓から、義弘は忠豊と並んで敵を望見した。

忠豊が息を呑む気配が、はっきりと伝わってくる。

それはさながら、人の海だった。海に面した西側を除き、三方を隙間なく人が埋め尽くしている。

視界いっぱいに夥《おびただ》しい数の旌旗《せいき》が林立し、前衛には攻城用の櫓や車がずらりと並べられていた。

二十万という誇張された数字も、この光景を目にすれば納得してしまいかねない。

長く戦場で生きてきたが、これほどの大軍を目の当たりにするのははじめてだった。秀吉の九州攻めの際にも、十万を一度に相手にしたことはない。

この城で、本当に戦えるのか。改めて、義弘は城を見渡した。

小高い丘の上に築いた泗川新城は、四方に石垣と土塁《どるい》、堀を巡らせている。規模は東西、南北ともに五町ほど。南の平地には集落が広がり、西は船津湾に面した船着場になっている。敵は水軍を持たないため、そこから攻撃を受ける心配はない。北と南にも門はあるが、最も激戦となるのはこの大手口だろう。

いかなる大軍も寄せつけない覚悟で、細心の注意を払って築いた城だ。とはいえ、十万の敵を引き受けた籠城戦など、味方の誰にも経験はない。

「肝が震えるのう、忠豊」

「伯父上ほどの御方でも、恐ろしゅうございますか」

「当然じゃ。恐れを知らぬ将など、ろくなものではないわ」

「我が父家久は、敵を恐れるような素振りを見せたことなど一度もありません。私はいかなる大敵も恐れぬことが、将たる者の資質なのだと考えていました」

「中書は、そのように振る舞っておっただけじゃ。あれはああ見えて、誰よりも敗けることを恐れておった」

「父上が」

忠豊の目が大きく見開かれる。その端整な顔立ちは、亡き家久によく似ていた。

「ゆえに、徹底的に地形を調べ上げ、敵情を探り、全身全霊を振り絞って必勝の策を立てたのだ。思えば中書は、己の命を削って、島津に勝利をもたらしたのやもしれん」

いや、島津のためというより、兄のためか。家久は、一人だけ母が違うという出自のゆえに、戦場で己の価値を示し続けなければならなかったのだ。

「恐いと認めることと、そこから逃げ出すこととは違う。中書はいかなる苦境からも逃げず、戦い続けた。我らも、それを見習おうではないか」

「はい、伯父上」

「もしも、わしが戦の最中に斃れることあらば、采配はそなたが引き継げ」

「私が、ですか。忠恒殿ではなく」

「あれはまだ、ろくに戦の経験を積んではおらん。託せるのは我が甥であり、中書の血を引くそなただけだ」

「しかし」

「高城で大友の大軍を打ち破った時、中書は今のそなたとさして変わらぬ年頃であったぞ」

少なからぬ戸惑いを見せた後、忠豊は意を決したように「わかりました」と答えた。

「ただし、大将を討たれるは薩摩武士の恥。それがしの采配で勝ったとしても、主立った将は腹を切るより他ありませぬ。その事を、肝に銘じられませ」

「ほう、わしが死んでも、そなたが指揮すれば必ず勝てるという口ぶりだな」

苦笑しながら言うと、忠豊は口元に不敵な笑みを浮かべた。

「それがしを誰だとお思いです。かの軍神、島津家久が嫡男にございますぞ」

「小童《こわっぱ》め、申すではないか」

忠豊の頭に手を置き、乱暴に撫でる。

「勝つぞ、忠豊。勝って故郷を、島津の家を守るのだ」

そして、できることなら兄も。

「必ずや」

そう答えた忠豊の目は、強い意志の力に溢れている。

四

十月一日払暁《ふつぎょう》、まだ明けきらない空に、敵の叩く銅鑼の音が響いた。

はじまりは、大筒の一斉砲撃だった。甲高い音と共に飛来した無数の鉛玉が、城壁や石垣に直撃して土煙を上げる。大筒は城から三町ほどのところに据えられているが、この距離ならばそれほどの威力はない。

砲撃がやむと、粗末な身なりの義兵たちが城へ向かって駆け出してきた。

「まずは義兵を前に出して、こちらの出方を探るか」

大手門近くの櫓に立ち、義弘は呟いた。

「義兵がどれほど討たれても、明の腹は痛みませんからな」

隣に立つ忠恒が、苦々しげに言った。

「捨て兵か」

義弘は吐き棄てた。どこの国でも、戦で最初に死ぬのは貧しい民ということだ。

「矢と礫《つぶて》で応戦せよ。鉄砲は温存するのだ」

大手門の東側にあたる丘の麓には、土塁と木柵《もくさく》が設けられ、さらにそのすぐ外側には二重の空堀が巡らせてある。義弘はその木柵の内側に、主力の二千を配していた。指揮は、忠豊と忠長。北門は伊集院忠真と北郷三久、南門は寺山久兼と樺山久高《かばやまひさたか》で、それぞれ千二百。手元には、義弘と忠恒の馬廻《うままわ》り衆を中心とした五百余を残してある。

物頭《ものがしら》の号令が響き、押し寄せる人の波に向かって矢と礫が降り注いだ。まともな具足もなく楯《たて》も持たない敵は、次々と倒れていく。だが大手口に殺到する義兵は、二万は下らない。

「義兵を指揮する両班《ヤンバン》どもを狙え」

義兵の大半は、地元の両班に無理やり戦に駆り出された者たちだ。直属の両班が倒れれば、戦場にとどまる理由はない。

味方の矢が両班に集中した。粗末な軍の中で、騎乗してきらびやかな具足をまとう両班たちは目立つ。狙い射ちするのは難しくはなかった。

予想通り、指揮する者を失った義兵たちは動揺し、混乱が広がっていく。そこへさらに矢の斉射を浴びせると、たちまち敵は崩れ立ち、得物を捨てて逃げ出す者が現れはじめた。

後方の敵陣で銅鑼が打ち鳴らされ、生き残った両班たちが声を嗄《か》らして下知を飛ばす。やがて、義兵たちは混乱しながらも後方へ下がっていった。北門、南門に押し寄せていた敵も、後退していく。

敵は、義兵による攻撃に早くも見切りをつけたようだった。

「董一元なる将、なかなか侮《あなど》れんな」

敵は義兵を後方に回すと、明軍を前に出してきた。数は一万ほどか。鉄製の盾を並べ、太鼓の音に合わせて整然と行進してくる。弓鉄砲も、かなりの数を揃えているようだ。

「来るぞ。これまでの敵とは違う。心してかかれ」

明軍を引きずり出すことには成功した。本当の戦はこれからだ。

敵の陣容を見据え、義弘はにやりと笑った。こちらはまだ、鉄砲を一発も放ってはいない。そのため、敵は、こちらの正確な兵力や鉄砲の数を把握してはいない。それは、城を守る上で有利な材料となる。

敵の掲げる盾はそれほど多くなかった。

じりじりと接近してきた敵の前衛が、矢と鉄砲を放ちはじめた。味方は楯や竹束に身を隠し、時折矢と礫を放ちながらじっと耐えている。鉄砲で反撃するには、まだ距離が足りない。

「まだだ。もっと引きつけろ」

敵は矢玉を放ちながら、さらに距離を詰めてくる。鉄砲の間合い。見極め、義弘は采配を振るった。

「放て！」

大気を震わすような轟音。堀際《ほりぎわ》まで迫っていた敵が、一度に数十人倒れた。完全に意表を突いた形だが、敵はすぐさま混乱を立て直し、射撃を再開する。

凄まじい銃撃戦になった。だが、味方は四人一組となり、そのうち三人が玉込めに当たるため、射撃に切れ目はない。敵も射ち返してはくるが、土塁の上から射ち下ろす味方の方が圧倒的に有利だった。盾の後方に隠れた敵兵が次々と倒れ、敵の応射は次第にその数を減じていく。

だが、敵はいったん退くや、今度は盾をびっしりと並べ、再び前進してきた。鉄砲玉を浴びて前の兵が倒れても、後ろの兵がすぐに前に進み出る。

「敵は、かなりの精鋭を投じてきたらしい」

「父上、このままでは」

圧倒的な数の力に、味方は押されていた。敵の矢玉を受けて倒れる者が続出している。加えて、硝煙《しょうえん》があたりを包み、視界が悪くなっていた。この中で正確な射撃を行うのは難しい。

敵の中から、移動式の櫓が出てきた。空堀際までくると、兵たちがそれを前へ向けて倒す。瞬く間に、堀にかかる橋が出来上がった。

「やむを得ん。城外の土塁は放棄する」

合図の法螺貝《ほらがい》が吹かれた。味方が木柵に油を撒《ま》いて火を放ち、盛大に黒煙が上がる。煙に乗じる形で、忠豊らは大手門から城内へ引き上げてきた。

「五十名以上を失いました。敵は精強です」

息を荒らげながら、忠豊が報告する。その顔は、硝煙で黒ずんでいた。

「柵の火が消えるまでは、敵も攻められん。その間に休んでおけ」

義弘は、北と南に目を転じた。そちらでは、敵は牽制以上の攻勢はかけてきていない。あくまで、大手口を突破するつもりなのだろう。

開戦から、すでに二刻（約四時間）近くが経っていた。

敵は是が非でも、数日中にこの城を落としたいはずだ。こちらの糧食《りょうしょく》がどれだけ残っているのか、敵は知らない。その状況で、兵糧攻めは選ばないだろう。敵の兵糧は、もって半月。それまでに城を落とさなければ、敵は軍を維持できない。

ようやく煙が晴れかかった頃、不意に甲高い音が耳をつんざいた。

「来るぞ、大筒だ！」

叫んだ直後、凄まじい轟音が響いた。方々で土煙が上がり、建物の屋根に穴が開く。運悪く直撃を受けた数人の兵が、一瞬のうちに肉塊と化した。

「落ち着け。大筒は玉込めに時がかかる。その間に身を隠すのだ！」

「父上、ここも危のうござる！」

「黙れ。下りたければ、そなた一人で下りよ！」

義弘は煙の向こうに目を凝らした。最初の砲撃と違い、かなり近い距離からだ。数は、十数門といったところか。

煙が晴れるや、喚声が沸き起こった。敵は二つ目の堀も越え、土塁のこちら側に殺到している。

すでにかなりの人数が、石垣を這い上ろうとしていた。

「鉄砲、用意」

忠豊の号令で、城壁際に並んだ兵が鉄砲狭間《てっぽうざま》から筒先を突き出した。

「放て！」

筒音が連続して響いた。石垣に取りついていた敵兵が鉛玉を浴び、味方を巻き込みながら転げ落ちていく。夥しい数の悲鳴が上がるが、敵は数に任せて続々とよじ登ってくる。

丸太を積んだ押し車が進んでくるのが見えた。あれで、大手門をぶち破るつもりだろう。

「火矢だ。あの押し車を狙え！」

十数本の火矢が、光の尾を引いて飛んだ。押し車が燃え上がる。火を消そうと集まった敵兵を、味方の鉄砲が狙い射ちにした。

義弘は南蛮製の遠眼鏡《とおめがね》を取り出し、敵陣へ向けた。

敵の大筒。見えた。敵陣のちょうど中ほど、距離は三町ほどか。もうもうと立ち込める煙の向こうで、敵兵が発射準備に追われている。敵は十五門の大筒を、一ヶ所に集めている。荷車に満載された木箱の中身は、恐らく玉と火薬だろう。

将らしき者が、こちらを指差し何事か叫んだ。

直後、雷鳴にも似た轟音と共に、再び大筒が火を噴いた。玉は敵の頭上を越え、城内に降り注ぐ。

城壁の一部が吹き飛ばされ、十数名が巻き添えを食って倒れた。

「久時《ひさとき》！」

義弘は城壁の手前に待機する種子島《たねがしま》久時を呼んだ。

「見えるか。あれが、敵の大筒の陣地じゃ」

「城壁に大穴が開いたおかげで、よう見えまする！」

「狙えるか？」

「無論！」

大声で答え、傍らに置いた大筒を叩く。

国崩《くにくず》し。かつて大友宗麟が南蛮の商人から購入した、後装式の大筒である。宗麟はこの砲で島津軍を大いに悩ませたが、豊後攻めの際に家久が鹵獲《ろかく》していた。

国崩しは全部で五門。そのすべてを、久時は敵の大筒の陣地に向けさせた。砲術に関して、家中には久時の右に出る者はいない。距離を計算して仰角《ぎょうかく》を決め、配下に細々と指示を出していく。

その間にも、敵は大手口に迫っていた。燃えた押し車は堀に投げ込まれ、新たに別の一台が門扉にぶつけられている。激しい音が鳴り響き、そのたびに門が揺れた。石垣に取りつく敵兵はさらに数を増し、味方は対応しきれなくなっている。

「久時、何を愚図愚図《ぐずぐず》しておる。早う撃たぬか！」

忠恒の罵声にも耳を貸さず、久時は淡々と役目をこなしていた。玉込めが終わると、久時が叫んだ。

「発射の支度、整いました！」

「よし、放て！」

射手が点火用の松明《たいまつ》を火挟みに近づけた次の刹那、耳を聾《ろう》する砲声が轟き、城内の大気を震わせた。

当たれ。祈りながら、遠眼鏡を覗き込む。

敵の大筒陣地では今まさに、次の斉射が行われようとしていた。

風切り音が響く。松明を手にした射手が、弾かれたように上空を見上げた。

国崩しの砲弾は、敵の大筒陣地に正確に降り注いだ。一弾は敵の砲を粉砕し、別の一弾は射手の四肢を引きちぎる。松明を握る射手の腕が宙を舞い、火薬を満載した荷車の上に落ちた。

その直後、強い光が視界いっぱいに広がり、義弘は思わず遠眼鏡から目を離した。続けて、凄まじい規模の爆発が立て続けに起こり、爆風が周辺の敵兵を薙ぎ倒す。

義弘は瞬《まばた》きも忘れ、敵陣を凝視した。新たな爆発が起こるたびに地が震え、敵兵が炎に呑まれていく。いったいどれほどの火薬を用意していたのか。考えると、背筋に冷たい汗が流れた。

城壁を挟んで死闘を繰り広げていた敵味方も、茫然と炎に焼かれる東の空を見つめていた。

「何をぼさっとしておる。次の玉を込めんか！」

久時の怒声に、義弘は我に返った。

見惚《みと》れている場合ではない。思い直し、義弘は滑るように櫓の梯子を下った。その後を、慌てて忠恒が追ってくる。

「久時、次も手筈《てはず》通りじゃ。急げ！」

「承知！」

「次の斉射後、門を開き打って出る。全員、槍を持て！」

久時の配下が、砲口に溜まった煤《すす》を素早く掻き出し、次弾を準備する。だが、装塡《そうてん》されたのは砲弾ではなく、無数の釘や鉄片だった。大手口に殺到する敵の前衛に向ける。

久時の号令一下、打ち出された夥しい数の釘と鉄片が、門扉が押し開かれた。味方は激戦の疲れを微塵も見せず、喚声を上げて我先に外へ飛び出していく。

城壁ぎりぎりまで敵を引きつけ、大筒をこちらの射程内まで引きずり出す。その狙いは、当たりすぎるほどに当たった。北門、南門を攻めていた敵も、本隊の混乱を見て後退をはじめている。

義弘も曳かれてきた馬に跨り、槍を手に半ば崩れかけた大手門をくぐった。

爆発はとうにおさまったが、炎はいまだ敵陣中央で燃え盛り、天に向かって黒々とした煙を吐き出し続けている。あの爆発で倒せたのは、せいぜい数百人といったところだろう。だが、恐慌を来した義兵の多くが逃げ散り、敵は収拾のつかない混乱に陥っている。

小細工はここまでだ。後は、将兵たちの戦いぶりに期待するしかない。

ようやく戦える。

逃げ惑う敵兵を蹄《ひづめ》にかけながら、忠恒は思った。

狭い城に押し込められ、ひたすら耐え続けたのだ。存分に意趣返しさせてもらわなければ、割に合わない。背中を向けた敵に槍を突き立てながら、ひたすら前へと馬を進める。

味方は大手門だけでなく、北門、南門からも打って出ていた。

敵は一時の攻勢が嘘のように、方々で追い立てられ、混乱を極めている。踏みとどまろうとする隊もあるが、勢いに乗る味方の突撃を受けるとたちまち崩れ立ち、潰走《かいそう》していく。大手門から飛び出した忠恒は、二百の馬廻り衆を率いて人の海を掻き分け、次々と味方を追い抜いていった。

「敵将董一元の首は、この島津忠恒のものぞ！」

これまで散々攻め立てられた鬱憤《うつぷん》を晴らすだけでは足りない。大将首を挙げ、これまでずっと自分を見下してきた父を見返すのだ。

朝鮮に渡って以来、父は島津の跡取りたる忠恒を蔑《ないがし》ろにし、代わりに従兄弟の忠豊を頼みにしている。重要な任は忠豊に与え、忠恒は跡継ぎだという理由で常に安全な場所に置かれてきた。その間、忠恒がやったことといえば、漆川梁《しつせんりよう》で敵の残党を狩ったことと、蹴鞠や茶の湯くらいのものだ。家臣たちが自分の器量に疑いを持っていることも、ひしひしと感じている。

父も本心では、自分ではなく忠豊に宗家を継がせたいのではないか。自分を後継に指名したのは、龍伯でも父でもなく、島津家の者が誰しも憎んでやまない秀吉なのだ。龍伯や父が秀吉の死後、忠恒を後継の座から引きずり下ろすことも、十二分にあり得る。

なりたくてなった後継者ではない。だが、奪われるかもしれないとなれば、手放したくなくなるのが人の情というものだ。ならば、この戦で誰もが目を瞠るような手柄を立て、己の力量を示すしかない。

「若殿、前に出すぎです。他のお味方と足並みを揃えられませ！」

近習が叫ぶが、忠恒は無視した。

「若殿！」

「黙れ。臆《おく》したのであれば、そなた一人が下がればよかろう」

この近習は、主君の気持ちを何もわかっていない。後で何かしらの罰を与えなければ。心に決め、さらに馬腹を蹴る。

正面に燃え盛る炎が見える。敵の大筒陣地があった場所だ。敵の本陣は、この先にある。

炎を避けて回り込もうと手綱を引いたその時、煙の向こうに三百ほどの軍勢が現れ、忠恒は舌打ちした。敵の本隊の一部だろう。この混乱の中で、隊伍《たいご》を崩してはいない。

「若殿、敵は精鋭です。ここはお下がりください！」

「構うな。突っ込め！」

敵の前衛が矢を放ってくる。数騎が倒されたが、忠恒は馬上で身を屈め、そのまま突っ込んだ。

ぶつかった。たちまち乱戦になる。視界の隅、きらびやかな鎧に身を固めた四、五百ほどの一団が、北へ向かって駆けていくのが見えた。旗印には、〝董〟の文字。間違いない。董一元だ。

ここを突き破れば、まだ追いつける。

不意に、全身に衝撃が走った。左肩に、敵の矢が突き立っている。

「おのれ……」

痛みよりも、憤怒が体中を駆け巡った。槍を振り回し、手当たり次第に敵兵を薙ぎ倒す。だが、目の前の敵は精強で、馬廻り衆は次々と討ち減らされていく。

突然、馬が前脚を折った。地面に投げ出され、左肩に激痛が走る。目の前に、矛を持った敵兵。この男が、馬の前脚に斬りつけたのだろう。敵は意味のわからない言葉を叫び、こちらへ向かってくる。

「下郎が！」

立ち上がる勢いで、槍を突き出した。敵の矛が頬を掠め、忠恒の兜が飛ぶ。だが突き出した槍の穂先は、敵の喉元を深々と抉《えぐ》っていた。捻りを加え、引き抜く。噴き出した鮮血を浴びた。大きく息を吸う。血の臭い。震えるほどの高揚が、全身を満たしていく。

「若殿！」

近習たちが馬を寄せ、忠恒の周囲に壁を作った。

あたりを見渡す。いつの間にか、味方は半数ほどに減り、囲まれかけている。

ここで死ぬのか。やけに乾いた気分で思った時、脳裏になぜか、一人の女の顔が浮かんだ。

亀寿《かめじゅ》。憐れむような目で、こちらを見ている。こんな時に、なぜあの女の顔が浮かぶのか。

自分が死ねば、亀寿は人前では嘆いてみせながらも、内心では喜ぶに違いない。そしてほとぼりが冷めた後、今度こそあの男の妻になるのだろう。

忌々《いまいま》しい。腹の底から、抑えきれない怒りが湧き上がってきた。

いいだろう。望み通り、死んでやろうではないか。力を振り絞って立ち上がり、叫び声を上げる。

近習の制止を振りきって飛び出そうとした刹那、いきなり馬蹄の音が聞こえた。

敵に混乱が広がり、包囲が崩れる。二百ほどの軍勢。味方だった。包囲を破るや、そのまま敵を突き崩していく。形勢は瞬く間に逆転し、目の前の敵は敗走をはじめた。

「忠恒殿、ご無事か！」

味方の一騎が、駆け寄って声をかけてきた。

忠豊。よりによって、この男に救われたのか。あまりの皮肉に、笑いが込み上げる。

「大事ない。董一元は、北へ逃げたぞ。さっさと追って、手柄を立てるがよい」

笑いながら答える忠恒に一瞬怪訝《けげん》な表情を浮かべ、忠豊は一礼して駆け去っていった。

ふと、足元に目をやる。敵の落とした鉄砲。火縄には、まだ火がついている。

想像した。この鉄砲を手に取り、構え、筒先を忠豊の背中に向けて引き金を引く。背筋がぞくりと震えた。忠豊が死ねば、あの女はどれほど嘆き悲しむのか。失意のあまり、自ら命を絶つかもしれない。

気づくと、忠恒は鉄砲を拾い上げていた。目を凝らし、忠豊を探す。いた。まだ十分、玉の届く距離だ。

「……若殿、若殿！」

近習の無遠慮な声が、忠恒を現実に引き戻した。

「まずは後方へ下がり、傷の手当てを」

頷き、苦笑する。傷を負っていることさえ、忘れていたのだ。思い出すと、左の肩口を鈍い痛みが襲ってきた。鉄砲を投げ捨て、忠恒は命じた。

「隊伍を整えろ。後方に下がり、味方と合流する」

まあいい。戦場で味方を撃てば、どう言い逃れしたところで廃嫡《はいちゃく》は免れない。危険を冒してまで、自ら手を汚すことはないだろう。

それに、あの女が打ちひしがれる様は是非、この目で直に見ておきたかった。


戦場は混乱の極みにあった。

為す術もなく逃げ惑う者。陣を組み直し、整然と撤退しようとする者。破れかぶれで突撃を敢行する者。すべてが入り乱れ、混沌としている。

忠豊は董一元を追うべきか、とどまって敵の掃討に当たるべきか、束の間迷った。

群がる敵兵を槍で打ち払いながら、戦場を見渡す。

混乱の中で、敵の一部が一ヶ所に集まりつつあるのが見えた。城の北西五町ほど。主戦場はやや離れているため、追い立てられた敵兵が次々と集まり、その数を増やし続けている。

敵の中心には、〝茅〟と記した旗が掲げられていた。茅国器という敵将の軍だろう。すでに一万近くが集まっているように見える。

背中に冷たい汗が流れた。今、城内はもぬけの殻だ。あの軍が城に突入すれば、戦況は再び逆転する。城の近くには忠長の軍が控えているが、麾下は数百だ。一万近い敵を防ぐことはできない。

「周辺の味方に呼びかけよ。あの軍を止めるのだ」

叫んだ刹那、一万が動き出した。南へ向かっている。やはり、城を襲うつもりだ。

後先も考えず、馬腹を蹴った。麾下の二百がそれに続く。筒音が立て続けに響いた。恐らく、忠長の軍だろう。急がなければ、忠長が討たれる。焦る忠豊の前に、一万の内の二千ほどが立ち塞がった。

降り注ぐ矢を槍で払いのけながら、頭を低くして駆けた。鎧に一本、二本と矢が突き立つ。勢いを止めず、二千に突っ込んだ。向かってくる敵を、槍で薙ぎ払う。馬が矢を受け、地面に投げ出された。すぐに立ち上がり、刀を抜いて群がる敵の歩兵を斬り伏せていく。

「忠長殿を討たせるな。死力を尽くせ！」

背中に、硬い物が突き刺さった。それほど深くはない。振り返る。矛を構えた敵。刀を薙いだ。首筋から血を噴き出し、敵が倒れる。乗り手を失った馬に跨った。脇腹に矢が突き立ち、一瞬視界が歪んだ。何とか堪え、手綱を握る。

不意に、左手で喚声が湧き起こった。五百ほどの味方が、敵の横腹を衝いている。寺山久兼の軍だ。二千は浮足立ち、統制が乱れかけている。

「この機を逃すな、進め！」

二百を小さくまとめ、中央を抉った。久兼の五百は、下がっては再び突っ込むことを繰り返している。

ついに、二千の壁を突き破った。久兼の軍と一体となって、残る八千の背後に襲いかかる。敵は動揺しているが、それでも大軍だった。混乱は敵の前衛まで届かず、味方は徐々に数を減らしている。

突然、何かが空を切る音が聞こえた。直後、轟音と共に敵の中央で土煙が上がり、数十人を吹き飛ばす。

国崩し。種子島久時が放ったものだろう。〝茅〟の旗が揺れ、敵の隊列が大きく乱れている。

「今だ、押し込め。命を捨てるは、今この時ぞ」

敵中へ飛び込んだ。視界の片隅で、敵の歩兵が一人、血飛沫を散らしながら高々と舞い上がった。目を向ける。義弘だった。全身を赤く染め、槍を縦横に振り回し、敵兵を薙ぎ倒している。視線がぶつかった。頷き合い、またそれぞれ敵に向かう。

気づくと、馬を失っていた。どれほど斬ったのか、自分でもわからない。鎧には、何本もの矢が突き立っている。忠長は、まだ耐えているのか。ほとんど形ばかりの正室でも、志津の父だ。討たせるわけにはいかない。

義弘の雄叫びが聞こえた。久兼も徒歩立《かちだ》ちとなって血刀を振るっている。他の味方も、次々と茅国器の軍に攻めかかっているようだった。

ついに、〝茅〟の旗が倒れた。数百の一団が、北へ向かって逃げていく。それを潮に、敵は潰走に移った。

「婿殿、よう来てくれた」

忠長は、手勢をほんの数十人にまで討ち減らされながら、踏みとどまっていた。手傷を負ってはいるが、命に関わるほどではないだろう。

「忠豊、兵をまとめよ。直ちに追撃いたす」

義弘の声。馬を手に入れ、敵を追った。敵はほとんど抵抗もできないまま、泗川古城も望晋も捨て、南江の北岸まで逃れていく。振り返ると、新城まで延々と死骸が転がっていた。

日はすでに落ちかかっていた。味方の誰もが疲弊しきり、傷を負っていない者は見当たらない。義弘自身も、肩に矢を受けていた。

「敵ももはや立ち直れまい。追撃はここまでといたす。勝ち鬨を上げよ」

勝った。ようやく実感が込み上げてくる。どれほどの敵を討ったのか、見当もつかない。

「やはりわしは、軍略家としては中書に遠く及ばんな」

勝ち鬨の声がやむと、義弘が近づいてきて言った。

「わしの策は、いつどこが綻びてもおかしくはなかった。実際、茅国器には空になった城を奪われかけた。そして、多くの味方を死なせてしもうた」

「しかし、勝ちました。今は、それでよしといたしましょう」

「そうだな、我らは勝った。皆の力で得た、大勝利だ」

この勝利に、どれほどの意味があるのか、束の間思案した。明に日本侵攻を断念させるほどの、打撃と恐怖を与えることができたのだろうか。

考えたが、頭が上手く回らない。今はただ、ぐっすりと眠りたかった。

五

討ち取った敵は、三万八千に及んだ。

戦いの翌日、義弘は伏見の龍伯に宛て、戦果を報せる書状を認めた。併せて、削いだ敵の鼻を塩漬けにして日本へ送るよう命じている。味方も一千近くを失っているが、そちらについては伏せることにした。

泗川と時を同じくして蔚山、順天に攻め寄せた敵も、董一元の敗北を受けて撤退していた。とはいえ、明・朝鮮軍は、在鮮の日本軍と同等か、それ以上の兵力を残している。義兵も加えれば、十万は下らないだろう。戦況はいまだ、予断を許さなかった。

日本から派遣された宮木豊盛《みやぎとよもり》、徳永寿昌《とくながながまさ》が泗川を訪れたのは、十月八日のことだった。速やかに明・朝鮮と和議を結び、釜山に集結して帰国せよ、とのことだった。秀吉の生死について、二人は重病であることは認めたものの、明らかにすることはなかった。

「太閤殿下が身罷《みまか》られた」

主立った将を集め、義弘は告げた。二人の使者の反応から見て、間違いはないだろう。天下人の死に、諸将は一様に安堵の息を漏らしている。

島津の家中と領地を掻き乱し、二人の弟と息子を死に追いやった男。できることなら、この手で首を刎ねてやりたかった。諸将はこの唐入りで、一族郎党を少なからず失っている。義弘と同じ思いを抱く者も多いだろう。

だが、口惜しがっている暇はなかった。敵はいつ、再び攻め寄せてくるかわからない。撤兵が決まったからには、これ以上の犠牲を出さずに薩摩へ帰ることを第一に考えるべきだった。

まずは、こちらの撤兵の意思を伝え、敵に手出ししないと約束させなければならない。それには、敵の有力者を質に取る必要がある。困難な交渉だが、ここで決裂すれば、戦はさらに長期化する。福建の軍が九州に侵攻する可能性も、まだ完全には消えていないのだ。

交渉は、思いの外順調に進んだ。董一元は和睦に賛同し、茅国器の弟、茅国科《ぼうこくか》を質に差し出してきたのだ。先の戦は、こちらの想像以上に大きな衝撃を敵に与えたのだろう。

十月十七日、明軍から使いが訪れ、茅国科を引き渡した。先に順天城を攻めた明将の劉綎《りゅうてい》も、和睦に応じたという。二十五日には、小西行長も明からの人質を受け取っている。

和睦が概ね整った十一月十六日、義弘は泗川新城を焼き払った。この後は、南の興善島《こうぜんとう》に移って小西行長らの諸勢と合流し、釜山へ向かう手筈になっている。

「これで、ようやく帰国がかないますな」

城を焼く炎を見上げながら、忠豊が感慨深げに呟いた。

「まだ、全てが終わったわけではない。生きて日本の土を踏むまでは、気を緩めるでないぞ」

「はい、承知いたしております」

城が焼け落ちるのも見届けず、出航した。

船団は水軍の他、伊丹屋助四郎《いたみやすけしろう》ら商人の船も加わっている。この一連の戦で最も利を得たのは、この伊丹屋だろう。人狩りや略奪でどれほど儲けたのか、訊ねる気にもならない。

興善島の港に入ると、隣の南海島《なんかいとう》にはすでに、立花親成《たちばなちかなり》、寺沢正成《てらざわまさなり》、宗義智《そうよしとし》、高橋統増《たかはしむねます》らが到着しているとのことだった。

義弘が着到を知らせると、すぐに使者がやってきた。順天を出航した小西行長らの船団の前に明・朝鮮の水軍が立ち塞がり、行長らはやむなく順天に引き返したのだという。

「どういうことだ。和睦は成立し、人質まで受け取っていたのではないのか？」

「詳しいことはわかりません。されど、小西殿ら一万三千は順天に押し込められ、身動きが取れぬとのことにございます」

立花、寺沢らは順天の救援に向かうべきかで意見が分かれ、義弘の意見も聞きたいという。

「いかがなさいます？」

忠恒の問いに、義弘はしばし思案した。

恐らく、敵の内部にも和平派と主戦派の対立があるのだろう。朝鮮王朝の要請で出陣してきた明の水軍は、いまだ大きな戦をしていない。明水軍の主将陳璘《ちんりん》が、手柄を欲しているということも考えられる。

朝鮮水軍は、漆川梁での敗戦からいまだ立ち直っておらず、その戦力は取るに足らない。しかし、無傷の明水軍を合わせると五百艘、兵力は二万近くに上るという。これを放置すれば、和睦は破綻し、陸上の敵も先の戦の報復に出てくる恐れがある。順天の失陥のみならず、勢いに乗った敵が九州まで攻め寄せることすらあり得るのだ。

「敵水軍を撃破し、行長らを救う」

五百の船があれば、一度に二万や三万の兵を運べる。そして、疲弊しきった日本軍にそれを阻止する術はない。叩くなら、今しかなかった。

「諸将へ使いを出せ。軍議を開くぞ」

諸将の兵力は、立花親成三千、寺島正成二千五百、宗義智一千、高橋統増が五百。義弘の四千弱を加えても、一万程度にすぎなかった。船は、伊丹屋らの荷船を入れて三百五十艘。だが、釜山からの増援を待っている余裕はない。

「敵の大軍を恐れ、味方の苦境も手を拱いて見ていたとあらば、武士の名折れ。すぐさま救援に向かうべきと存ずる」

軍議の席で、義弘はそう主張した。

「島津殿の申される通り。それがしも同意にござる」

真っ先に賛同したのは、立花親成だった。まだ三十一歳と若いが、秀吉から「西国無双」と評された勇将である。

親成は、豊後大友家の重臣高橋紹運《じょううん》の子に生まれ、同じく大友家重臣にして、九州でも屈指の名将として知られる立花道雪《どうせつ》にその器量を見込まれて養子となっていた。

実父の紹運は天正十四年（一五八六）、島津の大軍に居城を攻められ、壮絶な戦の後に自刃している。その後、親成は秀吉の九州攻めで活躍し、大友家から独立した大名として、筑後柳川《やながわ》で十三万二千石を与えられていた。

親成にとって島津は仇敵のはずだが、同陣する以上は味方だと割り切っているのだろう。

結局、軍議は義弘と親成が慎重派を押しきる形となった。

「出陣は明日、日没後。明後日の夜明けとともに開戦となろう」

先陣は、義弘自らが買って出た。

この戦を唐入りの、いや、己の生涯最後の戦としなければならない。だが、命を捨てるつもりはなかった。

生きて日本へ帰り、兄と話さなければならない。兄はきっと、一時の憎しみに目が眩んでいただけだ。膝を交えて話し合えば、必ず以前の兄に戻ってくれるに違いない。

そして、再び兄弟で手を取り合い、島津の家を立て直すのだ。


深く濃い闇があたりを覆っていた。夜明けまでには、まだかなりの間がある。

李舜臣は麾下の二百艘と共に、息を潜めて日本水軍を待ち構えていた。南海島の西岸、車面里《しゃめんり》の入江である。陳璘の三百余艘は、本土南端の水門洞《すいもんとう》と竹島《たけしま》という小島の間で待機していた。

敵は、南海島と本土に挟まれた狭い露梁海峡《ろりょうかいきょう》を通り、順天に向かっている。こちらは露梁海峡の出口で合流し、海峡を出てくる敵を順次叩いていくという策だった。

戦の指揮権は、陳璘にある。舜臣は朝鮮水軍に加え、明水軍の一部を預かるという形だ。明の将が、格下と見做す自分の指揮に従うかどうか、いくらか不安ではある。

だが、それを補って余りあるほどの高揚を、舜臣は感じていた。ようやく、息子の仇を討つ機会が巡ってきたのだ。しかも物見の報告では、敵の主力は島津義弘だという。

「鬼石曼子《グイシーマンズ》か」

呟き、舜臣は小さく笑った。晋州、南原《なんげん》、そして泗川で、夥しい数の同胞を殺してきた相手だ。

漆川梁で元均《げんきん》の首を刎ねたのも、この男だという。陸上では無類の強さを発揮しているが、それがそのまま通用するほど、海の戦は甘くない。そのことを、身をもって教えてやる。

「物見の船が戻りました」

長男の薈《かい》が報せてきた。頷き、物見の報告を受ける。敵は間もなく、海峡の出口に達するという。先鋒は島津、その後ろに立花、寺沢、宗といった倭将たちが続いている。

全軍に出航を命じた。兵や水夫が忙しなく走り回り、舜臣の座乗する板屋船も動きはじめる。

舜臣は船内の自室で、祈りを捧げる。

葂《べん》よ、見ているか。すぐに、倭賊どもをそちらへ送ってやる。そしてこの戦が終わった後は、順天を落とし、祖国に残る敵を一人残らず討ち滅ぼす。いや、それだけでは足りない。明軍も巻き込んで海を渡り、日本に祖国と同じ惨禍《さんか》を与えてやるのだ。

立ち上がり、剣を佩《は》いて甲板に出た。夜明けはまだ遠いが、煌々《こうこう》と輝く月の光が海面を照らしている。

吹きつける風は、身を切るように冷たい。だが、寒さは感じない。むしろ、昂《たか》ぶった血が全身を巡り、耐え難いほどの熱さだった。

陳璘と合流すると、海峡の出口を塞ぐように陣を布いた。陳璘は左翼、舜臣は右翼に位置し、敵の先鋒を待ち受ける。物見の報せでは、敵は三百艘程度だという。

風は北西。敵にとっては向かい風だ。地形的にも兵力的にも、こちらの優位は動かない。

やがて、敵船の松明の灯りが見えてきた。先頭は、一際大きい安宅船《あたけぶね》。その周囲を、数十艘の関船が固めている。

恐らく、島津義弘はあの安宅船に座乗しているのだろう。大将自ら先陣を切るとは意外だったが、義弘は泗川の戦いでも、自ら槍を手に戦ったという。あり得ないことではない。

海峡の出口に差しかかると、敵はこちらに舳先を向けた。数の少ない右翼に狙いを定めたのか、それとも単に風に流されているだけなのか。いずれにしろ、望むところだ。

「来るぞ」

どん、という太鼓のような音が連続して響いた。甲高い音を立てて飛来した砲弾がこちらの前衛を襲い、二艘の鮑作船《ほうさくせん》を粉砕する。

「撃ち返せ」

麾下の明軍の船が、砲撃を開始した。互いの砲弾が交錯し、次々と水柱が立つ。巻き込まれて転覆する小型船が続出した。

「構うな。撃ちまくれ」

多少の犠牲は、意に介さない。舜臣の望みは、一艘でも多くの敵船を沈め、一人でも多くの倭賊を殺すことだ。

後続の敵も、こちらに舳先を向けている。南海島の陸地に沿うように進み、包囲されるのを避けるつもりだろう。舜臣は失笑を漏らした。ならば、その考えを逆手に取るまでだ。

舜臣は、麾下に砲撃の中止と後退を命じた。舜臣の乗船も回頭し、南へ転進する。敵は狙い通り、こちらの後方に食らいついてきた。

南海島の陸地を左手に見ながら、さらに進んだ。敵は陳璘の船団を無視して、こちらを追ってくる。

観音浦《かんのんほ》と呼ばれる狭い入江を過ぎたあたりで、舜臣は再び反転を命じた。敵のさらに後方には、陳璘の船団が広く展開している。

「よし。敵を入江に追い込み、一挙に殲滅する」

再び、無数の砲声が大気を震わせた。陳璘の船団も、壁となって敵を押し込むように動いている。明水軍の主将を任されるだけあって、戦況を見る目は確かだった。

密集隊形を取った敵の船団が、狭い入江を埋め尽くしつつあった。すでに、数十艘が火の手を上げている。岩礁に乗り上げる船も、少なくない。

「総攻めの合図だ」

銅鑼が激しく打ち鳴らされ、味方が一斉に入江に突入する。

いきなり、とてつもない数の銃声が響いた。しかも、途切れることなく続いている。いったい何挺の鳥銃を持っているのか。甲板上の味方が次々と倒れ、船足が鈍る。そこへ敵船が襲いかかり、刀を手に乗り移った敵兵が、奇声を上げながら生き残った味方を斬り伏せていく。敵兵が斬り込んだ船はたちどころに制圧され、火を放たれた。

あれが、鬼石曼子か。舜臣は軽い戦慄を覚えた。白兵戦では、朝鮮兵も明兵も、到底かなわない。まさかと、舜臣は思った。敵は、密集しての乱戦に持ち込むのが狙いだったのか。これだけ船同士が近づいてしまえば、陸戦とそれほどの違いはなくなる。だとすると、入江に誘い込まれたのはこちらの方だった。

距離を取り直し、砲撃を中心に攻めるべきか。思ったが、陳璘の船団はすでに敵中深くまで攻め入っている。

「父上、あれを！」

蒼が叫んだ。舜臣は遠眼鏡を受け取り、蒼の指す方角へ向ける。

明軍副将、鄧子龍《とうしりゅう》を中心とする数艘の大船が突出し、逆に包囲されかけていた。鄧の旗船に敵の船が群がり、続々と敵兵が乗り移っていく。

やがて、鄧の船から火の手が上がった。敵兵の一人が、刀の切っ先に切り取った首を突き刺し、高々と掲げている。恐らく、鄧の首だろう。

蛮賊《ばんぞく》め。舌打ちし、舜臣は新手の投入を命じた。敵はすでに逃げ場を失っている。ここまで追い詰めた以上、数で押しきるしかない。

戦の主導権は、まだこちらの手にある。後は、いくらか時がかかっても、敵をすり潰していくだけだ。


義弘は大安宅船の矢倉に立ち、刻々と変化する戦況を睨んでいた。父子揃っての討死を避けるため、忠恒は別の船に乗り込んでいる。

開戦から二刻以上が経ち、ようやく東の空が白みはじめていた。敵船がはっきりと視認できるようになり、いくらか戦いやすくはなっている。

戦況は一進一退だった。こちらが敵将らしき者の首を挙げれば、敵は新手を繰り出して押し返す。方々で船同士がぶつかり、焙烙玉《ほうろくだま》を投げ込んで互いの船を炎上させる。

操船の技量の差を埋めるため、狭い場所での混戦に持ち込む。その狙いは達成できた。敵船に乗り移っての白兵戦では、こちらが圧倒的に押している。だが、三百艘対五百艘の兵力差を覆すにはいたっていない。寺沢や宗の兵は、薩摩兵ほど精強ではない。加えて、薩摩兵の中にも、泗川の戦いの傷が癒《い》えていない者も多かった。

やがて、味方に疲労が出はじめた。すでに、矢玉が尽きた船も多い。替えのきかない味方に対し、敵は損耗した船を後方に下げ、新手を繰り出してくる。

李舜臣。やはり、相当な将だった。

「殿、味方が押されはじめています」

長寿院盛淳が、悲鳴のような声を上げた。

「耐えよ。今しばし、耐えるのだ」

ここが先途《せんど》と見たのか、敵は全面的な攻勢に出ていた。北西からは陳璘の、南西からは李舜臣の船団が、一斉に押し寄せてくる。

「一つに固まれ。火の出た船は捨て、楯とせよ」

炎を噴き上げる船を避けながら、敵が入江に突入してくる。忠豊や寺山久兼らの率いる船団が前に出て立ち塞がるが、突破されるのは時間の問題だろう。

「桂忠次《かつらただつぐ》様、お討死！」

見張りの兵が、声を張り上げた。続けて、柏原市之丞《かしわばらいちのじょう》、伊地知重堅《いじちしげたか》らの討死の報せが届く。

ここまでか。最悪の場合、全船を放棄して陸地に上がるしかない。だが、船を捨てることは、兵糧も玉薬も失うことを意味する。この場を逃れたとしても、先の展望などない。

「殿、あれを！」

見張りの兵が、北の方角を指した。

五十艘ほどの一団が、北から陳璘の船団の背後に迫っていた。遠眼鏡を向ける。先頭を進む安宅船には、立花家の旗印が掲げられていた。

「間に合ったか」

立花親成の五十艘が、陳璘の背後に突っ込んだ。まったく予期していなかったであろう新手の出現に、混乱が広がっていく。

全軍の大半を囮にした、釣り野伏せだった。海の上には伏兵を置く場所がない。それゆえ、立花勢の出航を大幅に遅らせ、主力を囲む敵の背後を衝かせるしかなかった。

追い風を受けた立花勢は、大鉄砲や焙烙玉を放ちながら、陳璘麾下の船を沈めていく。そこへ忠豊を先頭に主力が突っ込み、敵の混乱は頂点に達した。

「よし。全船、押し出せ！」

数艘を残し、旗船の護衛に当たる関船も前に出した。今が、千載一遇の機だ。逃すわけにはいかない。

「左手後方より敵船、およそ二十艘！」

見張りの声に、振り返った。周囲が手薄になった義弘の船に、二十艘ほどが向かってくる。

李舜臣の旗船。理解した刹那、敵船の砲門が火を噴いた。


火砲から射ち出された石弾は、敵船の帆柱をへし折り、船腹や甲板にいくつかの穴を開けた。だが、島津義弘の乗る安宅船は、損傷を受けながらもいまだ健在だ。

舜臣はすぐに、次弾の装塡を命じた。同時に、甲板に並ぶ兵が矢を放ちはじめる。すでに、互いの顔がはっきりと見分けられるほどの距離になっている。敵は舷側《げんそく》に鳥銃を持った兵を並べているが、降り注ぐ矢に遮られて反撃もままならない。

舜臣は、安宅船の矢倉に立つ敵将を見据えた。島津義弘。身を隠そうともせず、泰然と指揮を執り続けている。

ほぼ全軍を囮とし、隠していた一隊で敵の背後を衝く。並大抵の将にできることではない。この比類無き名将に、舜臣は敬意さえ抱きはじめていた。

大将の危機に、追撃に向かっていた敵の関船が引き返してきた。船の数は互角となったが、敵の陣形は大きく乱れている。関船の相手は麾下に任せ、舜臣は執拗に義弘の船を狙い続けた。

次弾の装塡が終わった。舜臣の号令で、今度は無数の鉄片や小石が砲から吐き出される。義弘の周囲でも、数人が倒れた。だが、義弘は味方の混乱をすぐに立て直し、反撃を命じた。舜臣の船に敵の射撃が集中する。

安宅船の積んだ大砲が、一斉に放たれた。一際大きな衝撃が船を揺らす。見上げると、そこにあったはずの帆柱が消えていた。

空を切る甲高い音を立て、鳥銃の玉がすぐ側を掠めていく。操船を任せていた宋希立《そうきりつ》が頭を撃ち抜かれ、脳漿《のうしょう》をまき散らしながら倒れた。

「父上、船内にお下がりください！」

「黙れ。敵将を前に、隠れるなどできようか」

すがりつく息子を振りほどき、再び義弘を見据える。

あと一歩だ。あと一歩で、あの男を討てる。義弘さえ倒せば、形勢は再び逆転する。倭賊を殲滅し、葂の仇を取るのだ。

「船を寄せよ。弓兵、矢倉の上の将を狙え！」

叫んだ刹那、義弘の傍らに立つ男が、膝立ちで鳥銃を構えているのが目に移った。

直後、何かが体を貫いていった。脇腹から、背中へ。

一瞬、視界から色が消えた。薈が何か叫んでいるが、耳には入らない。歯を食い縛り、立ち続けた。剣を抜き、甲板に突き立てて支えにする。

主立った将たちにはあらかじめ、自分が討たれた時は、その死を秘して戦い続けるよう伝えてある。

だが、まだ終わるわけにはいかない。力尽きる前に、あの男だけは討つ。

弓兵に号令を出そうとした瞬間、さらにもう一発が胸を突き抜けていった。

気づくと、舜臣は空を見上げていた。硝煙や周囲の船が上げる黒煙でいくらか霞《かす》んではいるものの、その先には冬の澄んだ空が広がっている。

こんなにも美しいものだったか。戦場には場違いな感慨が、舜臣の胸を満たした。穏やかな気持ちで空を見上げるなど、いつ以来だろう。きっと、牙山《がざん》の屋敷で妻子と共に見たのが最後だ。

ふと視線を転じると、傍らに死んだはずの葂が跪いていた。舜臣を見つめ、泣き喚いている。

何だ、やはり生きていたのか。お前は私の自慢の息子だ。親に先立って死ぬはずがない。

もう泣くな。私が愚かだったのだ。放っておけば敵は去っていったものを、憎悪に駆られて無用な戦をはじめ、多くの兵を死なせてしまった。

戦は、これで終わりにする。憎しみに魂を焦がし続けるのは、もう疲れた。蓄も連れて、皆で牙山へ帰ろう。戦も憎しみも縁のない、穏やかな日々を共に送ろう。

ほとんど感覚の消え失せた手を、葂の濡れた頬に伸ばした。温かな二つの掌が、舜臣の手を包む。

そうか、この愚かな父を赦してくれるか。声にならない声で訊ねると、葂は微笑を浮かべて頷いた。

頬に涙が流れるのを感じた次の刹那、目に映るすべてがゆっくりと、穏やかに消えていった。

李舜臣の旗船は舳先を巡らし、義弘の安宅船から徐々に離れていった。

他の板屋船も、あるものは火だるまになり、あるものは浸水して沈みかけている。残るのは、旗船を含めほんの五艘程度だ。すでに戦意を失い、西へ向かって去っていく。

安宅船はいたるところが損傷し、ほとんど海面を漂っているだけだった。兵や水夫もかなりの数が倒され、方々から呻き声が聞こえてくる。

「よくやった、久時」

隣に立つ種子島久時に声をかけた。

久時が撃ったのは、間違いなく李舜臣本人だろう。倒れた舜臣の傍らで泣き叫んでいた若い兵は、舜臣の従者か、あるいは息子かもしれない。その若い兵まで撃ち倒そうという気に、義弘はどうしてもなれなかった。

いずれにしろ、危機は脱した。敵はいまだ混乱の最中にあり、もはや立て直すことは不可能だろう。

将の下知が行き渡らないのか、方々で敵の船同士がぶつかっていた。浅瀬に乗り上げ、船を捨てる者も続出している。海面には、船を捨てた敵兵が無数に漂っている。

やがて、陳璘の旗船が西へ逃走していくのが見えた。

残る敵も、それを追って戦場を離脱していく。いまだ余力を残す立花勢を先頭に、忠豊、忠長、伊集院忠真らが追撃に向かう。逃げ遅れた敵船に次々と火を放たれ、大勢はほぼ決した。

「殿、やりましたぞ！」

長寿院盛淳が、歓喜の声を上げた。続けて、安宅船の兵や水夫たちからも歓声が沸き起こる。

勝った。危険な賭けではあったが、何とか成功した。味方は二百艘近くを失ったが、こちらも三百艘は沈めたはずだ。順天の小西行長らも、今頃は脱出に成功しているだろう。犠牲は大きいが、当初の目的は達成できた。

「小早舟《こばやぶね》を出し、立花殿らに伝えよ。これ以上の追い討ちは無用。残った者は、船を失った味方の救出に当たらせよ」

今度こそ、戦は終わりだ。あれほどの損害を受けてなお、日本を攻めようという者は、明にも朝鮮にもいないだろう。

櫓走《ろそう》もままならない義弘の旗船は放棄し、忠恒の船に乗り移った。かなりの人数が乗船を失ったため、ほとんどの船が人で溢れ返っている。だがそれも、釜山までの我慢だ。

やがて、追撃に出ていた立花親成や忠豊らが戻ってきた。義弘の船に乗り込み、それぞれの戦果を報告する。

「島津殿、お見事な勝利にござる」

立花親成が、硝煙に黒ずんだ顔で笑みを浮かべた。

「何の。立花殿こそお見事にござった。西国無双の戦ぶり、とくと見せていただきましたぞ」

島津の家臣たちも、多くが浅手を負ってはいるが、主立った将の中に欠けた顔はない。

だが、このあまりにも長い戦で、数えきれない者が命を落とした。

久保。朝久《ともひさ》。彰久。梅北国兼。そして、晴蓑。改易された上、不可解な死を遂げた出水の島津忠辰《ただとき》も、この戦の犠牲者と言っていい。

いいや、それだけではない。異郷の地で、戦や病で死んでいった兵たち。働き手を奪われ、冬を越せなかった領民。朝鮮や明の兵。異国の軍勢に蹂躙され、殺されていった民たち。

すべては、たった一人の男の愚かな夢想に端を発している。だがその秀吉は、恐らくもうこの世にはいない。それでも、島津が失ったものを思えば、抑えきれない憤怒が込み上げてくる。

いや、憎悪に衝き動かされてはならない。見るべきは過去ではない。進むべき道は、未来にしか伸びてはいないのだ。

「長う、ございましたな」

ぽつりと、忠豊が漏らした。親戚も家臣たちも、それぞれの感慨に浸りながら頷いている。

「足かけ七年か。実に、長かった。だが、これでようやく終わる」

家臣の誰かが、嗚咽を漏らすのが聞こえた。たわけ。薩摩武士ともあろう者が、人前で涙など。別の誰かが窘《たしな》めるが、その声もかすかに震えていた。

帰国しても、為すべきことは山のようにある。困難な道のりは、これからも長く続くだろう。だが、若い力は確かに育っている。忠恒も、戦陣の日々でずいぶんとたくましくなった。それは前途に差した、確かな光明だ。

義弘は大きく息を吸った。潮の香りが胸を満たし、生の実感が広がっていく。先を思えば気分が塞ぎそうにもなるが、今だけは、この喜びを嚙み締めていたい。

「さあ、引き上げるといたそう。皆で、故郷へ帰るのだ」

六

開け放した庭に、薄らと雪が積もっていた。

慶長三年十二月二十八日、伏見島津屋敷。下人や女中たちが忙しなく動き回り、邸内は慌ただしい。

その喧噪を遠くに聞きながら、龍伯は縁に端坐《たんざ》し、じっと庭を見つめていた。その先には、木幡山に築かれた伏見城の天守がそびえている。

「御屋形様、お体に障ります。そろそろ」

町田久倍が、遠慮がちに声をかけてきた。頷き、腰を上げる。

表書院に移ると、邸内の喧噪が大きくなった。一行の着到を告げにきた近習に、すぐにここへ通すよう命じる。

「久倍、席を外せ。二人だけで会う」

「承知いたしました」

久倍が退出すると、ややあって足音が響き、廊下から声がかかった。招じ入れると、旅装も解かぬまま現れた声の主は、静かに下座へと腰を下ろした。

火鉢を挟み、二人で向き合う。

「ただ今、戻りましてございます」

その声音からは、かすかな緊張が窺えた。無理もない。場合によっては、互いに殺し合うことになっていたかもしれないのだ。

「泗川、露梁におけるそなたの戦ぶりは聞き及んでおる。見事であった」

感情を押し殺した声で言うと、義弘は深く頭を下げた。

釜山に集結した日本軍の撤退は、十一月二十四日にはじまっていた。加藤清正、黒田長政、鍋島直茂らが先発し、翌二十五日に小西、立花、寺沢らが出発。義弘は諸将からの依頼で最後まで釜山にとどまり、殿軍《しんがり》を務めたという。対馬、壱岐を経て十二月十日に博多へ上陸した義弘は、出迎え役の石田三成から饗応を受けた後、将兵を国許へ帰して上洛の途についていた。

義弘が頭を上げると、張り詰めた沈黙が流れた。

この弟に対して今、自分がいかなる感情を抱いているのか。龍伯はそれを、自分でも計ることができずにいる。恐らく、義弘も同じだろう。

龍伯は、懐から一通の書状を取り出した。義弘の前に置き、「読んでみよ」と促す。

明国福建《ふっけん》巡撫《じゅんぶ》から、許儀後の手を経て届けられた書状だった。

日本侵攻の計画が、正式に却下されたという報せだった。これ以上の出兵に国庫は耐えられない。それが、却下の理由である。書状の日付は九月末となっていた。

「皮肉なものですな。それがしが泗川で明軍を破るより前に、日本侵攻の目がなくなっておったとは」

安堵と無念さの入り混じった複雑な笑みを浮かべ、義弘は書状を置いた。

「それはそれとして、何か、わしに問い質したきことがあるのではないか？」

義弘の眉間に皺が寄る。唐入りがはじまって以来、弟の顔にはずいぶんと多くの深い皺が刻まれた。

「では、お訊ねいたします」

覚悟を決めたように、義弘が口を開く。

「兄上のまことのお気持ちを、お聞かせください」

いかにもこの弟らしい真っ直ぐな問いに、龍伯は思わず笑みを漏らした。それを嘲笑と受け取ったのか、義弘の眉間の皺がさらに深くなる。

「兄上は何を望んで、異国の軍を日本へ引き入れようとなさったのです。秀吉を討ち、中書や晴蓑の仇を取ることですか。それとも、明の武力を背景に、天下に覇を唱えんとなされたのですか」

「この歳になって、今さら天下への野心もあるまい」

苦笑混じりに言って、龍伯は頭を振った。龍伯は六十六歳、義弘も六十四歳になっている。

「では、何ゆえ……」

「晴蓑は死の直前、わしに宛てた長い文を認めておった」

不意に出た晴蓑の名に、義弘の目に困惑が浮かぶ。

「あれは、自身の死後、天下の情勢がどう動くかを何通りにもわたって記し、それぞれの場合で島津がどう立ち回れば、家名も領地も失わずにすむかを認めておったのだ」

「何と」

「唐入りが長引き、領内の疲弊が頂点に達したその時は、躊躇《ためら》わず明と手を結べ。わしは、その言葉に従ったまでよ」

「晴蓑が、そのような」

義弘は動揺を露わに、目を見開く。

「晴蓑はこう記しておった。実際に明の軍勢を呼び寄せる必要はない。だが、島津を改易すれば、明軍と合力して兵を挙げる用意がある。そのことをほのめかせば、秀吉は島津に手を出すことはできない、とな。もっとも、使者の往復に時がかかり過ぎ、総検地を止めることはかなわなかったが」

「その文は、今どこに」

「焼き捨てた。何度も何度も目を通し、すべて諳《そら》んじた上でな」

「さようにございましたか」

義弘は目を伏せ、思案に沈んでいる。晴蓑の策を理解しようと努めているのだろう。それも無理もなかった。はじめて晴蓑の文を読んだ時は、龍伯自身も唖然としたものだ。

死の覚悟が、その智謀をさらに研ぎ澄ましたのだろう。情勢の緻密な予測と大胆な献策は、「智計並びなく」と評された晴蓑の、まさに面目躍如だった。

「つまり晴蓑は、明軍を引き入れる素振りを見せ、秀吉を恫喝《どうかつ》せよと献策したわけですか」

「そういうことだ」

「ですが兄上は、あくまで脅しにすぎなかった計画を、実行しようとなされた。でなければ、許儀後をわざわざ泗川まで寄越すはずがない」

義弘の視線が、鋭くなった。

「兄上は本気で、明軍との合力を考えておられた。家を存亡の危機に晒し、国中を戦に巻き込み、日ノ本という国さえも滅ぼしかねない危険な企てを……」

「勝てばよい」

そう遮った龍伯の言葉を、義弘は理解できてはいないようだった。数拍の間を置き、龍伯は続ける。

「明が日本へ攻め入れば、九州はおろか、上方までもが戦場となりかねん。そなたの申す通り、国そのものが消えてなくなるやもしれん。だが、この国に住まう者すべてが身分の上下を問わず団結し、その国難に見事打ち勝つことができれば、この国は生まれ変わることができる」

「それがしには、仰せの意味がわかりかねます」

「戦火をくぐり抜け、地獄を生き延びた者たちは、夥しい流血の代償に、多くのことを学ぶであろう。異国に兵を出すという愚かな野心が、どれほど高くつくか。たった一人の人間に国のすべてを委ねることが、どれほどの惨事を招くか」

三百年の昔、蒙古が日本を襲った時、それを防ぐべく戦ったのは、この国の武士のほんの一部だった。戦は熾烈《しれつ》なものだったが、戦場は九州のごくごく一部にすぎず、その傷はすぐに忘れ去られた。そして、日ノ本は神風によって救われたという虚構だけが残った。

だが、国土の大半が戦火に焼かれれば、簡単に忘れ去られることはない。人々の中に深く刻み込まれたその記憶は、やがて血肉となり、新たな国作りに活かされるはずだ。

「もしも、国難に打ち勝つことができなければ」

「それはわからん。明の属国として細々と生き延びるのか、あるいは日ノ本という国そのものが、歴史から永久に消え去るのか。いずれにしろ、不滅の国などありはせぬ。長い歴史からすれば、珍しいことでもあるまい。たかだか数十万の敵に滅ぼされるのであれば、この国は所詮それまでだったのだ」

義弘の目に、怒気が滲む。

「だが、そうはなるまい。たとえどれほどの時がかかろうと、この地に住まう者たちは、いつの日か必ずや外敵を打ち払い、国土を取り戻す。そうして生まれ変わった日ノ本は、戦の愚かさと民の痛みを知り、理不尽に他国を侵さず、侵された時には断固として立ち向かう、そんな国になるであろう。そのための礎《いしずえ》となるならば、たとえ島津の家名が絶えたとしても、悔いはない」

義弘は俯《うつむ》き、再び沈思した。

外はすでに暗くなりはじめている。小姓が灯りを入れにきたが、その間、義弘は一言も発しなかった。

「やはり、承服できかねます」

どれほどの時が経ったのか、義弘が口を開いた。

「兄上のお考えは、それがしのような凡夫には及びもつかぬ、崇高なものやもしれません。されど兄上は、朝鮮の惨状を目の当たりにはしておられぬ」

真っ直ぐな、力強い視線に貫かれながら、無言で先を促す。

「彼の地はまさに、この世の地獄にござった。国土は外敵に蹂躙され、なけなしの食糧は、敵味方問わず軍兵に奪われる。男は戦に駆り出され、女子供や年寄りは飢えに斃れていく。そんな地獄絵図をこの国で見たいとは、それがしは思いませぬ」

「そなたならば、そう申すと思うておった。味方を裏切れと命じたところで、従うはずがないとな。だがそうなれば、どちらに転んだとしても島津の家は残る。わしにとっても、その方が……」

「そうではありますまい」

強さを増した義弘の語気が、耳朶《じだ》を震わせた。

「どれほど理屈を並べ、望ましい未来を描いてみせたところで、兄上の企ての根元にあるのは秀吉への、豊臣の世への憎しみにござろう。憎悪を礎として築いた国が、兄上の言われるようなよきものとなるはずがござらぬ。兄上が望まれたのは、秀吉を討ち、豊臣の天下を覆すことであって、国のありようなどは、後から取ってつけた理屈。違いますか？」

「だとしたら、何といたす。家の存続を危うくした責を問い、わしを当主の座から引きずり下ろすか？」

「それは……」

「もう、よいではないか。すべては終わったことだ。秀吉は死んだ。明も攻めては来ぬ。それよりも、近々起こるであろう大乱を、いかにして乗り切るか考えてはどうだ？」

「大乱？」

生真面目に問い返す義弘に、龍伯は小さく笑った。やはりこの弟は、戦場で生きる武人だ。数十倍の敵を打ち破ることはできても、情勢を見極め、先の先まで読みきって動くことはできない。

「秀吉死後、公儀の新たな形がいかが相成ったか、そなたも聞き及んでおろう」

「無論、承知いたしております」

秀吉の跡継ぎ秀頼《ひでより》は、年が明けてもまだ七歳の幼児にすぎない。秀頼の成人までは徳川家康、前《まえ》田利家《だとしいえ》、毛利輝元《もうりてるもと》、上杉景勝《うえすぎかげかつ》、宇喜多秀家の大老衆と、石田三成、浅野長政、前田玄以、増田長盛、長束正家《なつかまさいえ》の奉行衆とが合議して政務を執ることに決していた。

「そなたはこのまま、何事もなく天下が治まると思うか？」

「それは」

義弘は口ごもった。

「遠からず、次の天下人の座を巡る戦乱が起こる。そして我が島津も、その乱に無縁ではいられまい」

「兄上には、何かご存念が？」

「年が明けたら、わしは忠恒に家督を譲って隠居し、薩摩へ帰る」

「何と」

「結果はどうあれ、わしは島津の存続を危うくするような賭けをした。隠居は、そのことに対するそなたへのけじめじゃ。だが、他にも意味はある。

忠恒の後継は秀吉が決めたものであり、家中には忠恒を認めておらぬ者も多い。正式に家督を譲ることで、その者らの不満を抑えることが一つ。

長い出兵と検地、所領替えによる混乱を収拾し、国許を安定させることがいま一つじゃ。情勢がどう動くにせよ、足元が乱れておっては話にならんからな」

「では、ご隠居は形のみ、ということですな」

「さよう。そなたと忠恒は、上方に残って諸大名の動きを見定めよ。忠恒の手綱は、父であるそなたがしかと握っておくのだ」

義弘の目が、じっとこちらを見据える。

まだ、義弘は自分を赦してはいないだろう。また何か企てているのではないか。そう疑うのも無理はない。

龍伯は腰を上げ、襖を開いた。縁に出て、庭に積もった雪を眺める。

「上方は寒いな。人の心までも冷やしていくようじゃ」

義弘は書院に端坐したまま、答えない。

雪を見つめたまま、続けた。

「安心いたせ。残り少ない我が生は、島津を守るために使いきる。次の天下の主が誰になろうと、島津には指一本触れさせぬつもりじゃ」

「そのお言葉、信じてよろしゅうございますな」

「わしはもう、豊家への憎しみは捨てた。恨んだところで、死んだ者たちは誰も帰って来ぬ。過ぎたことにこだわるよりも、子や孫のため、島津の家名と領地を守る。そう決めたのじゃ」

「兄上」

義弘が涙を堪える気配が伝わってくる。

相変わらず、良くも悪くも真っ直ぐな男だ。龍伯は、口元に浮かびかけた笑みをすぐに消し、振り返った。

「わしとそなた、そして忠恒。共に手を取り合い、来たる大乱を乗り切ろうぞ」

涙を流しながら頷く義弘から、龍伯は悟られないよう、そっと目を背けた。


慶長四年正月九日、豊臣公儀から島津家に対し、加増の沙汰があった。朝鮮での義弘の奮戦を賞し、格別に五万石を与えるというものである。

五万石の内訳は、豊臣蔵入地となっていた島津忠辰の所領三万石と、石田三成、細川幽斎《ほそかわゆうさい》に与えられていた二万石である。秀吉の遺言である太閤置目には、秀頼成人までは諸大名に加増を行わないという一項があったが、義弘の働きによって、特例として認められた形だった。

「五万石か」

吝《しわ》いものだと、龍伯は思った。島津家の台所事情は、火の車どころの騒ぎではない。たったの五万石では、焼け石に水というものだった。

だが、この加増の沙汰に五大老、五奉行の誰からも反対の声が出なかったことに龍伯は満足していた。誰もが、島津に恩を売っておきたいのだ。いや、反対して島津から恨みを買うことを恐れたと言った方が近いだろう。それほど、義弘の戦ぶりが評価されているということだ。

加増と合わせて、義弘には参議、忠恒には少将という新たな官位が与えられた。

翌一月十日、秀吉の遺命により、前田利家は秀頼を擁《よう》し、伏見から大坂へと移った。今後、利家は大坂で秀頼を後見し、家康は伏見城に入って政務を執ることになっている。だが、ほとんどの大名が秀頼に供奉したため、政の中心は俄かに大坂へ移ることとなった。ただ、島津は大坂にまともな屋敷を持っていないため、忠恒を名代として秀頼に従わせただけで、龍伯も義弘も伏見にとどまった。

龍伯は、次の天下人の座は徳川と前田の間で争われると見ていた。そして今のところ、秀頼を擁し多くの諸大名を従えた利家の方が、優勢と言っていい。

それから間もなく、家康と利家の対立が表面化した。

家康が公議に無断で伊達政宗《だてまさむね》、加藤清正らと婚姻を結んだことを、利家らが弾劾《だんがい》したのだ。対立は先鋭化し、伏見、大坂に両派の軍勢が集結する事態となったが、自身の健康に不安を抱える利家が折れる形で、二月五日に和睦が成立する。

だが、これで豊臣公儀の分裂は決定的になった。利家が没したとしても、天下を二分する大戦は避けられないだろう。

いまだ緊迫した空気の残る二月二十日、龍伯は上方に滞在する主立った家臣を集めると、忠恒の官位昇進を祝し、島津家伝来の〝御重物〟を譲渡した。島津家が代々受け継いできた重要な文書や、初代忠久が源頼朝から拝領した十文字の軍旗といった宝物である。

祝いの宴の席で家臣たちから口々に祝いを述べられる忠恒は、喜ぶどころか、どこか不満げですらあった。後継者として指名されながら、五年以上も待たされたことが気に入らないのだろう。

「忠恒。言うまでもないが、今は難しい時期じゃ」

酒宴が終わると、龍伯は居室に忠恒一人を呼んで諭《さと》した。

「一つ舵取《かじと》りを誤れば、島津の家名は絶えるやもしれん。だが、家中はいまだ、一枚岩とは言い難い。若いそなたが当主となったからには、先頭に立って家臣たちを取りまとめていかねばならん」

「承知いたしております」

酒宴の間、忠恒は終始、不機嫌さを押し殺したような表情を浮かべていた。龍伯と向き合う今も、それは変わらない。

やはり、当主の器ではない。龍伯は確信を深めた。

「まずは、家中が団結する上で、妨げとなる者を除いておくべきであろうな」

忠恒が目を見開いた。数拍の間を置き、口元に笑みを浮かべる。

「伊集院幸侃、ですな？」

無言を返答にすると、忠恒は続けた。

「確かに、あの者は島津家筆頭家老の地位にありながら豊臣家にすり寄り、我らが唐入りで苦しんでいる間も甘い汁を吸うておりました。家中には、あ奴を深く恨む者も少のうござらん」

「ゆえに、このままのさばらせては、重大な禍根《かこん》となろう」

「されど、幸侃は豊臣公儀より所領を与えられた大名でもありますぞ。それを討てば、公議への謀叛と受け取られても致し方ありますまい」

「そうはならん。わしが何のために、徳川内府と会うたと思うておるのだ」

龍伯は昨年の十一月二十日と十二月六日に、家康と二度にわたって会見していた。誓書を交わしたわけではないが、龍伯は家康から、島津を決して粗略には扱わないという言質《げんち》を取っている。

「決断するのは、当主であるそなたじゃ。わしは国許で、よき報せを待つといたそう」

忠恒の目に、野卑な光が宿る。自分の醜い部分を見せつけられたような気がして、思わず龍伯は視線を逸らした。

八日後の二月二十八日、龍伯は大坂から九州へ向かう船に乗り込んだ。

甲板に立ち、龍伯は天を仰ぐ。

澄みきった青空から穏やかな春の陽光が降り注ぎ、潮風が心地よく頬を撫でていく。船頭の掛け声と共に太鼓が打ち鳴らされ、船が動きはじめた。

これで、上方でやり残したことはない。蒔《ま》ける種は、すべて蒔いてきた。それらが芽吹けば、この先訪れるであろう大乱の荒波も、島津は乗り切ることができるはずだ。そして、すべてが自分の読み通りに進めば、遠からず豊臣の世は終わる。

振り返り、遠ざかる大坂城の天守を見据えた。

秀吉、そして豊臣の天下への憎しみは、胸の奥底で、いまだ消えることなく燻《くすぶ》っている。かけがえのない弟たち。将来を託した甥や娘婿。何の益もない戦に駆り出された家臣領民。それらの命を奪った豊臣の世など、跡形もなく潰え去ればいい。

紅蓮《ぐれん》の炎に焼かれる大坂城を想像して、龍伯は笑った。

本書は書き下ろし作品です。

天野 純希（あまの すみき）

1979年生まれ。愛知県名古屋市出身。愛知大学文学部史学科卒業。2007年『桃山ビート・トライブ』で第20回小説すばる新人賞を受賞しデビュー。2013年『破天の剣』で第19回中山義秀文学賞を受賞。他の著書に『サムライ・ダイアリー　鸚鵡籠中記異聞』（人間社）『風吹く谷の守人』（集英社）『信長　暁の魔王』（集英社）『北天に楽土あり—最上義光伝』（徳間書店）『幕末!疾風伝』（中央公論新社）『青嵐の譜（上下）』（集英社文庫）『南海の翼—長宗我部元親正伝』（集英社文庫）『戊辰繚乱』（新潮文庫）などがある。

Kadokawa Haruki Corporation

衝天《しょうてん》の剣《つるぎ》　島津《しまづ》義弘伝《よしひろでん》（上《じょう》）

二〇一六年八月八日　第1刷発行

著者　天野純希

発行者　角川春樹

発行所　株式会社　角川春樹事務所
〒一〇二－〇〇七四
東京都千代田区九段南二－一－三〇
イタリア文化会館ビル
電話　〇三－三二六三－五八八一（営業）
〇三－三二六三－五二四七（編集）

印刷・製本　中央精版印刷株式会社

http://www.kadokawaharuki.co.jp/

ISBN978-4-7584-1289-6 C0093